얼룩무늬 청춘 2
금오공대 편

얼룩무늬 청춘 2 금오공대 편

발행일	2023년 1월 13일

지은이	조자룡		
펴낸이	손형국		
펴낸곳	(주)북랩		
편집인	선일영	편집	정두철, 배진용, 김현아, 윤용민, 김가람, 김부경
디자인	이현수, 김민하, 김영주, 안유경, 최성경	제작	박기성, 황동현, 구성우, 권태련
마케팅	김회란, 박진관		
출판등록	2004. 12. 1(제2012-000051호)		
주소	서울특별시 금천구 가산디지털 1로 168, 우림라이온스밸리 B동 B113~114호, C동 B101호		
홈페이지	www.book.co.kr		
전화번호	(02)2026-5777	팩스	(02)3159-9637

ISBN	979-11-6836-679-4 04810 (종이책)	979-11-6836-680-0 05810 (전자책)
	979-11-6836-417-2 04810 (세트)	

(주)북랩 성공출판의 파트너

북랩 홈페이지와 패밀리 사이트에서 다양한 출판 솔루션을 만나 보세요!

홈페이지 book.co.kr • **블로그** blog.naver.com/essaybook • **출판문의** book@book.co.kr

---

작가 연락처 문의 ▶ ask.book.co.kr

작가 연락처는 개인정보이므로 북랩에서 알려드릴 수 없습니다.

조자룡 자전에세이 ❷

얼룩무늬 청춘 2
금오공대 편

북랩

나의 대학 생활

1980년대 후반기는 인생에서 가장 아름답다는 청춘의 한가운데 이십 대 초반이었습니다. 85학번인 제가 금오공대에 다니던 시기이기도 합니다. 노년에 이르신 분은 젊은이를 부러워하며 아름다운 청춘을 노래합니다. 인생에서 십 대 후반과 이십 대 초반 청춘은 확실히 아름답습니다. 신선하고 발랄한 외모만 아름다운 게 아니라 뜨거운 열정과 불타는 정의감을 간직한 정신은 더 아름답습니다.

몸과 마음이 가장 아름다운 시기가 청춘인 건 틀림없는 사실이지만, 각자 삶에서 가장 아름다운 시기는 아닙니다. 태어난 나라나 가정을 잘 만나 본인의 특별한 노력 없이 성장하고 대학에 진학하여 부모의 전폭적인 지원으로 학업을 마친 사람은 가장 아름다운 시기겠지요. 세상은 그렇지 못한 사람이 많습니다. 탁월한 재능이라도 타고난 사람이라면 장학금으로라도 대학을 다니지만, 그렇지 못한 사람은 대학은 꿈도 꾸지 못하거나 등록금을 융자해서 다녀야 하고, 아르바이트로 용돈을 해결해야 합니다. 이런 사람은 아무리 몸과 마음이 아름다운 청춘이라도 삶 자체가 아름답다고 할 수 없을 겁니다.

하위 일 퍼센트 가정에서 자란 저는 대학이 아니라 중고등학교도 포기하였습니다. 좋은 나라와 좋은 때를 만나서 중학교는 무상이었고, 국가에서 장학금으로 운영하던 금오공고를 졸업하였으며, 역시 등록금과 책값 숙식까지 무료로 제공하는 금오공대 덕에 대학을 졸업하였습니다. 수업료를 내고 중학교에 다녀야 했던 시기나, 금오공고나 금오공대가 생기기 전에 학교에 다녔던 사람은 누릴 수 없는 행운이었습니다. 성적이 좋았더라도 찢어지게 가난하여 진학을 꿈꾸지 못한 제가 대학교를 졸업한 건 천우신조였습니다.

그렇게 완벽하게 국가에서 지원을 받았음에도 학창 시절이 수월한 건 아니었습니다. 가족 중 용돈을 지원해 줄 사람이 없었습니다. 방학 때에는 늘 노가다로 다음 학기 용돈을 벌어야 했습니다. 대학생은 대부분 가난합니다. 집이 부유해도 용돈을 충분히 주지 않기에 군색할 수밖에 없습니다. 아무리 부자라도 데이트 비용과 술값 당구비까지 용돈으로 주는 사람은 없습니다. 부유한 친구도 끼니를 걸러 당구를 하거나 술을 마시곤 했습니다. 나는 겉보기에는 화려하고 자유스러운 청춘을 만끽하는 대학생이었지만, 실상은 비참한 비렁뱅이 신세였습니다. 지금이나 그때나 돈이 없으면 다 거지지요.

그래도 장군이나 대통령이 되리라는 망상을 가지고 살았기에 힘들었어도 불행하지는 않았습니다. 스스로 책이나 영화 속 주인공이라고 생각하였기에 훗날 누리게 될 찬란한 영광을 위하여 운명이 나에게 준 시련이라고 여겼지요. 당장이야 고생이지만 눈부신 성공의 밑거름이라면 무슨 일을 못 하겠습니까? 젊어서 고생은 사서도 하라는 속담도 있잖습니까? 순진했다고 해야 하나요, 어리석었다고 해야 할까요? 저는 그때까지 공자님 부모님 선생님 말씀을 무한 신뢰했습니다. 존경하지는 않았으면서요.

공부를 열심히 하지 않으면서 어떻게 장군 대통령 되려고 생각했는지 이상하지만, 대학 시절 공부 외에는 최선을 다해서 치열하게 살았습니다. 아름다운 배우자를 찾아 영화에서나 할 행동도 하였지요. 시도하지 않으면 가능성 자체가 없다고 책에서 읽은 대로 겁 없이 달려들어 도전하였습니다. 겉으로 표현하지 않았지만, 제 마음은 안하무인과 오만 그 자체였습니다.

세상을 만만하게 생각하였으나 세상은 결코, 수월하지 않았습니다. 경험하지 못하고 상상하지 못한 시련과 역경이 즐비하였지요. 장교가 되는 길은 쉽지 않았습니다. 공군소위 첫 월급이 18만 5천 원이었습니다. 그 봉급을 받기 위해서는 천신만고를 겪어야 했습니다. 금오공대 ROTC는 힘들었습니다. 금오공고에서 받은 군사교육이나 병영훈련과는 차원이 달랐습니다. 삶을 그만둘 결심까지 할 정도였습니다.

지금 젊은이의 삶은 힘겹습니다. 아무리 공부하고 노력해도 모두 잘살 방법은 없지요. 취직 걱정하지 않은 우리 세대와는 다릅니다. 오죽하면 연애와 결혼과 출산을 포기해야 하는 삼포 세대라고 자조하겠습니까? 포기해서는 안 됩니다. 각자 자신의 길을 찾아내야 합니다. 젊은이가 힘겨운 시대라고 하지만 우리나라만, 현재만 그런 것이 아닙니다. 정도 차이는 있어도 어느 시대 어느 나라에 살더라도 쉽지 않습니다. 깨달은 자 싯다르타가 말하지 않았습니까? 인생은 고해라고요.

싯다르타는 일체유심조라는 말도 했습니다. 세상만사 마음먹기에 달렸다는 거지요. 주어진 조건이나 상황은 행복과는 무관합니다. 비슷한 상황이나 조건에서도 어떤 사람은 불행을 한탄하고 어떤 사람은 다행이라고 말합니다. 삶에 정답은 없겠지만 행복이 모두가 추구하는 삶의 목적이라면 스스로 부정하는 것보다는 한없는 긍정이 행복에 이르는 지름길입니다. 혹독한 상황이라도 잘할 수 있다고 긍정하면서 나아가야 합니다.

『얼룩무늬 청춘 2』는 제 두 번째 자전 수필입니다. 평범한 재능과 몸으로 최대한의 성취를 위하여 노심초사한 젊은 날의 초상입니다. 제가 다닌 금오공대 대학 생활을 돌아보았습니다. 망상이라도 있었기에 가난과 고난을 견딘 것 같습니다. 그래서 꿈이 있어야 한다고 하는가 봅니다.

성공한 사람의 일대기는 아니더라도 누군가에게 도움이 되리라는 희망으로 글을 썼습니다. 어느 시대 누구라도 겪어야 할 험난한 삶의 단편을 들여다보면서 젊은이에겐 시련을 극복하는 마음의 위안이 되고, 늙은이에겐 되돌아보면 아름다웠으나 다시 돌아가고 싶지 않은 청춘을 추억하는 시간이 되었으면 합니다. 이 글을 읽고 단 몇 명이라도 마음의 위안을 받거나 추억에 잠겨 잠시라도 행복하다면 제게는 영광입니다. 글을 쓴 저도 무한 행복하겠지요.

책에서 삶의 지혜를 찾는 독자 여러분의 건강한 삶을 응원합니다.

2023. 1.

조자풍

목차

7장 / **1987**

5장

1985

사나이 조자룡은 전두환을 용서하지 않는다.

언젠가 만나면 불문곡직 조진다.

상명하복을 생명으로 하는 군인이 통수권자를 때린다면

어떤 일이 벌어질 것인가?

본문 '광주 비디오'에서

독서

　1985년 3월, 어려서는 꿈도 꾸지 못한 대학생이 되었다. 목표했던 서울대학과 차선책이었던 육군사관학교는 아니었으나 당시 대학생이 된다는 건 곧 신분 상승을 의미하였다. 4년제 대학 진학률이 20% 남짓이었던 걸로 기억한다. 입학이 곧 졸업을 의미하는 건 아니더라도 주어지는 난관을 헤쳐 나간다면 고달팠던 가난에서 탈출할 수 있으리라. 금오공대 졸업이 곧 장교가 되는 셈이다. 군사정권이 지속하지 않더라도 장교는 누구도 무시 못 할 신분이다.

　졸업 후 부사관 임용이란 사실을 알면서도 장군이 되는 꿈을 잊기 위해 금오공고를 선택한 건 무지였으나 행운이 따랐다. 금오공대가 있다는 사실도 몰랐고, 당시에는 금오공대에 진학할 마음도 없었으나 어쨌든 금오공대가 있었기에 대학 문턱을 넘을 수 있었고, 장교가 될 수 있었다. 독재정치를 한 흠은 있으나 금오공고와 금오공대를 설립한 박정희 전 대통령이 나에게는 은인인 셈이다.

물론 이미 세상에 없는 터라 감사할 기회는 없다. 훌륭히 성장하여 대한민국을 빛내는 사람이 되는 것이 보답하는 길이리라.

서울대나 육사에 진학하지 못해 가능성이 확연히 줄어든 것은 사실이나 미래는 누구도 장담할 수 없다. 무슨 일이 발생할지 아무도 모른다. 군에서 탁월한 장군이 되어 최종 대통령이 되려는 목표는 그대로다. 대통령이 되려는 목적도 당면한 북한 공산당과 군을 말살하고 대한민국의 영광을 이끈다는 것 그대로였다. 운명의 신이 거부할 때까지는 꿈을 좇아야 한다. 탁월한 장군이 되고 위대한 대통령으로 기억되려면 대학에서 무엇을 할 것인가?

장군이 되는 것도 대통령이 되기도 쉽지 않다. 모든 장교의 꿈이 장군일 테고 스스로 우뚝 서고자 하는 사람은 대통령을 꿈꾸리라. 모두가 원하는 일을 달성하는 건 분명 쉽지 않다. 확률이라고 말하기도 부끄러운 가능성이리라. 원하는 위치에 도달해도 뭇사람에게 손가락질받을 거라면 안 하느니만 못하다. 장군이나 대통령이 될 가능성에 대비해야 한다. 역사에 오명을 남길 바에야 차라리 보통 사람으로 사는 게 낫다. 탁월하고 위대한 장군이나 대통령이 되어야 한다.

인류 역사를 꿰뚫어야 하리라. 위대한 사람의 자취와 정상 일보 직전에서 눈물을 삼켜야 했던 사람과 큰 성취를 이루고도 말로가 비참했던 사람을 추적해야 한다. 거의 모든 역사에는 따라야 할 타산지석과 전철을 밟아서는 안 되는 반면교사가 부지기수다. 최대한 목표에 근접하여 궁극의 목적을 이루어야 하지만, 개인의 삶도 중요하다. 대한민국의 영광을 이끌고도 비명횡사하거나 역사에 오명을 남긴다면 그 성취의 의미는 반감하리라. 대통령이 못 되는 걸 걱정할 게 아니라 훌륭한 대통령이 되는 방식을 찾아내야 한다. 결론은 하나다. 최대한 많은 책을 읽는 것이다.

금오공대 학부 수업을 열심히 들어 훌륭한 공학자가 되는 건 의미 없는 일이다. 군이나 국가에는 도움이 되겠지만 내 꿈과는 무관하다. 역사를 꿰뚫어 과거와 현재 미래를 일목요연하게 그려내야 한다. 모든 인문학 서적을 탐독하여 인간의 심리를 읽어야 한다. 훌륭한 사람이란 주변 사람과 조화로운 사람이다. 아픔을 공감하고 슬픔을 나누며 기쁠 때 박수하고 즐거울 때 춤추는 사람이다. 그런 사람이 될 방법이 무엇인가? 독서다. 상황과 태도에서 그의 심리를 읽어내어 미리 대처하는 것, 정치 경제 사회 문화적 동물인 인간 사회에서 잘 적응한다는 의미는 사람의 마음을 알아채는 것이다. 쉽게 공감하고 교감하는 사람이 되는 것이다.

대학에서 할 일은 결정되었다. 양질의 책을 최대한 읽어야 한다. 책이 귀한 시절이었다. 경제가 하루가 다르게 발전하고 있었지만, 아직 겨우 궁핍을 면한 수준이었다. 생계에 직접 관련이 없는 교양 서적을 사서 읽는 사람은 흔치 않았다. 학교에는 소위 도서관이란 게 있었으나 형식이었다. 도서관 안에 들어가 책을 고를 방법이 없었다. 도서 목록에서 읽을 책을 선택하여 도서관 직원에게 책 제목, 저자, 출판사를 제시하면 찾아다 주었다.

이래서야 원하는 책을 찾는다는 게 서울에서 김 서방 찾기다. 서

점에서 책을 꺼내 들어 머리말과 대강을 훑어보더라도 원하는 책인지 알아내기란 쉽지 않다. 손바닥 절반 크기의 도서 목록을 보고 훌륭한 책을 알아맞힌다는 건 소경이 코끼리 뒷다리 만지는 격이었다.

책을 구해 볼 방법은 막연하였으나 그래도 대학 4년간 500권 읽는 것을 목표로 하였다. 선후배나 동기 중 내가 읽지 않은 책을 가졌다는 걸 확인하는 순간 모두 빌려서 읽었다. 헌책방에서 마음에 드는 책이 있으면 싼값에 구하였다. 쓸 돈이 궁하여 활동할 여력이 없는 데다 학업마저 소홀한 터여서 남는 게 시간이었다. 책 읽을 시간은 충분하였다. 만약 요즘 같은 개방된 도서관이 있었다면 1,000권 2,000권이라도 읽었으리라. 입학과 동시에 작성하기 시작한 독서 목록은 졸업 때까지 500권을 겨우 채울 수 있었다.

독서를 열심히 하겠다는 생각은 옳았으나 학업을 소홀히 한 건 판단 착오였다. 훌륭한 공학자는 되지 않아도 무방하였으나 전문지식이 모자란 건 업무에 치명적이었다. 역사에 등장하는 장군처럼 전략 전술에만 능통해서 될 일이 아니었다. 현대전의 승패는 무기체계 성능으로 결정된다. 무기체계 성능 이해와 취급 정비를 위해서는 전문지식이 필수다. 공군 기술지시(T.O)는 영어 원서다. 영어와 전자공학에 능통하지 않은 무장(武裝)장교가 무슨 일을 하겠는가?

아무리 구체적인 목표를 가졌더라도 미래를 정확히 예측하기는 어렵다. 자신이 원하는 길을 걷더라도 보통 사람 수준의 지식은 가

저야 한다. 목표를 위하여 한쪽에 집중한 결과 전자공학과 영어에 소홀한 결과를 낳았다. 삶은 그의 사고와 판단과 행위의 결과다. 육체와 정신뿐만 아니라 그가 이룬 업적도 마찬가지다. 독서는 긍정적인 영향을 끼쳤으나 학업에 소홀한 결과로 탁월한 장교가 될 수 없었다. 나중에 드러나겠지만 군에서의 성취, 장군이 되는 길은 첩첩산중 가시밭길이리라.

500원

　말로만 듣던 대학 생활은 환상이었다. 요즘 학생이 들으면 꿈같은 이야기겠지만 '먹고 대학', '놀고 대학'이라고 비아냥대던 당시 시민의 말 그대로였다. 년 두 자리 경제성장률이 이루어질 때다. 누구도 취업 걱정하지 않았다. 비단 대학생뿐 아니라 중졸 고졸도 직업이나 회사 선택을 고민했지, 일자리 걱정은 하지 않았다. 지금은 가장 인기가 좋아 공시족, 공무원 고시라는 말이 당연하다는 듯 유행하지만 1980년대에는 행정고시를 패스한 5급 공무원 외에는 직업 취급도 안 했다. 그 정도로 공무원은 박봉이었다.

　취업 걱정 없는 대학 생활은 낭만이 넘쳐흘렀다. 언제나 돈이 문제다. 웬일인지 돈이란 놈은 항상 부족하지, 남아돌 때가 없다. 과거뿐만 아니라 살아갈 미래에도 마찬가지리라. 아주 적더라도 고정적으로 용돈을 받을 수만 있다면 더할 나위 없이 행복하였으리라. 60년대 70년대와는 비교할 수 없을 정도로 경제가 향상되었으나 대학생은 여전히 가난하였다. 가난한 사람은 굶주렸고, 상대적으로 부유한 사람도 술 마시고 데이트하다 보면 언제나 궁핍하였다.

당구는 유럽에서 발생한 귀족 스포츠다. 설비가 까다롭고 관리에 비용이 상당히 소모되므로 서민이 하기에는 부담되는 오락이다. 이 당구가 언젠가부터 대학생에게 유행하였다. 요즘은 당구장이 귀하지만 1980년대 대학가에는 온통 당구장 천지였다. 옷과 손이 지저분해져 여학생은 하는 사람이 드물었지만, 남학생은 거의 모두 당구를 좋아하였다.

대학에 입학한 1985년 입학식에도 참석하지 않고 친구 따라 당구장에 갔다. 나는 당구라는 걸 처음 보았지만, 상당히 재미있어 보였다. 주제 파악을 하고 당구장 근처에도 가지 말았어야 했으나 처음 보는 순간 깊숙이 빠져들었다. 나는 돈이 없었다. 학교에서 책값과 식사비로 한 학기에 수십만 원을 지급한 것으로 기억한다. 그게 용돈의 전부였다. 책값 아끼고 식사 건너뛴 대가가 당구였다.

처음 배울 때는 10분에 200원이었던 당구비가 얼마 후 250원으로 인상되었다. 바닷가에 있는 인천 부산 당구가 짜다고 소문났지만, 진짜 짠돌이는 대학생이다. 형편이 부유하거나 가난한가를 떠나 모두 궁핍할 수밖에 없는 대학생은 지는 사람이 내는 당구비를 아끼기 위하여 핸디캡을 낮춰야 했다. 한 경기 평균 20분이 걸리는 게 일반적이지만, 학생 간 경기는 10분이나 15분 안에 끝내야 했다.

학교 공부에 관심이 없던 터라 틈만 나면 당구장 행이었다. 강의 시간에 출석을 부르면 한 사람이 여러 사람 대신 대답하는 일이 비일비재했다. 교수도 굳이 적발하여 감점 처리하지 않고 묵인하였다. 수업이 지루하거나 졸리면 슬쩍 빠져나가 당구장으로 갔다. 어쩌면 수업 들은 시간보다도 당구장에 있던 시간이 더 길었을지도 모른다.

나는 어떤 것에 몰두하면 중독되는 성질이 있다. 한마디로 미치는 것이다. 바둑에 빠져서 두세 단계를 거쳐 현재 아마추어 3급에 이르렀고, 대학교 1학년은 당구에 미쳤다. 아무리 좋아해도 돈이 없어서는 아무 소용이 없었다. 다른 사람 치는 걸 구경으로 만족해야 했다.

남 하는 당구 구경에 아까운 시간을 낭비하느냐고 타박하겠지만, 몰라서 하는 말이다. 직접 하는 것만 좋다면 그 많은 프로스포츠 관중은 왜 그리 법석이겠는가? 바둑이든 야구든 축구든 당구든 하는 재미가 있는가 하면, 보는 것도 나름대로 묘미가 있다. 자신보다 실력이 뛰어난 사람 경기를 보면 수읽기가 는다. 상황에 따라 공략할 방향과 구질을 보고 배울 수 있다.

나는 호주머니에 500원이 있을 때 도전했다. 500원은 딱 한 판 비용이다. 질 때까지 했다. 운이 좋으면 대여섯 판을 할 수도 있었다. 누군가 1승 1패 상황에서 결승을 요구하면 극구 사양했다. 결승전을 이기면 좋으나 지면 어떻게 하겠는가? 호주머니에 500원밖에 없다는 걸 말할 수는 없었으므로 갖은 핑계를 대서 자리를 빠져나갔다.

500원은 하루 생활에 최소한의 비용이었다. 기분이 울적하면 술 생각이 간절해지지만, 누군가에게 함께 마시자고 할 수는 없었다. 500원으로 누군가와 함께 안주와 술을 챙겨 먹을 수는 없다. 술 마시고 싶으나 500원밖에 없을 때 혼자서 포장마차에 갔다. 당시 포장마차에서 소주 한 병이 500원이었다. 물론 가게에서는 150원 200원이었지만, 포장마차에서 파는 가격이 막걸리 소주 모두 500원이었다.

소주를 시키면 기본으로 김치 한 접시를 주었다. 소주 한 잔에 김치 한 조각으로 마시는 술도 취하기는 마찬가지다. 취하면 기분이 좋아진다. 문제는 소주 한 병으로 취하지 않는 주량이었다.

술과 담배는 떨어지려 해도 떨어질 수 없는 천생연분이다. 술에 취하면 담배 생각이 난다. 술에 취해 몽롱한 정신에 담배를 피우면 더 몽롱하게 된다. 술에 취한 사람이 담배를 더 피우게 마련이지만, 담배는 술을 더 취하게 했다. 나는 더 빨리 많이 취하려는 목적으로 소주 한 잔에 김치 한 조각을 먹고 담배 한 대를 피웠다. 소주 한 병 일곱 잔을 마시는 동안 담배 일곱 대를 피운 셈이다. 30여 분이면 천하를 품은 듯 거나해졌다.

나는 대학에 다니는 동안 친구에게 술이든 밥이든 라면이든 산 적이 거의 없다. 간혹 얻어먹기는 하였다. 누군가 300원짜리 라면 한 그릇이라도 사주면 감지덕지하였다. 갚을 수 없는 은혜이기에 고마울 수밖에 없었다. 가난한 사람이 자수성가하더라도 단점이 있다. 씀씀이가 인색하다. 항상 궁핍하였기에 베푼 경험이 없다.

베풀 시기와 방법을 제대로 모른다. 부잣집 자식이 헤프고 방탕한 면이 있지만, 뭇사람에게 인기가 있다. 베푸는 사람이 되어야 한다. 그래야 인기가 있다. 내 삶은 인기 있는 사람과는 거리가 멀었다.

당시에도 500원은 큰돈이 아니다. 당시 가장 싼 한 끼 식사 비용이었다. 호주머니에 500원이 있을 때 든든했다. 원하는 당구를 한 게임 칠 수도 있고, 술 한 잔도 가능하며, 배고프면 라면을 사 먹을 수도 있었다. 친구에게 베풀 수는 없지만, 하루를 버틸 수 있게 한 500원은 나에게는 크고 소중하였다.

담배 청자

담배는 몸에 해롭다. 담배가 몸에 해롭다는 걸 모르는 사람은 없다. 그런데도 국민 40%가 흡연자다. 배우는 데는 큰 힘이 들지 않지만 끊기가 힘들다. 한 번 배우면 거의 평생을 간다. 끊는 사람도 자의라기보다는 흡연을 계속하면 생명이 위태롭다는 의사의 공갈(?) 협박에 눈물을 머금고 중단하는 사람이 다수다. 담배는 아예 배우지 않는 게 상책이다.

나는 어려서 축농증을 앓았다. 당시 의사의 말에 따르면 책걸상 없던 시절에 장시간 엎드려서 공부한 게 원인이라고 한다. 시원찮은 지능으로 항상 1등만을 목표로 했으니 축농증은 나에게 영광의 상처였던 셈이다. 초등학교 때 병원에 가면 의사가 강조하는 첫 번째가 금연이었다.

"선천적으로 호흡기계통이 약합니다. 축농증도 호흡기계통이 약한 게 하나의 이유지요. 다른 건 몰라도 담배는 피우면 안 됩니다.

담배가 몸에 좋을 리 없지만, 특히 호흡기계통에 좋지 않습니다."

의사가 강조하였지만 사실 의사 말이 아니더라도 흡연할 마음은 없었다. 초등학교 저학년 때 고학년 형들이 어른 흉내 낸다고 산에서 솔가리를 종이에 말아 피우곤 하였다. 나도 따라 피워봤지만 역겨운 냄새만 날 뿐 전혀 좋은 점이 없었다. 가끔 누군가 아버지 담배를 훔쳐다가 필 때도 있었다. 몇 번을 피워봤지만 독한 연기에 목만 따가울 뿐이었다. 담배는 나를 유혹하는 게 아니었다.

담배 냄새도 싫었고, 몸에 해로우니 절대 피지 말라는 의사 말도 있어서 고등학교 때까지 흡연 경험이 전혀 없었다. 껄렁거리는 친구 몇몇은 중고등학교 때부터 거의 매일 피다시피 했으나 나는 함께 하면서도 담배는 피지 않았다. 술은 어려서부터 마셨고 거친 친구와 곧잘 어울렸어도 담배만큼은 절대 허락하지 않았다. 나는 평생 금연할 작정이었다.

사람의 의지는 대단하지 않다. 어려서 또는 기분이 고양되었을 때는 충신열사나 정의의 사도인 양 큰소리치지만 약간만 상황이 바뀌어도 꼬리를 내리기 일쑤다. 자신은 청렴결백하고 공명정대하리라 호언장담하고 기득권을 싸잡아 비난하지만, 나이 들어 그 위치에 올라가면 태연하게 같은 행위를 하는 사람이 부지기수다.

금오공대 1학년 때 기숙사 생활을 했다. 기숙사라는 게 충분하지 않아서 원한다고 살 수 있는 게 아니지만, 대학 생활에 익숙하지 않은 1학년을 우선 배정한다. 기숙사 전체 인원의 50% 이상이 신입생으로 채워진다.

나는 4층에 배정받았는데 4인 1실 기준이었다. 같은 방을 사용하는 사람은 나와 같은 1학년이 1명, 3학년 4학년 각 1명이었다. 2학년 이상 학생이 기숙사에 살기는 어렵다. 경쟁률이 치열하여 성적이 아주 우수한 사람 외에는 기숙사 생활을 할 수 없었다. 같이 방을 사용하는 선배도 모두 성적이 뛰어난 사람이었다. 선배니 그렇겠지만, 아는 게 많고 성격도 좋았다. 단 하나 문제점은 모두 골초라는 점이었다. 나를 제외한 3명이 모조리 골초였다.

골초란 담배에 중독되어 일정한 시간마다 반드시 흡연해야 하는 사람이다. 시간이 되어도 흡연하지 않으면 여러 금단증상이 나타나는데 초조하고 긴장할 뿐 아니라 얼굴이 붉어지고 손을 떠는 사람도 있다. 그 당시만 해도 금연을 강조하는 사회적 분위기가 아니었다. 내가 어릴 적에 아버지는 혼자 피는 담배를 한겨울 문 닫은 채 안방에서 피우셨고, 고속버스나 시내버스 의자 뒤에는 재떨이가 부착되어 있었다. 실내 금연이 아니라 공식적으로 흡연이 인정되었다. 고속버스나 시내버스 기사가 방송으로 흡연할 분은 뒷자리에 탑승하고, 흡연할 때는 창문을 열어 환기를 시켜달라고 당부할 정도였다. 흡연은 죄가 아니었다.

한두 명이 필 때는 그런대로 참을 만하였다. 낮에는 내가 잠시 자리를 피할 때가 많았다. 사회적 분위기도 실내 흡연이 정당하였지만 그렇지 않더라도 군에 다녀와서 네댓 살 많은 선배가 담배 피우는데 딴지 걸 수는 없었다. 문제는 밤이었다. 취침 시간에는 모두 돌아오기 마련이다. 열 시가 넘어 2층 침대에서 잠을 자려고 하면 누군가가 담배를 피우기 마련이다. 웬일인지 한 사람이 담배를 피우면 다른 사람도 덩달아 피운다. 한 사람씩 교대로 피는 법은 없었다.

눈을 감고 억지로 잠을 청하려다 역한 담배 연기에 눈을 떠 보면 방안에 담배 연기가 가득하다. 오소리 잡으려 일부러 불피운 것처럼, 뿌연 연기로 사물이 희미하다. 담배 연기가 방 전체에 고루 퍼지는 것도 아니다. 구름이 일정 높이에서 띠를 형성하며 넓게 퍼져 있는 것처럼, 담배 연기는 2층 침대 높이에서 짙은 띠를 형성한다. 흡연자와 함께 사는 비흡연자는 고달프다.

"아 정말 너무하네. 담배는 밖에서 피우면 안 됩니까? 피우려면 한 명씩 교대로 피우든가……."

"자는 데 미안하구마. 우리는 담배 안 피우고는 못 사니까 니가 이해하라카이. 니도 한 대 피워 봐라. 안 피모 괴로워도 함께 피모 잘 모를 끼구마는."

피우라고 한다고 그 역겨운 담배를 피울 수는 없었다. 화를 참고 콜록거리면서 버틸 수밖에 없었다. 그러던 어느 날 1학년 친구가 대거 방에 방문한 적이 있었다. 얼마나 흘렀을까? 대화하던 한 명이 담배를 꺼내 들었다. 그러자 기다렸다는 듯이 모두 담배를 하나씩 꺼내 피웠다. 내가 힘들어하자 한 명이 담배를 꺼내 권하며 남 피울 때는 같이 피라고 했다. 마지못해 담배를 받아서 피우니 독하고 역겨웠으나 코로만 연기를 들이마시는 것보다는 나은 듯했다.

그 이후로는 담배 피운다고 타박하지 않고 함께 피는 것으로 대신했다. 낮에는 대체로 피울 기회가 많지 않았으나 밤에는 매일 두세 대는 피우기 마련이었다. 한 달여가 지난 어느 날 혼자만 있는데도 불현듯 담배가 생각났다. 담배 피우는 사람이 아무도 없는데도 말이다. 처음으로 매점에 가서 200원짜리 청자를 사 피웠다. 나는 순간을 모면하려고 담배를 피웠으나, 담배는 서서히 나의 흡연을 혐오하는 마음을 무너뜨리고 있었다. 시간의 승자는 담배였다. 나는 담배가 싫지 않았다. 고소한 향기와 함께 몸과 마음을 나긋나긋하게 만드는 담배가 좋았다.

　　나도 모르게 담배에 중독되어 없는 살림에 담배까지 사야 했다. 당시 가장 고급 담배는 500원짜리 솔이었고, 돈 없는 학생은 330원짜리 은하수, 거북선, 한산도를 즐겨 폈다. 누구에게도 용돈을 받지 않던 나는 가장 싸고 독하다고 소문난 200원짜리 황금빛 청자를 애용하였다. 애연가라도 청자는 피하는 편이라서 담배가 없어도 내게 손 벌리는 사람은 없었다. 담배가 아무도 없을 때만 내게 담배를 부탁했다. 값도 싸고 새나갈 일이 없어 청자는 내게 일거양득이었다.

　　그렇게 시작한 담배는 내 삶의 필수품이었다. 밥을 한 끼 굶은 상태라도 담배를 오래 피우지 못했다면 담배부터 찾았다. 담배가 백해무익이라지만 꼭 그런 것은 아니다. 초조할 때 긴장을 푸는 데 도움이 되고, 분노했을 때 화를 누그러뜨리는 역할을 한다. 화가 날 때는 말보다 담배 한 대 피우는 게 낫다. 그 짧은 사이에 두뇌는 심사숙고하여 냉정한 마음을 되찾게 한다. 특히 서럽거나 외로울 때 담배와 명상은 마음을 다독이는 효과가 있다.

내가 배울 때는 담배에 우호적이었으나 여권신장과 더불어 가장 괄시받는 게 흡연이었다. 처음에는 열차나 버스 같은 대중교통 수단에서 금연이 시작되었고 이어서 사무실 안방까지 비흡연자의 반대로 금연장소가 되었다. 나중에는 다방 술집에 이어 역이나 경기장 등산로 거리까지 금연으로 바뀌었다. 몇십 년 사이에 분위기는 역전되었다. 흡연자는 설 자리가 없다. 죄지은 사람인 양 숨어서 피며 지나가는 사람 눈치를 힐끔거려야 했다.

건강에 좋지 않고 쓸데없는 비용 추가가 문제였으나 이제 금연은 자존심 문제였다. 담배 중독자는 장소를 가리지 않는다. 일정 시간이 흐르면 반드시 피워야 한다. 대부분 장소가 금연으로 바뀌자 중고등학생이 화장실에서 선생 모르게 피우는 것처럼 숨어 피게 되었다. 장군이든 국회의원이든 흡연자는 움츠러들 수밖에 없다. 치욕과 수모를 면하려면 끊을 수밖에 없다. 그게 의지로 잘 안 된다. 대부분 끊지 않으면 머지않아 사망에 이른다는 의사의 사형선고까지 기다려야 한다.

스무 살에 배운 담배는 전역할 즈음 목에 백선이 생기고 오랜 기간 목소리가 나오지 않아서 후두암이 의심되어서야 끊을 수 있었다. 정말 지독한 놈이 담배다. 그 어떤 유혹보다도 강하다. 흔히 주색잡기가 패가망신의 지름길이라고 하지만, 그만두기로는 술 여자 도박보다 담배가 더 어렵다. 기관지가 약해 담배 피지 않겠다는 결심은 타의에 무너졌고, 소위 임관 후 월급을 받기 전까지 대학 4년 가장 절친한 친구이자 동반자는 황금색으로 빛나던 200원짜리 담배 청자였다.

동아리 한솔

1980년대 대학은 청춘의 해방구였다. 4년제 대학에 갈 수 없는 사람이 대부분이었지만, 일단 대학에 진학하면 중고등학교 때까지는 못 느꼈던 새로운 세상을 만끽할 수 있었다. 넷 중 하나 정도밖에 진학할 수 없었던 현실에서 대학 진학 자체가 특권층에 들어가는 통로였다. 대학은 확대일로였으나 가르치는 방식은 크게 달라지지 않았고, 가르치는 사람이나 배우는 사람이나 큰 열정이 없었다. 그저 최대한 경험하고 즐기자는 생각이었다. 80년대는 낭만 대학이었다.

사실 과학이나 공학에서 역사에 길이 남을 혁혁한 업적을 남기려는 사람이 아니라면, 지능이나 재능이 탁월하여 새로운 사조를 창조하려는 의도를 가진 사람이 아니라면 공부만 할 이유는 없다. 대학은 전문지식을 배우는 곳이라기보다는 스스로 대화와 토론을 통하여 사회를 이끌어갈 지성인이 되는 과정이다. 독서와 다양한 경험으로 스스로 성장할 기회를 제공하는 것이 대학이다. 80년대 대학의 꽃은 동아리 활동이었다. 각자 취향에 맞는 동아리 활동이 학점보다 더 의미가 있었다.

동아리가 뭔지도 잘 모르던 상황에서 선배가 접근해 왔다. 학생 수가 제한되었으므로 나름대로 우수한 후배를 동아리로 이끌려는 노력이었다. 그중 하나가 '한솔'이라는 동아리였다. 한솔은 1년 선배 다섯 명이 만든 동아리였는데 여유 시간에 산천을 찾아 호연지기를 키우는 걸 목적으로 하였다. 한솔은 순수 우리말로 부부, 조선소나무, 큰 소나무를 의미한다. 동아리 이름을 한솔로 정한 건 '겨울에도 그 빛을 달리하지 않는 소나무의 절개를 본받아 어떠한 환란에도 젊어서 주창한 정의감을 잃지 말자'라는 의미였다.

선배 다섯 중 셋이 금오공고 출신이었다. 아는 사람을 찾다 보니 직속 후배에게 접근한 것이다. 그러잖아도 혼자서 자주 갈 수 없는 산천 여행을 원하였으므로 불감청이언정 고소원이었다. 평소 독서 외에는 마땅히 할 일도 없는데 적당한 인원이 시간 나면 놀러 가자는데 얼마나 바라던 일인가? 어찌하다 보니 2기인 우리도 금오공고 출신이 세 명을 차지했다. 나와 김명준, 박재민, 전기식, 김종출이었다. 기식이와 종출이는 부산전자공고를 나왔다.

선배 다섯과 우리 다섯은 가끔 막걸리를 마시며 우의를 다졌고 학기에 한 번은 반드시 등산 여행을 떠났다. 자가용이 없던 시절이었다. 당일치기로 산에 다녀오는 건 자가용 시대에나 가능한 일이다. 어느 산에 가더라도 시외버스와 시내버스를 갈아타며 가야 했고, 대체로 왕복에 하루 이상이 필요했다. 숙박 비용을 절약할 뿐 아니라 젊은이에게 야영은 낭만이었으므로 텐트 두 개를 짊어지고 산에 올랐다.

요즘은 산에서 텐트 치고 숙박하는 것이 대부분 불법이다. 아직 여행이나 등산이 활성화하지 않았던 80년대. 어느 국립공원이라도 적당한 곳에 텐트를 치는 야영이 가능했다. 처음 간 산은 구미에서 가까운 대구 팔공산이었다. 가는 과정은 기억에 없다. 팔공산 어느 골짜기에서 텐트 치고 캠프파이어 한 것만 기억에 남는다.

지금이야 산에서 캠프파이어는 엄두도 낼 수 없다. 인화 물질 소지조차 불법이다. 당시에는 산악 인구가 적어서 등산로 정비도 잘되어 있지 않았고, 취사와 야영에 대한 통제가 없었다. 팔공산 어느 골짜기에 텐트를 치고 한 조는 식사 준비를 하고 한 조는 캠프파이어에 쓸 나무를 모았다. 인적이 뜸한 깊은 산속에는 죽은 나무가 지천이었다. 날 새도록 모닥불 피울 장작을 모으는 데 오랜 시간이 걸리지 않았다.

산은 언제 가도 좋다. 게다가 마음에 맞는 또래 여럿이서 모닥불을 피워놓고 술 마시며 마음껏 소리 지르고 노래하는데 즐겁지 않을 수 있겠는가? 민주화가 좌절되고 군사정권이 유지되던 시국을 비관하여 울분을 토해내며 부르던 노래는 '타박네야', '아침이슬', '임을 위한 행진곡' 등 주로 금지곡이었다. 당시 대학생은 젊은이를 대표한다는 자부심과 세상을 올바른 방향으로 이끌어야 한다는 정의감과 사명감이 있었다. 모든 대학생이 군사정권을 반대하고 민주화를 이루어야 한다고 한목소리를 내었다.

　등산 새내기였지만 그때는 젊었다. 열 명이 밤새워 마실 술과 쌀과 찬거리와 물을 짊어지고 올라가도 힘들지 않았다. 밤 열두 시가 지나 칠흑같이 어두운 밤하늘을 꽉 채워 쏟아질 듯한 은하수는 감동이었다. 거나하게 취한 상태에서 뜻이 맞는 지기와 모닥불 옆에서 마시고 토론하고 노래하는 기분은 최고였다. 가난해서 하고 싶은 걸 제대로 하지 못한 대학 생활이었으나, 산에서는 가난하지 않았다. 산은 사람을 차별하지 않는다. 산에 오를 힘만 있다면 누구나 환영한다. 팔공산 골짜기에서는 세상을 얻은 듯이 행복하였다. 한솔은 나에게 행복한 시간을 선사한 잊을 수 없는 동아리다.

첫 미팅

80년대 대학에는 낭만이 있었다. 듣기 좋은 말로 낭만이지 실상은 놀기 좋았다는 뜻이다. 그래서 대학생을 바라보는 시선이 곱지 않았다. 놀고 대학, 먹고 대학이라는 말이 유행하였고 실제로 강의를 빼먹고 당구 하는 일이 비일비재했다. 4년제 대학 진학률이 30%에도 미치지 못하였기에 대학 졸업 자체가 일종의 신분 상승이었다. 학력에 무관하게 거의 모두 취직에 문제가 없었다. 고졸과 대졸 차이는 사무직과 현장, 임금 차이가 전부였다.

대부분 취직 걱정이 없을 때였지만, 금오공고 출신은 더했다. 일반 대학에서는 ROTC 입단 경쟁률도 만만치 않았으나 금오공고 출신은 입단이 의무였다. 대학 졸업 후에는 공짜로 수업한 금오공고 금오공대 7년에 기본 3년을 더해 10년간 군 복무가 의무였다. 노력하는 사람은 대개 불확실한 미래에 대한 불안 때문이다. 금오공고 출신은 미래가 확실했다. 진급은 각자 능력이겠지만 졸업 후 10년간 장교 생활은 피할 수 없었다. 과락으로 졸업하지 못하지 않는 한 일견 미래에 큰 차이가 없어 보였다. 노력해도 큰 차이가 없다면 누가 열심히 하겠는가? 나는 당시 대학생의 특권인 낭만을 즐기는 데 집중했다.

고등학교와 다른 점이 대학생은 성인으로 인정한다는 점이다. 중고등학교 때는 이성 교제를 껌 좀 씹어보았다는 껄렁거리는 사람이나 하는 비행으로 치부하였고, 적발 시에는 학교의 처벌이 뒤따랐으나 대학생은 그런 제한이 없었다. 제한이 없는 게 아니라 오히려 애인 없는 사람이 바보 취급받는 실정이었다. 역시 대학은 좋았다. 고등학생이 목숨 걸고 진학하려고 노력할 만했다.

대학 입학 후 얼마 지나지 않아서 금오공고 1년 선배인 박종민이 효성여대에 다니던 여자친구와 교섭하여 전자공학과 신입생을 대상으로 미팅을 주선했다. 따로 용돈을 받지 않던 처지라 궁핍하였지만, 미팅이라니 나서지 않을 수 없었다. 영화나 드라마에서 보았고 말로만 듣던 여대생과 미팅이 아니던가? 경험하고 나면 세상만사 부질없는 것투성이지만, 경험하지 않은 사람은 다르다. 인간이 누구던가? 현실보다는 상상에서 더 많은 시간을 보내는 족속 아니던가? 꿈꿀 때 행복하다.

당시 구미시에서 가장 컸던 구미역 근처 로마다방에서 남녀 각 열 명씩 만났던 것 같다. 남학생은 전원 금오공고 출신 금오공대 전자공학과였고, 여학생은 아마 효성여대생이었을 것이다. 지금 생각하니 파트너를 정하지 않고 단체로 놀다가 나중에 마음에 드는 상대에게 연락하게 하는 방법이 좋았을 것 같다. 그러면 적어도 한 번 정도 시도할 기회가 생기는 셈이다. 요즘에도 그런지 알 수 없지만, 당시에는 속전속결이었다. 만나서 자기 소개한 뒤 곧바로 파트너를 정했다.

미팅 나가는 남자의 생각은 같다. 가장 아름다운 여학생과 짝이 되기를 소원한다. 물론 확률이 10%에 불과한 만큼 한 명을 제외한 나머지는 패배자다. 사람은 각자 다르다. 외모 체격 재능 취미가 다르고 생각하는 바도 같지 않다. 그런데도 희한하게 여자를 보는 눈에는 별반 차이가 없다. 좋아하는 이상형이 말로는 다른데 막상 대상을 정해두고 고르라고 하면 대부분 일치한다. 남자가 여자를 선택하는 기준이 놀라울 지경이다. 아마 매스컴의 발달로 미녀의 기준이 통일되다시피 해서이리라.

남자가 예쁜 여자를 선호하는 것을 속되다고 욕해서는 안 된다. 역사적으로 예쁜 여자는 젊고 건강한 여자를 의미했다. 유아 사망률이 높던 시절 출산은 쉬운 일이 아니었다. 산모와 아기가 죽는 일이 흔했다. 후손을 얻으려면 젊고 건강한 여자를 얻어야 했다. 상상하기 좋아하는 인간이 미녀라는 기준을 만들어 줄을 세웠을 뿐이다.

미추 개념은 사람마다 다를 것이나, 그래서는 가진 자의 권위가 떨어진다. 모두가 원하는 걸 가질 때 진정한 권력자가 될 것이다. 미녀를 원하는 남자는 마음에서 우러나서이기도 하지만, 사회적 권력을 얻기 위해서다. 미녀를 거느린 남자는 우월하다. 모든 남성이 원하는 여성을 배우자로 맞은 사람은 남다른 장점이 있을 터였다. 모든 남성이 원하여 배우자 선택 권한이 있는 여성이 정한 남자보다 우월한 사람이 있는가? 겉으로 보기에는 시원찮아 보여도 가문이든 재산이든 재능이든 육체적 능력이든 무언가 특별하리라. 남보다 우월할 기회를 포기할 사람이 누구란 말인가?

여자도 같은 이유에서 남자를 보는 눈이 같다. 여자가 가장 원하는 사람은 착하고 잘생긴 사람이 아니다. 부유하고 똑똑한 사람이다. 부와 명예와 권력을 장악할 가능성이 큰 사람을 선호한다. 여자에게 중요한 건 놀이 상대가 아니라 생존과 번식을 책임질 사람이다. 역사에서 권력자가 여러 여자를 거느린 건 그의 욕망 때문이기도 하지만, 여자가 원해서다. 성실하고 가난한 남자에게 지극한 사랑을 받는다고 해도 사악한 부자의 후처와 마찬가지로 불행하다. 어차피 불행할 바에야 생존과 번식에 유리한 사람 선택을 누가 욕할 것인가?

요즘이야 여자가 경제나 사회적으로 충분히 독립할 수 있고, 재물과 권력을 가진 사람은 사랑하기 좋은 꽃미남을 찾기도 하지만, 과거에는 사랑하고 싶은 사람을 선택하는 건 현명한 생각이 아니었다. 눈에 깍지가 껴 사랑에 목숨 걸려고 해도 경험이 풍부한 부모가 반대한다. 남녀가 대등해진 오늘날 화장하는 남자가 늘었다. 과거에 권력을 쥔 남자가 마음에 드는 여자를 선택하였다면, 오늘날 권력을 가진 여자에게 선택받기 위해선 남자도 젊고 건강하게 보일 필요가 있다.

남자는 예쁜 여자를 좋아한다. 물론 착하고 예쁜 여자가 더 좋지만, 착하고 못생긴 것보다는 성격이 모났더라도 예쁜 여자를 선호한다. 오래 산 어르신은 예쁜 게 연애할 때 외에는 백해무익이라는 걸 잘 알지만, 젊은이를 설득하진 못한다. 예쁜 데는 얼굴뿐만 아니라 몸매도 포함한다. 처음 만난 여자를 평가할 때 젊은 남자는 예쁜 거 외에는 모두 부수적이다. 중요하지 않다.

천편일률적으로 예쁜 여자를 좋아하는 남자에게 미팅은 단 한 사람의 승자만 존재할 뿐이다. 아무리 미녀만 모아놓아도 그중 최고는 있게 마련이다. 최고의 미녀를 낙점받지 못하면 그저 모든 게 심드렁할 뿐이다. 모두가 미녀를 얻으려는 꿈에 부풀어 미팅에 나섰지만, 예정대로 한 명 외에는 모두 실패했다.

게중 예쁜 여자가 한 명 있었다. 키가 다소 작았으나 이목구비 뚜렷한 작은 얼굴과 아담한 몸매가 눈길을 끌었다. 모두 눈독을 들였으나 운명의 여신은 한 명을 선택했다. 그는 이상민이었다. 다른 사람은 그저 자리를 파탄하지 않으려는 정도로 적당히 시간을 보냈고, 상민이만 최선을 다해 대화에 임했다.

운명의 여신이 이상민에게 기회를 주었으나 기회가 모두 결실을 얻는 건 아니다. 남자가 보기에 상민이 파트너가 가장 나았으나, 여자가 보기에 상민이가 최고가 아닐 수도 있다. 첫 번째 미팅은 아무 소득 없이 끝났다. 운이 좋았던 상민이만 얼마간 만남을 이어갔으나 상대가 거부하는 바람에 상처를 받고 오랫동안 방황했을 뿐이다. 모두가 부러워하는 파트너를 만난 것이 불행으로 바뀐 것이다.

사람은 현실보다는 상상에서 만족하는 존재다. 꿈꿀 때는 행복하지만 현실로 돌아오는 순간 비참해질 때가 많다. 여행할 때는 묘령의 미녀가 옆자리에 앉는 걸 상상한다. 미팅하기 전에는 경국지색을 만나는 행운을 꿈꾼다. 꿈이라는 게 그렇다. 불가능하거나 비현실적이다. 설령 경국지색을 파트너로 만나는 엄청난 행운이 왔다고 치자. 그게 무슨 의미가 있겠는가? 제정신이 아닌 바에야 경국지색이 아무짝에도 쓸모없어 보이는 보통 남자에게 관심을 두겠는가?

생각해보면 당연한 결론인데도 부질없는 상상에 마음을 설레었다. 이후로도 수십 번이나 미팅하였지만, 미팅 장소에서 경국지색을 본 적도 없고 가장 예쁜 여자가 파트너로 결정된 행운도 없다. 그래도 미팅 전날에는 늘 가슴이 두근두근, 잠을 설치곤 했다. 인간은 주어져도 잡지 못할 행운을 만나는 상상으로 행복하다. 결혼하기 전까지 그런 상상은 끝없이 이어졌다. 세상에 존재하지 않는 빛나는 미모와 마음씨 착한 천사와의 사랑, 불가능한 비현실적인 꿈을 꾸었다.

광주 비디오

오월은 축제의 달이다. 오월은 계절의 여왕이다. 초롱초롱 새싹
과 온갖 꽃으로 수놓아지는 오월은 아름답다. 이제 막 유아기와
질풍노도의 청소년기를 보내고 세상의 중심을 향하여 힘차게 내딛
는 이십 대 청년과 딱 어울리는 달이다. 그래서 대부분 대학에서
축제하는 달이 오월이다. 현실적 고민이 없는 사람은 없지만, 온통
싱그럽게 변해가는 세상을 보면 절로 기분이 좋아진다. 근심 걱정
이 씻은 듯 사라진다. 오월은 좋은 달이다.

처음 맞는 대학 축제에서 추억을 남기기 위하여 무얼 할 것인가
고민하다가 '창 던지기' 게임을 고안하였다. 대나무로 창을 십여 개
깎아서 10여 미터 거리에서 목표에 맞추면 상품을 받는 것이었다.
물론 창 다섯 개를 던지는 데 500원을 내야 한다. 보기에 쉬울 것
같지만 대나무 창이라는 게 앞뒤 무게 중심이 없어서 일정하게 보
내기가 어렵다. 당연히 맞추기 어렵고 많은 사람이 참여한다면 돈

벌기는 땅 짚고 헤엄치기다. 그런 확률 낮은 게임에 많은 사람이 참여할 리가 없었다. 아는 사람 몇이 시도하고 나서는 더 할 사람이 없었다. 일찌감치 판을 접고 무슨 재미있는 일이 없을까 하여 두리번거리며 강당을 지나가는데 한 사람이 문을 지키고 있는 게 보였다.

"안에 무슨 일 있어요?"

"쉿! 얼른 들어가요."

내 질문에 대답하지 않고 얼른 문을 열고 나를 들이미는 것이었다. 안은 캄캄했다. 강당 안에는 수십, 수백 명이 영화를 보고 있었다. 화질이 좋지 않은 흑백영화였다. 쥐 죽은 듯이 조용하게 관람하는 학생 사이에서 자리를 잡고 화면을 바라보는 순간 피가 멎는 듯하였다. 우리는 아는 게 많다고 생각하지만 제대로 모르는 게 많다. 누군가의 의도에 따라 정반대로 아는 것도 허다하다.

학생이 몰래 보고 있던 건 일명 '광주 비디오'였다. 국민 대부분 불순분자 또는 대남간첩의 사주로 봉기했던 내란으로 알고 있던 '광주사태'를 촬영한 다큐멘터리 영화였다. 독일 기자 위르겐 힌츠페터는 '광주민주화운동'이 발생하자 위험을 무릅쓰고 체재하던 일본에서 광주로 잠입하여 현장을 촬영하였다. 우여곡절 끝에 해외로 밀반출하는 데 성공하였고, 그것이 편집되어 다시 국내에 돌아온 것이다.

그때까지 내가 알던 광주사태는 북파 간첩과 광주전남의 반체제 인사가 무지한 시민을 선동하여 체제전복을 노린 내란이었다. 정부에서 그렇게 발표했고, 언론에서 그렇게 보도했고, 선생도 그렇게 가르쳤다. 새빨간 거짓말이었다. 모두가 울고 있었다. 나도 모르게 뿜어져 나오는 눈물을 참을 수 없었다. 분노에 전신이 부들부들 떨렸다.

군인은 대내외 국가 위협에 대항하여 국민의 생명과 재산을 보호하는 걸 사명으로 한다. 내가 아는 군인은 정의의 사도였다. 역사책에서도 영화에서도 드라마에서도 군인은 언제나 백성 편이었다. 무수히 많은 반공 영화에서 그 못된 빨갱이 무리를 물리치고 선량한 시민을 구하기 위하여 얼마나 고초를 겪었던가? 시민 한 사람, 이승복 어린이를 살리기 위하여 얼마나 용감하게 싸웠던가? 그 군인이 되어 빨갱이를 박멸하는 게 사나이 조자룡의 꿈이 아니던가? 꿈은 무참하게 깨졌다.

다큐멘터리에서 군인은 악마였다. 생긴 건 군복 입은 보통 사람이었으나 하는 행위는 악마라고 표현할 수밖에 없었다. 충정봉(忠情棒)이라는 몽둥이로 지나가는 시민을 무차별 가격하였다. 무차별 구타에 남녀노소 구분은 없었다. 무조건 때리고 시민은 결사적으로 도망쳤다. 도망가던 여자 머리칼을 부여잡고 후려치고 웃옷을 벗겼다. 길거리에는 수십 수백 명의 젊은이가 웃옷을 벗은 채 무릎 꿇고 있었다. 고개를 들거나 반항할라치면 가차 없는 충정봉이 날아들었다.

울어서 해결될 일은 아니었다. 그러나 울지 않을 수 없었다. 내가 항상 꿈꾸었던 정의의 사도 국군이 죄 없는 시민을 무자비하게 구타하는 모습을 보고도 믿을 수 없었다. 고등학교 때 전라도 친구의 말을 무시하고 폄훼했던 것이 아팠다. 눈으로 직접 보았다는 말도 믿지 않았었다.

사실 직접 본 기억도 왜곡될 수 있다. 그러나 목격한 진실을 아무도 믿지 않는 현실이 얼마나 안타깝고 억울하였을 것인가? 나는 전라도 친구에게 미안했고, 정부가 미웠고, 선생이 미웠고, 거짓말한 모든 어른이 미웠다. 모르고 전했다면 몰라도 알면서도 생존을 위하여 또는 출세하려고 거짓말하였다면 용서받을 수 없는 일이다. 권력의 시녀나 개로 지탄받던 당시 검찰과 다를 바 없었다.

잔인한 진압 작전 뒤에는 전쟁이었다. 눈앞의 참상에 분노한 광주시민은 궐기하였다. 광주시민 아니라 어떤 사람이라도 떨쳐 일어났을 것이다. 무고한 시민을 테러범이나 반란군 취급하는 데 분노하지 않을 사람이 있는가? 노약자나 어린이까지 짓밟는 만행을 용서할 수 있는가? 분노하지 않고 참을 수 있는 사람은 이미 인간이 아니다. 몽둥이로 시민을 사냥하는 사람은 군인이든 경찰이든 당장 패 죽여도 무방하다. 그래서 광주시민도 일어섰다. 인근 지역 경찰서와 예비군 부대를 습격하여 무기를 탈취하고 군대와 정면으로 대항하였다.

무수한 사람이 죽었다. 광주 시청에는 시체가 모여들었다. 수백 개 관을 덮은 태극기가 처량하였다. 독립 만세를 외치며 죽어간 선열이 흔들었던 태극기가 불쌍해 보였다. '살인마 전두환'이라고 쓴 허수아비를 불태우며 시민은 환호하였다. 전라도 사람만 알거나 사실로 믿는 살인마는 당시 대통령이었다. 내가 군인이 되어 충성해야 할 국군 최고통수권자였다. 그때 나는 맹세하였다.

'사나이 조자룡은 전두환을 용서하지 않는다. 언젠가 만나면 불문곡직 조진다.'

상명하복을 생명으로 하는 군인이 통수권자를 때린다면 어떤 일이 벌어질 것인가? 때리기도 전에 붙잡혀 온갖 고문으로 허위 자백을 받아 불순분자 또는 내란 혐의를 뒤집어씌워 형장의 이슬로 사라지리라. 죽음을 생각해본 적이 없고, 죽음이 두려웠으나 맹세를 바꿀 수는 없었다. 다행히 전두환을 만날 수 없었다. 살아오면서 전두환을 만나지 않은 건 나나 가족에게 행운이었다.

'광주민주화운동'을 세계에 처음으로 전파했고 다시 국내 대학생에게 사실을 알린 푸른 눈의 목격자 위르겐 힌츠페터 독일 기자는 2003년 12월 5일 제2회 송건호언론상을 받았다. 송건호언론상 심사위원회는 "1980년 5월 광주민주화운동이 일어나자 힌츠페터 님은 일본에서 한국으로 입국한 후 위험을 무릅쓰고 광주로 들어가 현장의 생생한 모습을 촬영했으며, 이 비극적인 사건을 세계에 알렸습니다. 힌츠페터 님이 촬영한 영상 자료는 광주민주화운동의 객관적인 사실을 증언하여 국민의 양심을 깨웠고 소중한 불씨가 되어 이 땅의 민주화를 앞당겼습니다. 이제 그 자료는 현대사의 귀중한 기록물로 우리 곁에 남았습니다."라며 수상작 선정 이유를 밝혔다.

진실은 묻히지 않았다. 정의는 잠시 웅크렸지만, 완전히 죽은 건 아니었다. 힌츠페터가 아니었더라도 어떤 방식으로든 진실이 밝혀졌을 것이다. 그러나 조작 불가능한 영상은 단박에 젊은이를 뜨겁게 타오르게 하였다. 뒷날 386으로 일컬어지는 30대 나이 80년대 대학생 60년대생 대부분 '광주 비디오'로 생각이 바뀌었다. 광주 비디오는 비명에 간 억울한 영령을 위로했을 뿐 아니라 대한민국 민주화의 초석이 되었다. 뒷날 광주 비디오를 보고 울분에 떨었던 386세대는 베이비부머 넥타이부대의 전폭적인 후원에 힘입어 대한민국 대통령 직선제 쟁취라는 민주화 위업을 달성한다. 386을 떨쳐 일어나게 한 건 독일 기자가 목숨 걸고 촬영한 한 편의 다큐멘터리였다.

오월은 아름답다. 생명이 약동하는 오월은 절로 힘이 난다. 그러다가 광주를 생각하면 문득 침울해진다. 그 아름다운 시기에, 그 아름다운 수많은 청춘이 이유도 모른 채 스러져갔던 어두운 역사가 가슴 아프게 한다. 나이 쉰이 지나서 혈기가 잦아들었으나 아직도 오월은 분노로 가슴을 뛰게 한다.

군인이 꿈이었던 청년 조자룡은 5·18 당시 현장에서 항쟁하지 못한 게 부끄러웠다. 시민을 사람 취급하지 않고 잔학무도하게 진압한 군인을 막아서지 못한 게 억울하였다. 진로가 직업군인이었고 장군을 꿈꾸던 사람이 군대에 대항하여 싸운 시민군(市民軍)을 추앙하다니, 우습지 않은가? '5·18 광주민주화운동'은 광주시민에는 자랑거리지만, 국민에게는 슬픈 역사다. 오월은 아름다운 계절이지만, 광주는 우리를 아프게 한다.

금오제(金烏祭)

봄과 가을 학교 축제 기간 말미에는 '금오제'가 열렸다. 금오공고 출신만의 축제인데 가장 중요한 특징은 파트너를 동반해야 하는 것이었다. 일종의 쌍쌍파티였던 셈인데 금오공고 출신 중 예비역을 제외한 현역 모임이었으므로 대상자가 무려 240명이나 되었다. 파트너까지 포함하면 480명이다. 이 정도 인원이 들어갈 만한 공간은 구미 시내에 '국일관 나이트클럽'뿐이었다. 일 년에 두 번 대학 4년 동안 여덟 번이나 국일관을 통째로 빌려서 축제를 벌였다.

이십 대의 첫 번째 고민은 이성이다. 책이나 영화에서 얻은 잘못된 가치관으로 비현실적 상상을 한다. 여자는 백마 탄 왕자님을 꿈꾸고 남자는 백설 공주나 신데렐라를 그린다. 물론 당연히 그런 사람은 현실에 존재하지 않는다. 설령 먼 이국에 존재하더라도 나와는 무관한 사람이다. 그런데도 최진실이나 황신혜급 미녀를 찾았다. 그것도 손바닥만 한 구미 시내에서 말이다. 미쳐도 한참 미친 짓이었다.

파트너의 조건은 첫째, 여성이었고 둘째, 치마를 입은 여성이었다. 상상 속에 살던 이십 대 초반이었기에 여자친구를 사귀던 사람은 몇 안 되었다. 그래서 축제 전에 여러 번 미팅을 주선하였고 이리저리 파트너 구하느라 노력하였으나 늘 결과는 신통치 않았다.

돌이켜 생각해보니 축제라고 하여 반드시 파트너를 동반해야 하는 건 아니었다. 다만 다른 사람이 대부분 파트너를 동반하는데 혼자만 파트너가 없다는 건 자존심 문제였다. 파트너가 없다는 게 신체 불구라는 걸 증명이라도 하는 것처럼 여겼다. 미녀 파트너를 동반한다면 모두의 우상이 된다. 남자가 우월하다는 걸 증명하는 건 싸움이 아니라면 파트너뿐이다. 지식이나 재능은 증명하기 곤란하다. 아름다운 여자보다 확실한 게 있는가? 아름다운 여자가 선택한 남자라면 잠재한 능력이 무한하리라! 미녀 파트너는 위대한 남자임을 증명하는 보증수표다.

사실 마음에 드는 이성을 교제할 수 없다면 능력 부족이다. 지금은 능력이라면 단번에 경제력을 연상하지만, 당시 세상 보는 눈은 지극히 비현실적이었다. 내가 생각하는 능력은 외모 체력 재능이었고 스스로 자신 있었다. 유일하게 부족한 게 경제력이었지만 장차 충분히 벌 것이기에 문제 되지 않는다고 생각하였다. 어리석은 생각이었다. 커피 한 잔 시원하게 사지 못하는 남자를 무얼 믿고 사귀려고 덤비겠는가? 실제로 능력이 없었음에도 자존망대(自尊妄大)한 업보로 내 젊은 날은 외로웠다.

참석은 하고 싶은데 파트너 없이 가는 건 자존심이 허락하지 않으니 일일 파트너를 구해야 했다. 일명 헌팅(hunting)이나 졸팅(拙速한 meeting)이다. 금오제가 열리는 날은 구미 시내가 북새통이었다. 구미에는 금오공대 외에는 대학이 없다. 여자 대학생 파트너는 구할 방법 자체가 없었고 시내에서 치마 입은 아가씨라면 어김없이 양복 입은 학생이 따라붙었다. 교제하지 않거나 파트너를 구하지 못한 남학생 수백 명이 시내를 헤집고 다녔으나 정장 차림으로 시내를 활보하는 처녀가 몇이나 되겠는가?

축제는 열두 시부터 오후 다섯 시까지 하였다. 저녁 나이트클럽 개장 전까지 장소를 사용하는 것이다. 오전 열 시부터 짝을 찾는 외로운 기러기들로 구미역 근처는 북적였다. 다니다 보면 대부분 아는 동기나 선배였다. 파트너는 1학년생만 없는 게 아니다. 선배도 대부분 같은 처지였다. 구미 시내 묘령의 처녀는 서로 차지하려는 금오공고 선후배의 경쟁 대상이었다.

그나마 다행인 건 구미시가 전자공단이어서 남녀 성비가 극심했다는 점이다. 결혼하지 않은 처녀에 비하면 총각은 지극히 드물었다. 남자에겐 다행일지 몰라도 여자에겐 불행이었다. 그 아까운 청춘을 헛되이 보내거나 보잘것없는 총각이나 유부남의 시선을 받았으니 말이다. 어쨌든 한두 시간 고생하면 어렵게 치마 입은 파트너를 구할 수 있었다.

교제하는 처녀가 아니더라도 파트너를 구한 사람은 의기양양했다. 어찌 그렇지 않겠는가? 파트너 구하지 못한 수십 명의 동문이

풀죽은 모습으로 한쪽 구석에서 술을 퍼마시니 말이다. 맥주 한 잔을 품위 있게 걸치고 파트너와 디스코와 블루스를 번갈아 즐기는 데 동참하지 못하는 사람은 흡사 패잔병 꼴이었다. 아, 짝없는 기러기 신세를 누가 알아주리오. 그저 눈물의 술잔만 비울 뿐이로다.

파트너를 구한 적도 있고 홀로 참석한 적도 있다. 파트너가 있든 없든 외롭긴 마찬가지였다. 있어도 마음에 드는 절세미녀가 아니니 자랑스러울 게 없었고, 없으면 그 많은 구미 처녀 중 한 명을 유혹하지 못하는 내 매력 없음에 비참하였다.

이성에 대하여 지금과 같은 생각이었다면 적당한 여성과 교제하거나 가까운 친구 정도로 지낼 수도 있었을 것이다. 이성과 적당히 교제한다는 착안 자체를 하지 못했다. 한 번 손이라도 잡았으면 책임져야 한다는 고리타분한 조선 시대 사고방식 그대로였다.

생전에 여러 이성을 사귈 마음은 전혀 없었다. 그러니 세상에서 유일한 사람을 찾아내야 했고, 백 퍼센트 마음에 들지 않는 한, 없는 살림에 투자가 아까웠다. 돈만 아까운 게 아니라 시간과 마음을 허비하는 것도 아까웠다. 효율을 중시하는 나로서는 단 한 번에 완벽한 여자를 만나서 내 모든 걸 바치는 걸 원했다.

세상 물정을 전혀 모르는 데다 인간 심리에 무지하고 이해하려는 노력조차 하지 않은 대가는 비참했다. 여자를 사귀는 데 완전히 실패했다. 아내를 만나기 전까지 단 한 번의 아름다운 로맨스도 없었다. 그저 거칠게 대시하다 제풀에 꺼꾸러졌을 뿐이다.

젊은이를 부러워하는 사람이 많다. 망각의 효과다. 자신이 젊었던 십 대 이십 대는 과연 화려했는가? 겉으로 뽀송뽀송하다고 하여 행복한 건 아니다. 백발과 주름투성이 자신과 비교하여 젊은이를 부러워하는 건 억측이다. 나는 십 대 이십 대에 외모는 청춘이었으나 행복하지 않았다. 짚신도 짝이 있다는데 짝없는 외기러기가 행복하겠는가? 나만 홀로 패배자 신세인데 즐겁겠는가? 청춘은 아름답지 않다. 그렇게 바라보는 사람의 착각일 따름이다.

수박 서리

금오공대 입학 후 첫 여름방학이었다. 방학이라고 하여 편히 쉴 팔자가 아니었다. 수업료와 교과서비 기숙사비와 식비는 장학금으로 지급되었으나 용돈은 구할 방법이 없었다. 대학생은 성인이다. 성인이 아니라도 돈 쓸데는 있기 마련이지만, 심신이 활기찬 젊은 이가 용돈이 없다면 흡사 감옥생활과 같다. 돈 없이는 무엇도 할 수 없다. 누구를 만나 무엇을 하더라도 최소한의 비용은 필요하다. 내게 방학은 용돈을 마련하는 기간이었다.

학교에 아르바이트를 신청하여 방범 아르바이트를 하게 되었으나, 며칠 여유가 있어 고향 집에 다녀가게 되었다. 시골집에 며칠 있는 동안 마침 한 살 형과 또래 친구가 동네에 있는 부여군 충화면 만지리 저수지에 낚시하러 내려왔다. 텐트를 두 개 치고 숙박하며 하는 피서 휴가였다. 낚시를 좋아하지는 않으나 친구와 어울릴 목적으로 합류하였다.

즐거웠다. 스무 살 청년이 무엇을 하면 즐겁지 않겠는가마는 또래 친구와 한여름 그늘을 피해 낚시하면서 더우면 잠시 저수지에 몸을 담그고 물장구치며 노는데 즐겁지 않겠는가? 낚시는 핑계고 그저 시시덕거리며 노는 데 정신이 없었다. 버너와 코펠을 가져오고 쌀과 밑반찬 찌개 끓일 준비도 되어 있었다. 몇 마리 낚은 붕어와 피라미 내장을 제거하고 매운탕을 끓였다. 매운탕 맛이 썩 좋지도 않고 나는 매운탕을 좋아하지도 않았으나 음식 맛이라는 게 분위기 아니던가? 야외에서 친구와 반주하며 떠들고 마시는데 맛이 없을 리 있는가? 실컷 먹고 마시고 떠들고 즐겼다.

신나게 즐기다 보니 어느새 밤 열 시가 지나고 있었다. 이제 저녁 먹은 게 슬슬 소화되어 배가 출출해졌다. 누군가 기가 막힌 제안을 하였다.

"우리 심심하고 출출한데 수박이나 서리해다 먹을까?"

육칠십년대 먹을 게 부족하던 시골에서는 주인 몰래 농작물을 훔쳐 먹는 서리라는 전통이 있었다. 농작물뿐만 아니라 부엌에 들어가 찬밥이나 장독대에 묻어놓은 김치까지 훔쳐먹기도 하였다. 방과 후에는 멀리 과수원 쪽으로 돌아오면서 가방에 가득 과일을 따서 허기를 채우곤 하였다. 불법이고 절도죄에 해당하지만 가져다 먹은 사람이 잘 아는 동네 아이들이라서 크게 문제 삼는 일이 없었다. 누군가 소동이라도 일으킬라치면 '애들이 장난으로 그런 걸 가지고 무슨 호들갑이냐?'라는 동네 여론에 수면 아래로 사라지게 마련이었다.

"요즘은 서리하면 신고한다는 데 괜찮을까?"

팔십년대는 육칠십년대와는 많은 부분에서 분위기가 바뀌고 있었다. 산업화로 인구가 대도시로 쏠리고 소득이 높아지면서 문화나 관습이 변하였고, 점점 줄어드는 시골 사람 인심도 예전 같지 않았다. 새마을운동으로 의식과 농작물도 많이 바뀌고 먹고사는 데 만족하는 게 아니라 소득을 높이는 데 집중하는 분위기였다. 서리하다 발각되어 문제가 되는 경우가 종종 발생하였다.

"다 아는 동네 사람인데 그럴 리가 있나? 우리가 서리해다 먹으면 수박을 열 통을 먹겠나 백 통을 먹겠나? 기껏해야 두세 통인데 그걸 문제 삼을 리 없다. 서로 아는 동네 사람이니 몇 마디 꾸짖고 말겠지. 그리고 서리를 하려면 걸리지 않게 해야지, 발각될 정도로 허술하게 해서 되나, 쥐도 새도 모르게 몇 통 따오자."

마침 저수지에서 멀지 않은 곳에 수박밭이 있었다. 한밤중이라 보는 사람은커녕 인기척도 없었다. 캄캄한 밤인지라 손으로 더듬어서 수박 세 통을 따다가 낚시터에서 잘라 먹었다. 소주 안주로 수박을 먹으며 여섯 친구는 고성방가로 신나게 놀다가 새벽녘에야 잠들었다.

사단은 해가 중천에 떠오른 오전 열 시쯤에 일어났다. 정신없이 자다가 난데없는 호통에 눈을 부스스 떠보니 화가 잔뜩 난 수박밭 주인이 으름장을 놓았다.

"남 힘들게 농사지은 수박밭 엉망으로 만들면서 수박 따다 먹으니 맛있던가? 남 농작물 훔쳐 먹고 다리 뻗고 편하게 잠을 자? 시방 잠이 오는 겨!"

우리 딴에는 표시 안 나게 조심한다고 하였지만, 한밤중이어서 밭에 발자국이 남았었나 보다. 주인 표정으로는 적지않이 수박 덩굴이 상한 듯하였다. 수박을 먹고 껍질을 멀리 보이지 않도록 처리해야 했으나, 주인이 이렇듯 빨리 찾아올 걸 예상하지 못하여 텐트 주변에 온통 수박껍질이었다. 주인이 매섭게 다그쳤으나 우리는 유구무언이었다. 증거가 널려 있는데 무슨 변명을 하겠는가?

"어쩔 겨? 모두 절도죄로 영창 갈 겨, 수박 값 물어낼 겨?"

꾸짖는 정도가 아니라 신고하겠다는 협박이었다. 지은 죄가 있으니 할 말은 없었으나 너무하다 싶었다. 수박 덩굴이 일부 상했으니 200여 평 밭값을 통째로 물어내라는 것이었다. 나중에 친구 부모가 주선하여 30만 원 변상으로 합의하였다. 당시 돈으로 30만 원은 큰돈이었다. 이듬해 소위 월급이 18만 5천 원이었고, 그해 여름방학 한 달 방범 아르바이트비가 12만 원이었다. 수박 한 통에 천 원도 하지 않는데 한 사람당 5만 원씩 변상하게 생겼으니 아닌 밤중에 홍두깨 격이었다.

대학생이 절도죄로 신고되어 조사받는 것도 그렇고, 소문이 나서 좋을 게 없는 터이므로 울며 겨자 먹기로 합의하고, 동네 어른에게 나중에 갚는 조건으로 우선 지급하도록 부탁하였다. 자식 대학 용돈도 주지 못하는 터에 아버지가 그 돈을 대납할 리 없었다. 아버지께 온갖 욕설로 된통 꾸지람만 듣고 나중에 아르바이트해서 갚았다. 그 어려운 대학 시절에 수박 몇 쪽에 술 기분을 낸 대가로

5만 원은 너무 가혹하였다.

이후에도 종종 서리할 기회도 있고 누군가 주동하는 때가 있었으나 결사반대하였다. 실수나 실패는 한 번으로 족하다. 같은 실수를 반복한다면 그건 실수가 아니라 범죄다. 발각될 걸 각오하고 하는 서리가 도둑이 아니고 무엇이겠는가? 반면교사는 한 번으로 족하다. 타인의 물건을 탐내면 안 된다는 사실을 뼈저리게 깨달았으나, 깨닫는 대가로 지나쳤다. 내가 낸 돈이 지금으로 치면 오십 만 원이나 백만 원은 될 텐데 내가 먹은 수박 반 통 값치고는 너무 비싸지 않은가? 수박 서리는 젊은 날 아픈 상처다.

방범 아르바이트

　1985년 학기를 마치고 첫 여름방학을 맞았다. 고등학교까지는 여름방학이 한 달 정도였지만 대학은 다르다. 여름방학과 겨울방학 모두 두 달이 넘었다. 여느 사람이 '먹고 대학, 놀고 대학'이라고 말하는 데는 그럴만한 이유가 있었다. 학기 중에도 MT니 야유회니 단합대회니 틈틈이 놀면서도 결강이나 대리출석이 다반사고 연 4개월 이상 방학을 즐겼다. 먹고살 만했던 사람에게는 정말 좋은 시절이었다.

　나는 물론 그럴 여유가 없었다. 일부 친구는 바캉스니 피서니 하면서 팔자 좋은 소리를 하였으나 나는 2학기에 사용할 용돈을 버는 게 급선무였다. 대학교에서는 지역사회와 협력하여 아르바이트 자리를 주선해 주었다. 정부에서도 어려운 대학생을 돕는 차원에서 대기업과 공공단체에 대학생 아르바이트 마련에 앞장섰다. 경제성장률이 높던 때라 사회 곳곳에 일손이 부족하던 터라 대학생은 용돈을 벌어 좋았고, 회사는 부족한 일손을 저렴한 비용으로 덜 수 있어 좋았다.

아무리 일손이 부족한 사회라고 해도 모두가 선호하는 일자리는 경쟁이 치열하게 마련이다. 더럽고 힘들고 위험한 일보다는 깨끗하고 편하고 안전한 일을 원한다. 대학교에서 주선하는 아르바이트는 일당은 조금 낮지만 대부분 원하는 일자리였다. 아르바이트를 원하는 학생보다 일자리가 부족해서 경쟁이 치열했다. 학교에서는 아르바이트 경험과 요령이 부족한 1학년 위주로 선발하였다. 덕택에 나도 처음이자 마지막으로 공공 아르바이트를 경험하였다.

나에게 할당된 일은 한 달간 파출소에서 근무하는 방범대원이었다. 방범대원에게 할 일은 없었다. 주어진 행정도 없다. 직업 경찰과 같은 또래의 의무경찰이 순찰을 나갈 때 따라나서는 정도가 할 일이었다. 일이라기보다는 경찰 업무 견학에 가까웠다. 더럽고 힘들고 위험한 일은 전혀 없었다. 부조리한 사회의 단면을 보았을 뿐이다.

경찰서에 자주 들락거리는 사람과 경찰과 가까워지려는 사람을 자주 보았다. 주로 가진 게 많은 지역 유지나 인근 자영업자 사장이었다. 사업하는 사람과 재산이 많은 사람은 경찰의 도움이 필요하다. 사업하는 사람은 음주 난동이나 직원 갈등 해소에, 재산이 많은 사람은 재산 보호에 경찰이 필요하였다. 보통 사람은 께름칙하여 드나들기 싫어하는 파출소지만 무시로 드나들었다. 그냥 왔다 가는 게 아니라 음료수나 간식거리를 든 채였다. 가끔 단체식사를 제공하기도 하였다. 긴급한 때를 대비하여 일종의 밑밥을 뿌리는 것이다.

보통 사람에게 그냥 접대하거나 향응을 제공하는 일은 없다. 오히려 속여서 갈취하려고 한다. 힘없는 사람을 돕고 불의한 사람을 응징해야 한다고 배웠고, 경찰은 당연히 서민 편이고 의롭지 않은 사람의 적이라고 생각하였으나 생각과 달랐다. 직업적인 의무는 있었으나 정의와는 거리가 멀었다. 오히려 힘없는 사람을 멀리하고 가진 사람과 결탁하는 것처럼 보였다. 가진 자의 접대로 경찰과 함께 있던 방범대원으로서 얻어먹을 기회가 많았으나 기분은 유쾌하지 않았다. 민중의 지팡이가 아니라 가진 자의 호위대가 아닌지 의심스러웠다. 지금도 완전히 평등하고 공정한 사회라고 할 수는 없으나 80년대 대한민국은 바뀌어야 할 게 많은 저개발국, 후진국이었다.

어느 날 신고가 들어왔다. 어느 식당에서 음주 난동을 부리는 자가 있는데 큰 싸움이 벌어졌다는 것이다. 신고한 사장님의 다급한 목소리에서 상황의 심각함을 미루어 짐작할 수 있었다. 일주일 이상 하릴없는 시간을 보내다가 이제야 비로소 할 일이 나타난 것이다. 나는 영화 속 특공대가 출동하듯 재빠른 동작으로 옷을 걸치고 파출소를 뛰쳐나갔다. 그런데 아무도 따라 나오는 사람이 없었다.

"출동 안 해요?"

내 질문에도 유유자적 한가하게 하던 일을 계속하였다. 경찰의 출동 방식은 내가 알던 것과 달랐다. 어리둥절한 내가 왜 빨리 출동하지 않느냐고 묻자 의경이 웃으면서 말했다.

"처음에는 다 그래요. 빨리 출동해서 상황이 커지기 전에 막아야 한다고 생각하지요. 조금 경험하면 알아요. 그것이 얼마나 허튼 생각이고 비효율적인 방식인지……"

"늦게 출동해서 사람이 죽기라도 하면 어떻게 해요?"

"사람이 싸운다고 죽지도 않을뿐더러 죽는다면 운명이지요. 경찰이 빨리 출동한다고 죽을 사람이 사는 건 아니에요. 술 취해서 싸우는 사람 말리려다가 얻어맞기 일쑤예요. 만취해서 서로 죽인다고 큰소리치는 사람을 어떻게 말려요? 그저 실컷 싸우다가 서로 지칠 만할 때 가서 뒷수습하는 게 최곱니다."

들고 보니 한편으로는 그럴듯하였으나 마음속에 의혹이 가라앉지 않았다.

'아니 그렇다고 늦게 출동한다면 경찰이 있는 이유가 무엇인가? 시민의 재산과 생명뿐만 아니라 신체까지 보호해야 하는 게 경찰 아닌가? 싸우는 사람 말리기가 번거롭다는 이유로 일부러 시간을 끌다니, 그리고도 민중의 지팡이라고 자처할 수 있는가?'

내 마음에 들지 않는 행동이었으나 지휘관이 아닌 내가 할 수 있는 일은 없었다. 차 마시며 쓸데없는 잡담으로 삼십여 분이 지난 다음에야 사고 현장으로 유유히 출동하였다. 가까운 거리였기에 차를 탈 필요도 없었다. 현장에 가보니 식당은 부서지고 깨져서 난장판이 되었다. 가해자도 피해자도 피투성이가 되어 멍하니 주저

앉아 있었다. 아마 더는 싸울 힘도 없는 듯하였다.

현장에서 대충 경위를 묻고 나서 두 사람을 데리고 파출소로 돌아왔다. 과정에 사고자의 대항이나 충돌은 없었다. 경찰이 미리 말한 대로였다. 술도 얼추 깬 상태에서 자신이 저지른 일에 후환이 두려운 사고자는 경찰이 묻는 말에 순순히 답변하고 합의도 간단하게 끝났다. 조서를 작성 후 고소하지 않고 쌍방 치료비를 서로 지급하는 것으로 마무리되었다.

한 달간 경험했던 파출소 상황이 경찰 전체를 대변할 수는 없으리라. 거의 매일 음주 난동자를 상대해야 하는 경찰관의 애환도 이해할 수 있다. 그래도 스무 살 젊은이의 정의감과는 거리가 먼 경찰의 행동이었다. 지금이라면 점잖게 따지고 말이 통하지 않는다면 상급부서에 신고하거나 청와대에 청원이라도 했을 것이다. 그때는 그런 절차도 없었지만, 비슷한 사고방식을 가진 사람에게 말한들 무용지물일 걸로 판단했다. 마음에 불만이 가득하였으나 어떠한 행동도 하지 않았다.

부정부패가 공공연하게 행해지던 80년대였다. 부패하지 않은 사람은 청렴결백한 사람이라기보다는 뇌물 받을 기회가 없던 사람이었다. 바뀌어야 할 게 많은 시대였다. 세상을 바꾸고 싶은 열망에 불타는 청년이었으나 세상에 도전할 힘도 용기도 없었다. 항의 한마디 제대로 하지 못한 자신이 부끄러웠다. 스스로 정의감이 충만한 것을 자신하였으나 막상 현실에서는 무력한 보통 사람일 뿐이었다.

막강한 권한을 가진 검찰이 권력의 시녀라고 조롱받았으나 경찰도 서민 편은 아니었다. 스스로 민중의 지팡이라고 자처하였으나 가진 자를 호위하는 경호원쯤으로 보였다. 경제는 욱일승천하였으나 정치 사회 문화는 아직 걸음마 수준이었다. 1980년대까지도 대한민국은 미숙아였다.

젊은 그대

'거칠은 벌판으로 달려가자. 젊음의 태양을 마시자~'

김수철이 노래한 '젊은 그대'의 시작이다. 1984년 10월 가요 '젊은 그대'를 발표하기 전만 해도 무명에 가까웠던 김수철은 '젊은 그대'로 단박에 최고 스타로 떠올랐다.

1980년대는 한국 현대사의 암흑기다. 유럽 역사에서 기독교가 지배한 중세를 문명의 암흑기라고 하는데, 경제가 도약하고 민주화의 열망이 가득할 때 역사의 시간을 되돌린 전두환을 필두로 한 자칭 신군부의 쿠데타에 의한 집권으로 전 국민이 실의에 빠져 있을 때다.

경제성장의 과실을 확실하게 누리던 일부 기업과 국민을 제외하면 모두가 한국의 정치 현실에 우울해하였다. 특히 미래를 꿈꾸던 젊은이의 박탈감이 컸고, 광주 비디오를 통하여 정권의 실체를 정확히 파악했던 대학생은 현실에 대한 반발이 거셌다. 서슬 퍼런 정권과 중앙정보부 보안사령부의 감시에 겉으로 드러내기는 힘들었으나 마음속 깊이 울분에 차 있었다.

'젊은 그대'는 시대의 아픔, 현실을 잊게 한 희망가였다. 가사는 힘이 있고 희망이 넘쳤다. 가락은 경쾌하고 흥겨웠다. 무겁고 우울한 현실을 떨치고 내일을 향해 달리자는 메시지와 흥겨운 가락은 젊은이를 열광시켰다. 음악이든 영화든 소설이든 사람의 마음을 움직여야 한다. 울리든 웃기든 두근거리게 하는 머리끝이 쭈뼛해지도록 놀라게 하든 마음을 뒤흔들어야 한다. 어두운 시대에 맞지 않은 흥겨운 노래라고 생각할 수도 있지만, 암울하여 무기력한 뭇사람에게 힘을 내게 한 미래에 대한 찬가였다.

젊음은 싱그럽다. 그 자체로 빛이 난다. 노인 모임에 젊은이 몇만 끼어도 아연 분위기가 밝아지고 활력이 넘친다. 젊음은 그 자체로 시련을 견디고 역경을 극복하는 묘약이다. 아무리 암울해도 젊은이에겐 미래라는 시간이 있다. 아무리 악독한 권력자라도 시간은 견디지 못하리라. 시간은 언제나 젊은이 편이다.

빛나는 청춘의 시간을 고뇌에 빠뜨리게 했던 현실도 '젊은 그대'의 신나고 흥겨운 가락에는 저 멀리 사라졌다. 그렇다. 젊은이에겐 내일이 있지 않은가? 오늘은 춥고 어둡지만, 내일은 달라질 것이다. 아니 달라져야만 한다.

'보석보다 찬란한 무지개가 살고 있는 저 언덕 넘어 내일의 희망이 우리를 부른다.'

발표하고 채 몇 달이 안 되어 모든 젊은이의 애창곡이 되었다.

디스코텍의 단골 메뉴로 '젊은 그대'가 나오면 모두 목이 터지도록 따라 불렀다. 그대로 광란의 도가니가 되었다. 누구의 시선도 의식하지 않고 음악에 몸을 맡겨 전체가 뒷간 구더기같이 꿈틀대는 모습은 타오르는 용광로, 그것이었다.

대학 축제 때도 야유회에서도 캠프파이어 때도 '젊은 그대'는 우리의 피를 끓게 했다. 술 마시고 세상의 모든 고민을 다 가진 것처럼 우울해하거나 새로운 진리를 펼칠 듯이 사색에 잠기기도 하였으나 나는 젊은이였다. 음악이 나오는 순간 용수철처럼 튀어 올라 열광하는 군중 속으로 파고들었다. 지금도 음악이 나오면 저절로 어깨가 들썩인다. '젊은 그대'는 언제든지 젊은이로 돌아가게 하는 회춘의 묘약이다.

젊은 그대

거칠은 벌판으로 달려가자
젊음의 태양을 마시자
보석보다 찬란한 무지개가 살고있는 저 언덕 넘어
내일의 희망이 우리를 부른다
젊은 그대 잠 깨어오라 아하~
젊은 그대 잠 깨어오라
아~ 아~ 사랑스런 젊은 그대
아~ 아~ 태양같은 젊은 그대
젊은~ 그대~

젊은~ 그대~

미지의 신세계로 달려가자

젊음의 희망을 마시자

영원의 불꽃 같은 숨결이 살고있는 아름다운

강산의 꿈들이 우리를 부른다

젊은 그대 잠 깨어오라 아하~

젊은 그대 잠 깨어오라

아~ 아~ 사랑스런 젊은 그대

아~ 아~ 태양같은 젊은 그대

젊은~ 그대~

젊은~ 그대~

6장

1986

예쁜 여자를 찾는 게 문제가 아니다.

예쁜 여자가 드물기도 하지만

어쩌다 만났을 때 보여줄 게 없다면 무용지물이다.

나를 드러낼 방식을 찾아내야 한다.

재산과 학력이 대수로울 게 없다면

단번에 사로잡을 무언가를 만들어야 한다.

본문 '여자친구 만들기'에서 -

자취

1986년 금오공대 2학년이 되자 자취를 하게 되었다. 자취에 대한 로망이 있거나 원해서 한 것은 아니다. 대학교에는 보통 기숙사가 있다. 대체로 전국 단위에서 모이기에 자택에서 통학하는 사람은 드물다. 금오공대는 지방 소도시인 경북 구미에 있다. 집에서 통학하는 이는 극소수다. 학교 규모에 비해서는 큰 편인 320여 명을 수용하는 기숙사가 있었으나 원하는 사람을 수용하는 데는 한계가 있었다. 신입생 위주로 방을 배정하여 2학년 이상은 학업 성적이 우수한 소수 인원으로 제한되었다.

국가를 앞에서 이끌 지도자가 아닌 사람은 지나치게 똑똑할 필요가 없다는 그릇된 편견을 가졌고 금오공대가 대한민국을 대표하는 대학에는 한참 모자란다고 생각했던 나는 공부에는 관심이 없었다. 열심히 공부하지 않아도 보통 사람 수준으로 사는 건 자신 있었다. 어차피 졸업 후 10년 이상 군에서 장기 복무해야 하는

데 학점을 잘 받을 필요는 없었다. 국가에서 무상 지원받은 금오공고 3년 금오공대 4년에 기본 3년을 더해서 10년을 군 복무해야 했다. 군인에게 탁월한 공학지식이 필요하다고는 생각하지 않았다. 학점은 졸업 가능한 수준이면 된다. 장교는 학사 이상 학력이 필요하였다.

평범한 재능밖에 타고나지 못한 내가 열심히 공부하지 않았는데 좋은 학점이 나올 리 없었다. 공부에 매진한 착실한 사람 몇 외에는 동기생 다수가 기숙사에서 쫓겨났다. 물론 그냥 쫓겨나는 건 아니다. 기숙사비와 식비를 합해서 한 학기에 24만 원 정도 받은 것으로 기억한다. 24만 원으로 한 학기를 버티면 된다. 한 끼 식사가 월식이나 기식을 하면 500원 정도였다. 한 달에 식비 45,000원, 숙소비 15,000원 정도 되는 셈이다. 충분한 금액은 아니었으나 적은 돈은 아니었다.

집에서 다소라도 용돈을 받는 사람은 숙식이 큰 문제가 되지 않았으나 나는 그 돈으로 용돈까지 해결해야 했으므로 최대한 저렴한 비용으로 숙식을 해결해야 했다. 수십 군데를 헤매다가 학교에서 4㎞ 정도 떨어진 광평동에 월세 집을 정했다. 통학에 한 시간 가까운 시간이 걸리는 게 흠이었지만, 방값이 6,000원에 불과했다. 방값이 싼 이유가 있었다. 폭 2m 길이 2m 50cm짜리 단칸방에 연탄 아궁이가 있는 좁은 부엌이 전부인 무허가 건물이었다. 비키니 옷장과 책꽂이 하나를 놓으면 한 사람이 겨우 잘 공간이 되었다. 세 사람이 앉을 공간도 없었다. 물론 세 사람이 앉을 필요는 없었다. 내 집에서 세 명 이상 모일 계획이 없었으니까……

5,000원인가 10,000원인가 하는 지퍼형 비키니 옷장을 들여놓고, 비키니 옷장 외 공간에 맞게 철제 행거로 책꽂이를 제작하였다. 책상은 살 돈도 없지만, 공간이 부족하여 언감생심 꿈도 꾸지 않았다. 소형 전기밥솥, 전기 곤로, 찌개용 냄비, 식기 몇 개를 사고 아직 쌀쌀하여 난방이 필요하였기에 연탄 30장을 들여놓았다. 24만 원이 일당 만 원이 안 되던 시절 큰돈이었으나 기본 생활공간을 마련하자 태반이 사라졌다. 그래도 온종일 이것저것 분주하게 준비하고 전기 곤로에 라면을 끓여 먹고 뜨뜻한 방에 피곤한 몸을 뉘자 마음이 편안해졌다. 최소한의 의식주가 해결되었다는 안도감이었다.

미래를 머릿속으로 상상하면 복잡해진다. 부모 밑에서 자랄 때는 고민하지 않지만, 막상 혼자서 살려면 준비할 게 많다. 준비만 해서 되는 게 아니고 계속 유지 관리해야 한다. 부모와 살 때는 이불조차 개지 않던 사람은 머리가 복잡한 정도가 아니라 앞이 깜깜하다. 사람은 적응하는 동물이다. 닥치면 해결한다. 상상은 복잡하지만 하나씩 해나가면 어느새 문제가 사라진다. 고민보다는 실행이 답이다.

가장 큰 문제는 오직 하나다. 다른 문제는 가장 큰 문제가 해결된 후 문제가 된다. 병목현상이란 게 있다. 도로에서 상습적으로 차가 정체되는 현상을 말한다. 도로교통공사에서는 병목 구간 해소를 최우선으로 한다. 하나의 병목 구간 길을 확장하여 해결하면 다른 곳에서 병목현상이 생긴다. 생명의 약한 고리라는 말도 있다. 삶은 여러 조건이 충족되어야 하는데 그중 가장 약한 부분이 끊어지면 생명은 끝난다. 그래서 약한 고리를 보강한다. 한 곳을 보강하면 다른 부분이 약한 고리가 된다. 문제는 끝없이 이어진다. 문제가 발생하지 않으려면 삶이 종료되어야 한다.

내 대학 생활에서 가장 약한 고리는 돈이었다. 가난에 대하여 누구를 원망한 적도 없고 불평한 적도 없으며 부유한 사람을 부러워한 적도 없지만, 생존을 위해서는 최소한의 비용이 필요하다. 나는 정해진 비용 안에 삶 전체를 욱여넣으려고 사투하였다. 가난하였으나 크게 돈 걱정하지 않았던 아이러니한 삶이었지만, 누구의 도움도 기대할 수 없었던 대학 생활 내내 돈은 고뇌하는 청춘을 만들었다. 젊은 날 돈은 사나이 조자룡의 가장 약한 아픈 고리였다.

라면 한 상자

삶은 힘들다. 비단 인간만 그런 건 아니다. 식물의 삶이 어떤지는 잘 모르겠다. 식물도 사고능력이 있다면 많은 어려움을 호소할 것이다. 몇 달간 비가 내리지 않거나 어떤 일로 태양 볕을 오랫동안 가린다면 갈증과 굶주림에 괴로울 것이다. 동물처럼 물이나 먹이를 찾아갈 수도 없다. 식물에 그런 정념이 있는지는 모르겠다. 동물에게 갈증이나 굶주림은 고통이다. 동물의 표정이나 태도나 행동에서 알 수 있다. 어떤 동물에게도 충분한 먹이가 주어지지 않는다. 모든 동물은 굶주림에 견딜 인내력과 먹이를 쟁취할 능력이 필요하다.

동물과 마찬가지로 인간의 가장 큰 고민은 의식주 해결이다. 아이러니하게도 가장 자유를 누리는 대학생이 의식주에 취약하다. 직장에 나가 벌어먹는 사람은 스스로 의식주를 해결한다. 전혀 문제가 되지 않는다. 유아기나 청소년기에는 스스로 해결할 수 없으나 부모라는 보호막이 있다. 자유가 없으나 굶주림도 없다. 대학생은 자유가 있는 대신 굶주릴 수밖에 없다. 부모와 함께 산다면 세 끼니 걱정은 하지 않을 것이다. 그 대신 밥값으로 술을 마시거나 데이트할 수는 없다. 대학생의 가난은 연민할 게 못 된다. 의식주보다 다른 것을 우선한 죄과다. 집안이 부유하든 가난하든 대학생은 궁핍할 수밖에 없다.

부유한 집안의 대학생마저 궁핍할진대 하위 1% 수준인 가정으로부터 전혀 도움받을 수 없는 내가 여유로울 수는 없었다. 나는 어떤 음식도 질보다는 양을 추구하였다. 하루에 두 끼를 먹을 수 있으면 좋겠으나 한 끼라도 실컷 먹는 게 중요했다. 점심 한 끼는 식당을 정해서 기식으로 해결했다. 밥 먹은 횟수를 기록해서 월말에 계산하는 방식이다. 식당에는 미안한 일이지만 밥 두 공기에 반찬은 최대한 많이 먹어 두었다. 저녁 식사 확률이 낮았으므로 말 그대로 먹는 게 남는 것이다. 먹을 수 있을 때 최대한 먹어 두자는 건 당시 대부분 대학생 생존 전략이었다.

저녁은 밑반찬 한두 가지로 밥을 해 먹을 때도 있었으나 라면이나 막걸리로 때울 때가 많았다. 밥을 해 먹는 것도 번거로운 일이었으나 한 끼 분량만 할 수가 없었으므로 연속해서 먹어치우는 일도 고역이었다. 반찬도 마찬가지다. 한 사람분을 만들기는 어렵다. 조리도 어렵지만, 음식 재료 구하는 게 거의 불가능하였다. 누가 마늘 한 톨, 대파 한 개를 팔겠는가? 큰맘 먹고 김치찌개라도 끓이면 어쩔 수 없이 며칠간 연달아 먹어야 했다. 배가 고프니 감지덕지 먹기는 하였으나 솔직히 맛은 없었다.

라면은 김치만 있으면 만사 해결이었다. 값도 소매가가 100원 정도로 어떤 끼니보다 저렴하게 해결할 수 있었다. 막걸리도 좋은 대안이었다. 어려서부터 술을 마셔서인지 선천적인 영향인지 술을 좋아하고, 많이 마셔도 덜 취하고 빨리 깨는 편이었다. 아버지와 어머니 모두 꽤 주량이 있었다. 특히 외삼촌은 체격도 좋고 술을 많이 마셔도 끄떡없는 분이었다. 막걸리 한 병이 200원이었는데 안주 없이 마실 수 있는 술일 뿐 아니라 마시고 나서 대여섯 시간이나 속이 든든하였다. 곡기가 많은 술이기도 하지만 막걸리 한 병은 양도 엄청나다. 구미시 광평동에 살던 유일한 동기였던 이수혁과 막걸리로 저녁을 때우던 때가 많았다.

고등학교 때 친하게 지내던 박재혁은 공군하사로 입대하였다. 금오공대 1학년 때도 몇 차례 휴가를 와서 술을 사주곤 하였다. 내가 자취한다는 말에 일부러 휴가를 내어 들렀다. 이런저런 지난 이야기와 술로 화기애애한 시간을 보냈지만, 표정은 영 밝지 않았다.

나에게 관심 있는 사람이었다면 누구라도 마음에 들지 않았을 것이다. 블록과 슬레이트로 지어진 허술한 무허가 건물도 건물이었지만, 방을 여러 개로 늘려 많은 학생을 수용할 목적으로 지어진 집이어서 사람이 살기에는 너무 협소하였다. 물론 저렴한 방값에 내가 원해서 온 것이기에 나는 불만이 없었지만, 재혁이는 마음 아파했다.

만 하루를 꼬박 함께 보내면서 사용한 음식과 술값 모든 비용을 계산한 재혁이는 귀대하면서 선물을 남겼다. 라면 한 상자였다. 불

필요하다고 극구 만류하였지만, 재혁이는 막무가내였다.

"많은 돈으로 도와주모 좋겠으나 내가 그럴 행편도 아이고……
몇 푼 줘 봐야 네 술 마서 없애뿔 거 아이가? 내 보이 네게 가장 필
요한 건 라면이다. 라면 한 상자라쿠모 적어도 한 달은 굶지 않을
거 아이가?"

나이에 비해 조숙했던 친구는 현명하였다. 그때 50개 들어있는
라면 한 상자값이 4,500원이었다. 만약 용돈으로 돈 10,000원을
준다 해도 당구 치고 술 마시느라 며칠을 못 넘겼을 게 뻔하다. 라
면 한 상자는 아침은 건너뛰고 점심은 기식할 때였으므로 자그마
치 두 달에 가까운 저녁 식량이었다. 두 달이나 끼니 걱정하지 않
는다는 게 얼마나 큰일인가?

학생에게 4,500원이 적은 돈은 아니었으나 막상 쓰려면 쓸 게 없
다. 그 돈으로 장기간 식량을 마련할 생각을 했다는 게 스물한 살
젊은이로서 대단하지 않은가? 나에게는 비교할 데 없는 소중한 선
물이었으나 재혁이 본인을 위해서도 현명한 판단이었다. 용돈 얼
마를 주었다면 당시에는 잘 썼겠지만, 지금까지 기억하지 못할 것
이다. 30년이 지난 지금도 뇌리에 생생하다. 라면 한 상자를 옷장
옆에 두고 뿌듯해하던 모습이 눈에 선하다.

4,500원으로 친구를 감동하게 하고 영원히 잊지 못할 추억을 선
사하였다면 그보다 더 좋은 효과가 있겠는가? 라면 한 상자는 대
학 생활에서 잊지 못할 추억의 한 장면이다. 최소한의 비용으로 최
대한의 은혜를 선물한 친구 재혁이는 현명하였다.

소주(燒酒) 대병(大甁)

나는 어려서부터 술을 마셨다. 어려서부터 방탕했다는 게 아니라 시골에서는 일할 때나 즐길 때 아이한테도 술을 허락하였다. 물론 소주나 양주 같은 독주가 아니라 농주라고 불리는 막걸리였다. 모내기할 때 못줄을 잡는 것은 꼬마인 내 몫이었는데 쉴 참에 어른들이 막걸리를 마시면서 나에게도 권하였다. 땡볕에서 여러 시간 못줄을 잡는 건 쉬운 일이 아니다. 혼자 쉴 수도 없다. 갈증이 심할 수밖에 없다. 목마른데 막걸리 한 잔을 마시면 어떻겠는가? 어린 나이였음에도 맹물과 비교할 수 없이 상쾌하였다.

2㎞나 떨어진 주막에 술 사러 가는 심부름도 아이 몫이다. 열 살 미만 어린이가 큰 주전자를 들고 장거리를 왕복하는 일은 보통 힘든 게 아니다. 마실 물을 따로 가져가지도 않는다. 힘들고 목이 마르면 주전자 속의 막걸리가 유혹한다. 한 모금 두 모금 마시다가 집에 도착할 즈음이면 3분의 1이 줄어들기 일쑤였다. 지나는 길에

샘물을 한 바가지 넣으면 완전범죄가 이루어진다. 당시 어른 누구도 절대 맛으로 물을 섞었다는 걸 알아채지 못했다.

초등학교 4학년까지는 막걸리 외에 다른 술은 마시지 못했다. 명절 때나 생일잔치에 고학년 형이 소주를 마시기도 하였으나 맛을 보니 독해서 나는 마실 수가 없었다. 초등학교 5학년에 처음 소주를 마셨는데 쓰고 독했으나 빨리 취해서 좋았다. 막걸리는 알코올 도수가 낮아 웬만큼 마셔서는 취하지 않는다. 많이 마시면 배도 불렀지만, 천천히 취하는 대신 술 깨는 데 오래 걸리는 단점이 있었다. 이래저래 초등학교 5학년 이후에는 주종(酒種)이 소주로 바뀌었다.

어려서 마시기 시작했지만 즐긴 이유는 뜻밖에 빨리 취하지 않아서였다. 쉬운 말로 우리 형제 모두 술이 센 편이었다. 아버지도 술을 즐겨 하셨지만, 외가는 더 셌다. 어머니도 여자 중에서는 많이 드시는 축이었다. 술 마실 기회가 흔치는 않았으나 기회가 생기면 빨리 많이 마시려고 노력하였다. 남과 비슷한 취기로 즐기기 위해서였다. 그러던 게 대학생이 되어 돈만 허락한다면 언제든지 마시게 되자 틈만 나면 마셨다. 별다른 유흥거리가 없던 때라 심신의 피로를 푸는 데는 약간의 음주가 최고였다.

끼니도 제대로 때우지 못하는 사람이 술과 안주를 갖춰 먹을 수 없었다. 적은 돈으로 최대한 많이 마실 욕심에 소주 대병(大瓶)을 구했다. 소주 대병은 2홉짜리 다섯 병 분량이었으나 값은 네 병 수준이었다. 가성비가 가장 좋았다. 자취방에 놀러 온 선배가 소주 대병을 보고 기겁을 하였다. 웬 술을 그렇게 마시느냐는 것이었지만, 한꺼번에 마시는 게 아니고 하루에 맥주 컵으로 한두 잔 마신다고 하자 고개를 절레절레 흔들었다.

가성비를 최대한 크게 하려는 의도였으나 효과적이지는 않았다. 소주를 싸게 구할 좋은 방법이었으나 문제는 더 많은 양을 자주 마신다는 것이었다. 처음에는 한 잔이었으나 기분 좋으면 두 잔, 기분 나쁘면 석 잔 식으로 들쭉날쭉하여 그때그때 사 마실 때보다 더 비용이 들었다. 처음 본 사람을 놀라게 했던 자취방 소주 대병은 한 학기가 지나면서 사라졌다. 질보다는 양만 따질 수밖에 없던 시절, 근육을 이완시키고 정신을 황홀하게 하는 알코올 대량 구매 방식은 오래가지 않았다. 조자룡 '자취방 소주 대병'이라는 소문만 남았다.

엄병록

체계적인 사상과 철학을 수립하지 못하고 건성으로 세상을 파악하여 아전인수식으로 스스로 과대평가했던 젊은 날의 삶은 한마디로 투쟁이었다. 든든한 배경 없이 자력갱생해야 하는 처지를 잘 알았다. 특별히 튼튼하지 않은 몸과 평범한 지능이나 재능밖에 없었음에도 어려서 모든 면에서 선두권에 설 수 있었던 이유는 단 하나 필사적인 노력이었다. 모든 분야에서 1등을 노렸다. 공부뿐만 아니라 그림 그리기, 글짓기, 달리기, 구기 운동 심지어 싸움도 물러서지 않았다. 모두 1등 할 수는 없었으나 상위권에 들었다.

인간이 소중하다는 생각도 사람을 사랑해야 한다는 생각도 없었다. 20대까지 겉으로 표현은 신중하였으나 사람이 다른 동물보다 우월하다거나 더 존중받을 이유는 없다고 생각했다. 우주의 한 부분을 차지하여 생존과 번식을 추구하는 특별하지 않은 하나의 종일 뿐이었다. 모든 남자는 경쟁자에 불과했고 여자는 배우자 후보였다. 자라면서 스스로 소중한 존재라는 걸 깨달을 기회가 없었다. 죽지 않을 정도로 보리곱삶이를 먹었을 뿐 따뜻한 사랑을 받지 못하여 인간애를 터득하지 못했다.

중학교 때까지 서열 정하기 싸움을 수백 차례 할 정도로 격렬하게 살았으나 고등학교 때부터는 다소 얌전해졌다. 24시간을 함께 생활하는 동기와 매일 싸울 수는 없다. 그걸 용서할 동기도 없었으리라. 투박하고 욕설이 섞인 말투여서 갈등의 소지는 있었으나 조금씩 인간에 가까워져 가고 있었다. 동기생은 비타협적이고 거친 말투의 내가 마음에 들지 않았을 것이나, 금오공고에 입학한 후 순화된 상태가 그 정도였다.

금오공고에서 주먹다짐은 거의 손에 꼽을 정도로 물리적인 다툼은 없었다. 금오공대에 합격하고 나서 '명색이 대학생인데 주먹으로 해결할 생각은 버리자. 아무리 힘들어도 말로 설득하자. 자칭 지성인이 생각이 다르다고 주먹질해서야 되겠는가?'라고 스스로 다짐하였다. 투쟁심은 여전하였으나 주먹만은 사용하지 않기로 마음먹었다.

대학에서는 술 마실 일이 많았다. 많았다기보다는 내가 좋아했으므로 빠지지 않았다는 말이 맞겠지만, 다양한 사람과 자주 술을 마셨다. 특히 금오공고에 다닐 때는 480명 동기생 모두를 알 수 없었으나, 금오공대 85학번 800여 학우 중 60명에 불과한 금오공고 동기생은 친하게 지낼 수밖에 없었다. 자연히 술자리도 자주 하였는데 기계공학과 엄병록이 특히 술을 많이 마셨다. 지금 생각하면 우스운 일이지만, 무엇도 2등을 원하지 않았기에 나는 술도 전투적으로 마셨다. 상대보다 더 많이 마시고 멀쩡한 것이 자랑이었다.

술자리에서 술 실력이 만만치 않은 걸 알고 엄병록을 기계과 1인자로 인정하였다. 스스로 술에 관한 한 기계과 엄병록, 전자과 조자룡이라고 떠벌렸다. 물론 다른 동기생이 인정한 건 아니고 스스로 한 자화자찬이었다. 엄병록은 금오공대 정문 앞 동네에서 살았는데 어느 날 우연히 같이 하교하다가 술 이야기가 나왔다. 서로 잘 마신다고 우겼는데 병록이가 자기 집 근처 구멍가게를 지나다가 갑자기 멈춰 섰다.

"말로 하지 말고 한 번 겨뤄보자. 일루 들어와."

대낮에 술 겨루기를 하자는 말에 아연하였지만, 꼬리를 내리는 건 스스로 패배를 인정하는 것이어서 그럴 수는 없었다. 지고 싶은 마음도 없었지만, 질 리도 없다고 확신하였기에 도전에 응하였다.

"좋다. 해보자. 어떻게 할 건데?"

"양주를 취해서 못 마실 때까지 함께 마시자."

대뜸 구멍가게 선반에서 캡틴큐 두 병을 꺼내 들었다. 당시 1홉짜리 싸구려 양주가 유행이었다. 값은 싸도 알코올 도수는 40도였다. 그 40도짜리 1홉짜리 양주를 입을 떼지 않은 채 한꺼번에 마시자는 것이었다. 안주도 없이 둘은 벌컥벌컥 들이켰다. 40도 알코올을 맥주 마시듯 하는 건 쉽지 않다. 알코올이 내려가는 목이 불타는 듯하고 위에서 놀라 역류하였다. 어차피 승부였으므로 간신히 억지로 마셨다. 마시자마자 병록이는 캡틴큐 두 병을 또 꺼내 들었다. 어지간한 나도 적이 놀라지 않을 수 없었다. 오기로 마시다가는 진짜 무슨 일이 생길 것 같았다.

"야, 너 미쳤냐? 한 병나발 분 것도 무린데 계속 그러자고? 너 그러다 죽어 이놈아, 네가 이겼다. 나는 그런 미친 짓 하지 않는다."

깨끗하게 물러섰다. 계속 마시면 몇 병이야 마시겠지만, 언젠가는 멈춰야 한다. 정말 잘못되면 죽을 수도 있지만, 추태를 부릴 수도 있고 값이 싸더라도 소주보다 훨씬 비싼 양주 값도 문제였다. 마음먹고 달려든 승부에서 한 방에 나가떨어진 적은 거의 없었다. 병록이와의 술 겨루기에서는 단 한 방에 끝났다. 원 샷 한 양주 한 병에 벌써 취기가 올라오고 있었다. 취중에도 스스로 다짐하였다.

"아무리 지는 것이 싫고 1등을 추구하더라도 함부로 달려들지 말자. 특히 먹는 걸 이길 생각은 아예 말자. 역사에 영웅호걸이 말술로 그려지지만, 오늘날 많이 먹어서 영웅이 될 수는 없지 않은가?"

그 후로 먹기 승부는 없었다. 지기 싫어서 술잔을 먼저 꺾지는 않았으나 더 잘 마신다는 말로 상대를 자극하지도 않았다. 술이든 밥이든 면이든 많이 먹기로 이기려는 건 무모한 게 아니라 바보짓이다. 몸에 해로운데 이긴다고 대순가? 지나친 승부 욕을 누그러뜨리는 계기가 되었지만, 엄병록은 술에 관한 한 괴짜였다. 의욕으로나 능력으로나 나보다 몇 수 위였다.

여자친구 만들기

사람은 전혀 특별하지도 않고 소중한 존재도 아니라는 비인간적 편견으로 머릿속이 꽉 차 있었지만, 사랑은 필요했다. 아니 경험하지 못한 인간애가 그리웠다. 경험하지 못했지만, 사회에는 사랑 이야기가 난무했다. 영화나 드라마나 대중가요 주제는 온통 사랑이었다. 순수한 사랑이든 위험한 사랑이든 추악한 사랑이든 대중은 사랑 이야기에 빠져들었다. 완전한 언론통제 사회였던 80년대 자유롭게 이야기할 수 있는 건 사랑뿐이었는지도 모른다.

가족 간의 사랑도 이성과의 사랑도 경험하지 못한 미지의 세계였지만, 사랑이 무엇인지에 대한 확신은 있었다. 로미오와 줄리엣이 나눈 게 사랑 아니던가? 바보 온달과 평강공주 관계가 사랑 아닌가? 호동왕자와 성춘향 이야기도 사랑이고, 영화 '어둠의 자식들'이나 '애마부인'도 사랑 이야기였다. 주인공 심리 상태에 따라 희로애락이 달라지지만, 주제는 남녀 간 사랑이었다.

이유는 알 수 없지만 남자는 여자에게 끌린다. 여자도 여자보다는 남자를 좋아하는 것 같다. 대체로 이성에 끌리는 건 사실이지만 이성이라고 다 좋은 건 아니다. 여자가 어떤 남자를 좋아하는지는 분석이 덜 된 상태였지만, 남자가 어떤 여자를 좋아하는지는 잘 알았다. 남자는 예쁜 여자를 좋아한다. 동서양과 고금을 막론하고 예쁜 여자 주위에는 무수한 남성이 모여들고 치열한 쟁탈전이 벌어진다. 예쁜 여자 본인의 의도와는 무관하게 주변은 유혈이 낭자하다. 미인박명이란 말이 괜히 생긴 말이 아니다. 아무리 스스로 평범하게 살고 싶어도 모여든 남성끼리 혈전을 벌인다. 그 와중에 여성이 억울하게 희생되는 경우가 허다하였다.

역사의 수많은 경국지색을 보라. 그 여자는 스스로 예뻐지려고 노력하지 않았다. 영웅호걸과의 교제도 원하지 않았다. 그저 평범한 아낙으로서 성실한 남편과 아들딸 낳고 오순도순 사는 걸 바랐을 뿐이다. 그러나 부유한 자나 권력을 가진 자가 경국지색이 평범하게 사는 걸 허락하지 않는다. 회유하고 협박하다가 강탈한다. 그 여자의 가정은 풍비박산한다.

일세를 호령하던 영웅호걸이 노리는 게 나라를 기울일 만큼 아름다운 여자라면 보통 남자도 마찬가지다. 마음은 굴뚝같으나 힘이 없어서 경쟁에 가담하지 못할 뿐이다. 젊었거나 늙었거나 부유하거나 가난하거나 신분이나 재산이나 나이에 무관하게 남자는 예쁜 여자를 원한다. 그건 변하지 않을 진리다.

예쁜 여자 기준이 사람에 따라 다를 수는 있다. 일반적으로 예뻔 여자는 젊고 피부가 고운 사람이다. 번식에 유리한 사람이다. 시대에 따라 미인의 기준이 바뀌었지만, 남성에게 끌리는 건 젊고 건강한 여자다. 그것이 유행 따라 미녀의 기준으로 바뀐다.

역사에서도 그렇고 현실에서도 세상은 온통 예쁜 여자를 노리는 남자 천지다. 모든 남자가 노리는 예쁜 여자인 만큼 마냥 기다려서는 감나무 밑에 누워 감 떨어지기를 기다리는 격이다. 찾아 나서야 하고, 찾은 다음에는 여자를 회유하고 주변 남자는 격퇴해야 한다. 그것이 예쁜 여자를 배우자로 맞을 남자의 자격이요 의무이자 권리다.

내가 여자였다면 조자룡을 남자친구나 배우자로 선뜻 선택했을 것이다. 가난한 거 빼면 빠질 게 없지 않은가? 체격이 우람하지는 않으나 보통 이상은 되고, 외모도 준수하지 않은가? 게다가 많은 여자에게 관심이 없다. 한 번 선택하면 일편단심 춘향이 된다. 어떤 여자라도 조자룡을 사로잡는다면 횡재하는 것이다.

내 생각에는 조자룡을 선택하는 게 여자에게는 최선이었으나, 불행하게도 세상 여자는 그 사실을 몰랐다. 세상 여자의 무지는 그녀만 불행한 게 아니고 뜨거운 사랑을 갈망하는 청년 조자룡마저 불행하게 하였다. 젊은 날의 조자룡은 현명하지 못한 여성 탓으로 외로웠다.

여성이 내 가치를 몰라보는 건 불행이었으나 마냥 불행에 빠져 있을 수만은 없었다. 세상은 도전하는 자의 몫이 아니던가? 다가오지 않는다면 찾아 나설 수밖에 없다. 아까운 시간 낭비일지 모르지만 그렇다고 예쁜 여자 구하는 걸 포기할 수는 없지 않은가? 금오공대 1학년 동안 여러 차례 여대생과 미팅하였으나 별무신통이었다. 대여섯 혹은 십여 명과 단체 미팅하면 게중 나은 여자가 있게 마련이었으나 행운은 내 편이 아니었다. 신기하게도 미팅 나온 여자 중 단 한 명만 빼면 나머지 여자에게는 관심이 가지 않았다.

하긴 그럴 수밖에 없을 것이다. 경국지색을 원한다면 나라에서 제일 예쁜 여자를 구해야 하는데 십여 명 중에서도 최고가 아니라면 이미 조건에서 탈락이다. 여자는 자신보다 예쁘거나 돋보이는 친구와 미팅 나가는 걸 꺼린다고 한다. 남자 마음을 제대로 읽는 것은 역시 여자다. 남자의 마음은 대체로 같다. 미팅에 성공한 건 언제나 한 명뿐이다. 물론 제일 예쁜 여자가 파트너가 되었다고 교제로까지 발전하는 건 아니었지만, 그건 그 남자 개인 능력 문제다. 일단 운명의 여신이 기회를 주었어도 살리지 못한 건 그의 문제다. 운명의 여신은 내게 단 한 번의 기회도 선사하지 않았다.

나는 운명에 내 인생을 맡기고 싶은 마음이 전혀 없었다. 운명의 여신이 기회를 주지 않는다면 스스로 기회를 만들면 된다. 어느 세월에 올지 모를 기회를 기다린단 말인가? 금오공대는 대부분 남학생이다. 1년 동안 눈여겨 찾았지만, 예쁜 여자는 눈에 띄지 않았다. 여학생이 많은 곳에서 찾아야 한다. 옛말에 사람은 서울로 가고 말은 제주도로 보내란 말이 있잖은가? 많은 여학생 중에 미녀든 경국지색이든 있으리라.

나는 원래 수줍음이 많은 편이다. 그래서 초등학교 중학교 때 한 사코 반장을 거부했다. 거부했어도 선생님의 강압에 따라 여러 차례 반장을 해야 했으나, 남 앞에서 말하고 시범 보이는 걸 끔찍하게 싫어했다. 대상이 여자라면 더하다. 웬일인지 여학생은 남학생 교실에 당당하게 들어왔으나, 겉으로는 큰소리치는 남학생은 홀로 여학생 교실에 들어가지 못했다. 남녀공학인 임천중학교 시절 여학생이 수업 시간에 남학생 교실에 심부름 온 건 여러 차례 목격했어도 남학생이 여학생 교실에 심부름 가는 건 못 봤다. 남자는 다수 여자 앞에서 움츠러든다. 다수 앞에 나서는 걸 싫어했지만, 그 대상이 여자라면 더 말할 나위 없었다.

끔찍하게 대중 앞에 서는 걸 싫어했던 내가 다른 대학 정문에 홀로 서서 드나드는 여학생을 관찰했다. 예쁜 여자를 직접 찾기로 한 것이다. 물론 지나치는 대부분 학생이 뭐 하는 사람인지 훑어보는 눈초리에 주눅이 들고 쪽팔렸으나 그게 문제가 아니었다. 예쁜 여자를 구하느냐 못하느냐는 인생의 승부를 가름할 중요한 일 아니던가? 인생에서 성공한들 사랑하는 사람이 없다면 무슨 의미가 있을 것이며, 사랑하는 사람 없이 무슨 동기부여로 성공할 수 있겠는가? 성공을 위해서도 행복을 위해서도 사랑하는 사람, 예쁜 여자는 반드시 있어야 할 터였다.

서울에 있는 명문대학에서 찾는 것이 최선이겠으나 구미에서 서울은 너무 멀었다. 서울까지 가서 예쁜 여자친구를 찾기에는 시간도 돈도 없었다. 가까운 대구에서 찾았다. 먼저 간 건 지역 명문대학 경북대학이었다. 대구가 대도시인 만큼 여학생의 차림새나 외모에 확실히 세련미가 있었다. 몇 안 되는 금오공대 여대생과는 확실히 차이가 났다. 내 생각은 적중했다. 마음에 드는 여학생이 눈에 띄기 시작했다.

"금오공대 다니는 조자룡입니다. 잠깐 시간 좀 낼 수 있을까요?"

여럿이 가는 여학생 무리 중 잘 빼입은 가장 예쁜 여학생에게 다가가 다짜고짜 물었다. 응답하는 여자는 없었다. 마치 못 볼 걸 보았다는 듯이 '어마 뜨거라' 하고 달아나기 일쑤였다. 역시 여성은 무지하다. 조자룡을 못 알아보는 게 안타까웠다. 일부러 직접 찾아왔음에도 눈앞에서 최상의 신랑감을 보고 전혀 감동하지 않았다. 무지한 여성에게 화내는 건 무의미하다. 설득하기도 어렵다. 얼른 포기하고 다른 여자를 찾는 게 백배 낫다.

퇴짜 맞고 바로 뒤에 따라오는 여학생에게 같은 말을 하는 건 어렵다. 바로 앞 상황을 목격하였기에 내 정체가 탄로 날 우려가 있었다. 마음에 드는 여학생이 연이어 지나가도 시도는 그중 한 명밖에 할 수 없었다. 5분이나 10분간 하릴없이 기다리다가 다시 시도하기를 여러 차례 경북대에는 단 한 명의 현명한 여자도 없었다. 조자룡의 진면목(眞面目)을 알아볼 혜안을 가진 여학생이 없었다. 황금같이 소중한 청년 조자룡의 청춘 하루만 날아갔다.

경북대를 시작으로 대학 투어가 시작되었다. 계명대, 대구대, 영남대, 효성여대 나중에는 격을 낮추어 김천 간호전문대, 대구 간호전문대까지 찾았으나 조자룡이 좋은 남자라는 걸 알아보는 사람은 없었다. 내가 말을 걸었던 여학생이나 나에게는 불운이었다. 여학생은 다시 안 올 기회를 놓친 셈이고, 나는 외로움에 서글픈 찌뿌둥한 청춘을 보내야 할 처지였다.

한 달여 경북지역 대학을 섭렵하다가 마침내 인내의 한계에 다다랐다. 내가 세상을 잘못 안 것이거나, 여자친구 구하는 방식이 잘못되었거나, 경북지역 여대생이 더 무지하거나 하는 게 원인이겠지만 대학교 정문에 서서 예쁜 여자를 찾아내 친구로 만들겠다는 생각은 접어야 했다. 내가 미사여구를 구사할 능력도 없지만, 처음 보는 남자에게 감언이설로 넘어갈 여학생이 없으리란 걸 뒤늦게 터득했다.

아쉬움이 남는 시도였지만 내 잘못은 아니다. 조자룡은 영화나 드라마 혹은 만화 주인공의 행동에 착안하여 도전하였다. 누가 그러지 않았는가? 젊어서의 도전이 실패하더라도 실패가 아니라고. 단번에 하는 성공이 사상누각이듯이 실패는 인생을 튼튼하게 하는 자양분이 된다고. 예쁜 여자친구 만들기 실패가 인생에 도움이 되었는지는 알 수 없으나 한 가지 사실만은 알게 되었다.

'예쁜 여자를 찾는 게 문제가 아니다. 예쁜 여자가 드물기도 하지만 어쩌다 만났을 때 보여줄 게 없다면 무용지물이다. 나를 드러낼 방식을 찾아내야 한다. 재산과 학력이 대수로울 게 없다면 단번에 사로잡을 무언가를 만들어야 한다.'

누구나 아는 걸 스무 살이 넘어서야 깨달았다는 사실이 스스로 가소로웠으나 여자 눈을 번쩍 띄게 할 무언가를 만들 능력은 없었다. 인생은 무거운 짐을 지고 자기를 찾아 떠나는 긴 여행이다. 아무리 공부하고 독서해도 앎에는 끝이 없다. 삶은 깨달음의 과정이다. 어떤 새로운 진리를 깨닫는다기보다는 자신의 무능을 알아가는 과정이다. 조자룡은 여성에게 인기 있는 사람이 아니란 걸 알았다. 외로운 청춘 조자룡은 슬펐다.

덕유산

  덕유산은 큰 산이다. 남한에서 한라산 지리산 설악산에 이어 네 번째로 높은 산이다. 지금이야 매주 두세 차례 등산하기에 큰 어려움 없이 오를 수 있지만, 대학 시절 처음 오를 때는 생명이 경각에 달했을 정도로 힘들었던 추억이 있다.

  금오공대 2학년 1학기 중간고사가 끝나고 지친 심신의 피로를 풀 겸 산에 가자는 금오공고 동기생 임중혁과 김상준의 제안에 흔쾌히 동의했다. 노는 걸 좋아하기도 하였지만, 특히 자연과 어울리는 걸 좋아하였다. 인공 건물에서 벗어나 자연의 품에서 노닐라치면 절로 마음의 때가 씻기는 걸 느꼈다. 그래서 동아리 한솔에서 반기 1회 등산을 반겼고 시간 날 때마다 구미에 있는 금오산에 수시로 오르곤 하였다.

  처음 중혁이와 상준이가 덕유산을 가자고 할 때만 해도 사실 덕유산에 대하여 아는 바가 없었다. 산은 설악산과 지리산이 최고라는 말을 들었고, 단풍은 내장산, 계곡은 무주구천동이라는 말을 들어서 알 뿐이었다. 덕유산에 가자고 한 게 아니라 무주구천동에 가자고 했던 것 같다. 대한민국 제일 계곡을 가자는데 반대할 리 없었다. 혼자서는 꿈도 꾸지 못할 일을 친구 덕택에 차비만 내고 가는 절호의 기회였다.

구미에서 무주까지는 멀었다. 거리가 멀기도 하였지만, 자가용이 없던 당시에는 그야말로 산 넘고 강 건너야 하는 머나먼 길이었다. 그래도 경험이 많은 중혁이가 일정과 종합계획을 세웠으므로 나는 비용과 몸만 제공하면 끝이었다.

호텔이나 민박하려면 많은 돈이 필요하다. 가난한 대학생이 그런 호사를 누릴 수는 없었다. 상준이가 텐트가 있다고 해서 모든 걸 짊어지고 가기로 했다. 5월이라 밤에는 쌀쌀할 거라면서 무거워도 담요를 충분히 가져가야 한다고 했다. 쌀과 반찬거리에 잠자리까지 엄청난 분량의 짐이 되었지만, 맑고 깨끗한 천연의 명소에서 즐길 걸 생각하니 절로 힘이 나고 흥이 났다.

시내버스와 시외버스를 몇 차례인지 갈아타고 하루 걸려 무주구천동에 도착했다. 과연 명불허전이었다. 다음 날 올라갈 덕유산에 올라갈 필요도 없이 계곡을 보는 순간 감동하였다. 넓고 큰 계곡에는 기암괴석이 깔려 있고 수정같이 맑은 물이 콸콸 소리 내며 역동적으로 흐르고 있었다. 차에서 내려 야영장에 가면서 연방 "야호!" 하는 환호성이 저절로 나왔다.

야영장에 도착하니 이미 저녁이었다. 서둘러 텐트 치고 버너 두 개를 이용하여 밥을 짓고 김치찌개를 끓였다. 꿀맛이었다. 평소에 밥을 한 끼만 먹던 처지에 아름다운 경관의 자연 속에서 쌀밥과 김치찌개를 먹는데 맛이 없을 리 없었다. 게다가 내가 좋아하는 소주가 충분하였다. 아주 다행히도 중혁이와 상준이는 술을 마시기는 하였으나 그다지 좋아하지 않았다. 술 모자랄 걱정 없이 실컷 마실 수 있었다. 기분은 최상을 향하여 줄달음치고 있었다. 자연스럽게 가져간 녹음기 소리에 맞춰 고성방가를 시작했다.

언제 어떤 계기로 사람이 모여들었는지는 모른다. 술에 취해 노래하다 보니 자연스럽게 일어서서 춤을 췄고 인근에 있던 사람이 합세하였다. 대학생은 우리뿐이었고 대부분 삼사십대 아주머니 아저씨였다. 술에 취해 기분 좋게 노는 데 남녀노소가 따로 있을 것인가? 처음 보는 아저씨 아주머니와 스스럼없이 어울려 노래하며 신나게 춤췄다. 대학생이었던 우리 일행 셋은 마치 아이돌이나 된 듯이 사람들에 에워 싸여 주인공이 되었다. 놀다가 술이 깰 즈음이면 누군가가 새로운 술과 안주를 가져왔다.

아마도 그때까지 살아오면서 조자룡에게 가장 기분 좋은 날이었으리라. 근심 걱정 없이 신나게 노는 일이 쉬운가? 아무리 분위기가 좋아도 만취하지 않는 한 미래에 대한 걱정이 완전히 해소되지 않으리라. 만취하였다. 노래할 줄도 춤출 줄도 제대로 몰랐지만, 술 힘으로 자유를 만끽하였다. 언제까지 놀았는지 정확한 시간은 모른다. 아마 밤 열두 시는 지났으리라. 마침내 내일 산행을 위하여 텐트 속에서 잠을 청했다.

산골 5월 추위는 매서웠다. 경험이 많은 중혁이의 제안대로 모든 걸 준비하였으나 충분하지 않았다. 땅에서 올라오는 냉기는 마치 얼음장 같았다. 가져간 신문지와 담요를 모두 땅에 깔고 덮으려던 이불까지 바닥에 깐 후에 누웠음에도 땅의 냉기가 전해 왔다. 우리는 가져간 옷을 모두 껴입은 채 서로 그러안고 잠이 들었다. 남자끼리였지만 추위 앞에 장사 없었다. 마치 사랑하는 연인인 양 몸을 밀착했다. 그중 내가 제일 키가 커서 가운데 자는 행운을 얻었으나 그래도 추위에 떨어야 했다.

전체 산행 거리가 20㎞에 가깝다. 산에서 일찍 내려와야 돌아가는 버스를 탈 수 있으므로 중혁이가 아침 일찍 일어나 식사 준비를 서둘렀다. 술이 덜 깨 몽롱한 상태였던 나는 식사 준비가 끝난 후에야 일어났다. 어제 끓여 놓았던 김치찌개와 아침 식사를 하였다. 마땅히 꿀맛 같아야 하는 식사임에도 나는 맛을 알 수 없었다. 지난밤 과음에 미각을 상실한 것이다.

식사를 마치고 짐을 나누어 짊어지고 서둘러 출발하였다. 야영장에서 백련사까지는 6㎞ 거리였는데 거의 평지에 가까웠다. 술이 덜 깬 상태임에도 전혀 어려움이 없었다. 스무 살에 불과한 나이임으로 체력에도 자신 있었다. 백련사에 도착하니 한 시간 반이 흘러서 오전 여덟 시를 가리켰다. 향적봉까지 2.5㎞를 한 시간 반 걸리더라도 중봉과 오수자굴까지 세 시간이면 충분할 터였다. 오수자굴에는 물이 있다고 하였다. 오수자굴에서 밥을 해서 점심을 먹을 계획이었다.

계획에는 문제가 없었다. 몇 차례 등산 경험이 있는 중혁이가 이동 거리와 시간을 계산하였으므로 모든 게 정확하였다. 문제는 몸 상태였다. 밤늦도록 음주 가무에 모두 평소보다 상태가 안 좋았다. 그중에서도 내가 최악이었다. 백련사에서 덕유산 최고봉 1614m의 향적봉까지는 불과 2.5㎞였으나 경사가 장난이 아니었다. 삼십도 사십도 경사가 수시로 나타났다. 태어나서 가장 힘든 산행이었다. 급기야 체력이 버티질 못하고 전날 먹은 걸 모두 토하고 말았다.

먹은 걸 모두 토한 후 나는 나름대로 최선을 다해 산행하였으나 산행 대장 중혁이 판단에 이대로는 시간 안에 하산 불가능하였다. 중혁이가 결단을 내렸다. 몸을 제대로 가누지 못하는 내 짐을 둘이서 나눠 짊어지고 먼저 가서 오수자굴에서 밥을 해 놓을 테니 천천히 따라오라는 것이었다. 자기 짐도 무거운 마당에 짐을 나눠 주기에 미안했지만 어쩔 수 없었다. 물 한 병만 손에 쥐고 뒤처져 혼자 걸었다.

각고의 노력 끝에 향적봉에 도달하였으나 체력도 물도 동났다. 시간은 이미 오전 11시를 넘어섰다. 백련사에서 한 시간 반 거리를 세 시간 넘게 걸린 셈이었다. 배가 고팠으나 먹을 게 없었다. 굶어 죽지 않으려면 밥해 놓고 기다릴 친구가 있는 곳에 가야 했다. 북한에서 자연재해와 경제난으로 많은 사람이 죽어 나가던 시기를 고난의 행군이라고 말한다. 그때부터 나에게는 그야말로 고난의 행군이 시작되었다.

인간의 생존 본능은 놀랍다. 죽을 것 같다는 말을 쉽게 하지만 여간해서는 죽지 않는다. 누군가 타살하지 않는 한 그냥 죽는 일은 거의 없다. 배가 고파 앞이 보이지 않을 지경이어서 먹어도 죽지 않는 진달래꽃과 쑥을 뜯어 먹었다. 진달래야 어려서 배고플 때 따 먹은 기억이 있으나 쑥은 국이나 떡으로나 먹어 봤지 날로는 먹은 적이 없었다. 먹어봐야 써서 맛도 없다. 쑥을 날로 먹으리라고는 상상한 적도 없었으나 목구멍이 포도청이라 물불을 가릴 계제가 아니었다.

전쟁 때 굶주림에 시달린 사람들이 뱀이나 개구리를 잡아서 날로 먹었다는 이야기를 책에서 본 적이 있으나 사실로 여기지는 않았다. 아무리 배가 고파도 살아 있는 뱀을 어떻게 먹는단 말인가? 연신 주먹으로 진달래와 쑥을 뜯어 먹으면서 뱀 아니라 쥐라도 구워 먹을 심정이었다. 진달래나 쑥에 탄수화물이 얼마나 들어있겠는가? 에너지원이라기보다는 그저 배를 채우는 것뿐이었다.

나는 정말 죽는 줄 알았다. 그렇게 자신만만하게 살았던 조자룡이 이십 대 초반 청년으로 세상을 떠난다는 사실이 믿어지지 않았다. 나는 덕유산 등산 경험이 없었다. 중혁이에게 중봉에서 좌측으로 내려오다 보면 오수자굴이 있다는 말만 들었지 실제로 있는지도 몰랐다. 당연히 거리나 시간을 가늠할 수 없었다. 아마 지리를 알았더라도 허기진 몸으로 비틀거리며 갔기에 도착할 시간이나 장소를 알 수 없기는 마찬가지였으리라. 비척비척 가다 보니 어느 순간 누군가 외쳤다.

"자룡아, 여기야!"

중혁이와 상준이었다. 아, 나는 죽지 않고 살아난 것이다. 시간은 이미 오후 두 시를 지나고 있었다. 예상 시간보다 세 시간이 더 걸린 셈이다. 목이 터지도록 밥을 밀어 넣으면서 들어보니 중혁이와 상준이도 예상보다 한 시간 이상 더 걸렸다는 것이었다. 몸이 좋지 않은 상태에서 내 짐까지 짊어져야 했으니 무리도 아니었다. 할 말은 많았으나 시간이 없었다. 막차를 놓치면 대책이 없다. 숙박할 돈도 밥해 먹을 식량도 없었다.

우리는 필사적으로 하산하였다. 고난의 행군은 아직 끝나지 않았다. 오수자굴에서 야영장까지 9㎞나 남았다. 어떻게 내려왔는지, 언제 도착했는지는 기억나지 않는다. 무주에서 구미까지 온 과정도 기억에 없다. 내 기억은 오수자굴에서 끝났다. 사실 더 기억할 필요도 없었으리라. 정말 죽을 위기는 오수자굴에 도착할 때까지였다.

젊은 날 어리석은 행동의 결과는 참혹하였다. 젊은 체력만 믿는 만용으로 산행 전날 만취하여 실컷 논 행위는 생사를 가름하는 위기를 불렀다. 나는 대학교 2학년 때 덕유산에서 거의 죽다가 살아났다.

라면 소녀

굴곡의 역사를 걸은 1980년대 대한민국은 정치적으로는 암울하였으나 경제는 저유가 저금리 저달러 3저 효과를 바탕으로 욱일승천하고 있었다. 5000년 역사를 자랑하나 단 한 번도 주변국을 압도하거나 세계를 선도한 적이 없고, 풍족한 삶을 누려본 적이 없는 우리 민족이지만 바야흐로 단군 이래 최대 호황, 이른바 전성기를 맞이하고 있었다.

정통성이 떨어지는 군사정권의 우민정책이자 국민의 환심을 살 목적으로 시작한 프로스포츠는 자리를 잡아가고 있었고, 경제력의 향상과 더불어 여흥 거리가 필요했다. 정부는 스포츠 장려정책을 적극적으로 펼쳤고, 운동이 레저의 한 분야로 정착했다. 86아시안게임과 88서울올림픽 유치는 국민 사기 앙양과 더불어 긍지를 고취하였다. 가난하거나 공부를 못하는 사람도 성공에 대한 희망에 부풀었다. 정부의 노림수는 딴 데 있었지만, 결과적으로 신의 한 수가 되었다. 재수 없는 사람은 뒤로 넘어져도 코가 깨지고, 융성기에는 어떤 시도도 좋은 결과로 이어진다. 1980년대 대한민국은 국운 상승기였다.

1986년 9월 20일부터 10월 5일까지 제10회 아시아경기대회가 서울에서 열렸다. 최초로 국내에서 열리는 세계적인 행사를 잘 치르기 위해 국민은 단합했다. 성장하는 대한민국호에 고무되어 애국심이 향상하고 자원봉사자가 줄을 이었다. 아시안게임 자체도 큰 행사였지만, 2년 후 열리는 올림픽의 전초전으로 성공적인 올림픽 개최 여부의 시금석이 될 터였다. 스포츠를 이용한 지나친 정권 홍보가 마음에 들지 않았지만, 국민은 경제에 이어 모든 분야가 획기적으로 발전하고 세계에 우뚝 서기를 갈망하였다. 모두가 한 방향으로 달려 나갔다.

서울 아시안게임은 성공하였다. 4,789명의 선수 임원이 참여하여 역대 최대 규모였고, 경기장이나 선수촌 시설도 나무랄 데 없었으며, 선수단 이동이나 숙식 경기 진행에도 큰 문제가 발생하지 않았다. 아시아에서 스포츠뿐만 아니라 문화 과학에 이르기까지 모든 측면에서 선도적 지도적 위치를 확립하였고, 대한민국의 지식 역량과 문화 수준을 대내외에 자랑하였다. 88서울올림픽 성공 개최를 확신하였다.

성적도 기대 이상이었다. 대한민국은 금메달 65개 획득으로 종합 2위를 목표로 하였다. 대한민국 선수단이 선전하고 중국과 일본이 경쟁하는 육상과 수영에서 중국이 압도해야 하는 쉽지 않은 목표였다. 9회까지 통산 성적에서 일본의 금메달 522개에 비하여 110개에 불과할 정도로 수준차가 컸다. 결과는 금메달 93개로 94개의 중국에 이은 종합 2위였다. 전체 메달은 중국 222개보다 많은 224개였다.

한국 선수단이 홈그라운드의 이점을 바탕으로 전 종목에서 선전하고 일본의 경기력이 저조한 결과였다. 일본이 선전하였다면 오히려 한국이 중국을 제치고 종합 1위에 오를 수도 있었다. 중국과의 격차는 이후 더 벌어져 86아시안게임은 한국이 종합 1위에 오를 가장 좋은 기회였다. 복싱은 12체급 전체를 석권하는 기염을 토하였고, 전통적으로 강한 양궁과 태권도 유도 레슬링에서 압도적인 성적을 올렸다. 불모지대인 육상에서는 장재근이 200m에서 우승했고, 수영에서는 최윤희가 델리아시안게임 3관왕에 이어 배영 100m 200m에서 금메달을 따 기대에 부응하였으며, 무명의 여자육상 선수 임춘애는 800m 1500m 3000m 금메달로 신데렐라로 떠올랐다.

벼락스타로 떠오른 임춘애는 사실 대표 선발전에서 탈락하여 아시안게임에 출전할 수 없었다. 선발전 이후 치러진 전국체육대회에 3000m에서 한국 신기록으로 우승하자 대표로 선발해야 한다는 여론이 일었고 뒤늦게 대표팀에 합류하였다. 육상에서는 마라톤 외에 메달을 기대하지 못해 장재근이 유일무이한 스타였던 터라 국민은 임춘애의 3관왕에 열광하였다.

치열한 보도 경쟁에서 "라면만 먹고 뛰었어요. 우유 마시는 친구

들이 부러웠어요."라는 임춘애 선수의 말이 보도되자 국민은 감동하였다. 그대로 '라면 소녀' 신드롬이 일어났다. 사실 이 말은 임춘애 선수가 한 말이 아니었다. 임춘애 학교 육상부 코치가 육상부의 열악한 환경을 이야기하면서 '라면만 먹고 운동한다.'라고 쓴 기사가 사실처럼 전파된 것이다. 사실이야 어떻든 대중은 영웅을 원한다. 국민은 불우한 가정환경에 굴하지 않고 싸워 이긴 '라면 소녀'에 감동하고 환호하였다. 임춘애는 86아시안게임이 배출한 최고 스타였다.

아시안게임은 4년에 한 번씩 열리는 아시아대륙 최대스포츠 축제다. 체력은 국력이라는 말에 걸맞게 70년대까지는 일본의 독무대였다. 80년대 이후 급성장한 중국이 역전하여 압도하고 있다. 국력에 걸맞지 않게 대한민국은 항상 3위권을 유지하였는데 일등 공신은 일본이었다. 모든 면에서 비교할 수 없는 국력 차이였지만 일본에 질 수 없다는 오기, 일본을 이기겠다는 열망이 스포츠 발전을 이끌었다. 일본과는 애증의 관계다. 얼마 전 식민지역사는 모든 우환의 근원으로 일본을 혐오했다. 일본은 넘어야 할 장벽이며 과제다. 일본의 발전과 성공은 우리를 자극한다. 국민 다수가 혐오하는 일본이지만 아이러니하게도 대한민국 발전의 단서를 제공한다.

폐막식 직전에 펼쳐진 사우디아라비아와 축구 결승에서 2대 0 승리가 대미를 장식했다. 모든 면에서 86서울아시안게임은 성공하였다. 주도한 정부는 목적을 초과 달성했다. 비인기 종목의 관중동원을 위하여 주변 중·고등학교 학생에게 입장권을 무료로 배포하고, 응원 국가를 지정하여 국가나 인기곡을 가르쳐 응원석에서 부르게 하는 등 지나친 홍보나 강요가 눈에 거슬렸으나, 국민은 욱일승천하는 대한민국에 감동하였다. 다가오는 21세기는 대한민국이 지구촌 주역이 될 것을 예감하였다.

금강산댐

1986년 10월 30일 충격적인 뉴스가 전해졌다. 1988년 서울올림픽을 방해하기 위해 북한이 금강산 근처에 거대한 댐을 지어서 수공(水攻)하려 한다는 것이다. 200억 톤 규모의 댐을 폭파하거나 일시에 개방하여 서울을 수몰하려고 계획한다는 뉴스였다.

전 국민은 충격과 공포에 휩싸여 경악했다. 시뮬레이션에 따르면 국회의사당과 한강 변 아파트가 대부분 수몰되고 서울에서 가장 높은 63빌딩 1/3이 물에 잠길 것으로 예측하였다. 건설부 장관이 발표하였고 유명 대학교수가 방송에 출연하여 설명하였다. 당장 생명의 위협을 받을 수도권 주민뿐만 아니라 전 국민이 분노하였다.

이 댐이 지어지기 시작한 1986년에는 대통령 직선제 개헌에 대한 국민의 열망이 타오르던 때였다. 사회 각계각층의 불만이 터져 나오고 분신과 투신자살이 잇달았으며 곳곳에서 시위가 이어졌다. 뒤숭숭하던 사회는 일시에 숙연해졌다.

소소한 이해관계를 따질 계제가 아니었다. 수공이든 화공이든 일단 전쟁이 벌어지는 날에는 힘들여 쌓은 공든 탑이 하루아침에 무너질 판이었다. 군사쿠데타로 정권을 잡은 군사정권은 정통성이 부족하였으나 운이 좋았다. 때마침 세계 경제 호황 속에 금리 유가 달러 약세로 한국에 유리한 상황이 펼쳐졌고, 한국은 3저 효과에 힘입어 80년대 경제성장률이 연평균 10%에 이르렀다. 정치 혼란과는 무관하게 1980년대 가장 빠르게 솟구치는 건 아시아의 네 마리 용 중 하나인 대한민국이었다.

18년 독재정권 박정희 대통령의 일관된 정책으로 기나긴 가난의 역사에서 벗어나려고 하고 있었다. 잇단 군사 정변에도 일단 이륙을 시작한 대한민국호는 기세를 멈추지 않았다. 어떠한 재난과 장애에도 국민은 잘살겠다는 욕망, 향상심을 꺾지 않았다. 일단 불붙은 요원의 불길은 사그라들 줄 몰랐다. 이대로라면 머지않아 꿈도 꾸지 않은 선진국에 이를지도 모를 일이었다.

전후 패전국 일본은 한국 전쟁을 발판으로 재기하였고 1964년 도쿄올림픽을 계기로 선진국에 진입하였다. 한국도 베트남 파견을 대가로 많은 경제적 이득을 취하였고 88서울올림픽이 목전에 다다른 상황이었다. 세상을 놀라게 하지도 못했고, 잘살아보지도 못한 오천 년 민족의 염원이 막 이루어지지 않을까 하는 순간 북한이 찬물을 끼얹은 것이다.

사실 북한은 아시안게임과 올림픽을 좌시하지 않겠다는 으름장을 여러 차례 놓은 바 있다. 언제 어떤 식으로 도발할 것인지 전 국민이 불안에 떨던 때다. 마침내 올 것이 온 것이다. 북한의 전략은 서울 불바다가 아니라 물바다로 밝혀졌다.

대한민국 정국은 일시에 조용해졌다가 거대한 규탄대회로 시끄러워졌다. 전국에서 대규모 규탄대회가 이어졌다. 200억 톤의 물을 방류하였을 때 방어 목적으로 평화의 댐 건설계획이 세워지고 모금 운동이 벌어졌다. 초등학생 저금통까지 털어서 평화의 댐 공사에 착수했다.

떠들썩했던 국가 재난 상황은 허위로 밝혀졌다. 훗날 김영삼 정부 국정조사 결과에 따르면 개헌을 요구하던 야당과 국민 여론, 대학생 민주화 요구 시위를 잠재우기 위한 당시 국가안전기획부장 장세동이 짠 시나리오였다. 혼란한 정국을 잠재우기 위한 전략이 일시적으로 먹혔으나 북한의 수공설(水攻說)은 허점투성이였다.

한때 동양 최대의 댐 소리를 들었던 소양강댐 최대 저수량이 29억 톤이다. 소양강댐 공사 기간이 6년 넘게 걸렸고 저수 기간은 더 걸렸다. 소양강댐 7배 규모의 댐을 훨씬 상류에 당시 북한 기술로 만든다는 건 어불성설이었다. 세계에서 가장 큰 중국 싼샤(三峽)댐 저수량이 393억 톤이라고 한다. 200억 톤 수공을 하려면 금강산에 양쯔강에 버금가는 물이 있어야 한다.

알 만한 사람은 다 아는 거짓말이 통한 건 당시 전두환 독재정권이기에 가능했다. 지식인도 언론도 눈 밖에 나면 쥐도 새도 모르게 사라질 수 있다. 정권에서 싫어할 말을 함부로 할 분위기가 아니었다. 알 만한 사람이 침묵한다면 무지한 대중의 공포심리와 군

중심리만 작동할 뿐이다.

공안 정국 조성으로 정권을 연장하려는 야욕은 이듬해 1987년 386을 앞세운 국민의 궐기로 무산되는 듯하였으나 대한민국은 아직 일류가 아니었다. 뜨거운 국민의 향상심과 세계 경제의 우호적 상황으로 몸집은 성인으로 성장하였으나 아직 정신은 미성숙하였다. 경제 사회 발전과는 달리 대한민국 정치와 정치인은 삼류였다.

7장

1987

거친 세상을 두려움 없이 살아가던 조자룡이었으나

돈에는 취약했다.

멀리서 온 친구에게 대접할 수 없는 현실이 가슴 아팠다.

온몸이 흙투성이 거지꼴인 외모보다도,

주먹질과 발길질에 멍투성이 몸의 상처보다도

친구에게 술 한 잔,

식사 한 끼 사줄 수 없는 현실이 더 슬펐다.

본문 '금오산'에서 -

ROTC 입단 전날

　1987년은 역사적인 해다. 단군 이래 기득권자 간의 다툼에 이은 권력 쟁취가 아니라 풀뿌리 민의에 따라 정권이 탄생하게 된 해다. 그 과정은 험난하고 지루하였으나 세계에서 사례가 드문 국민에 의한 국민을 위한 국민의 정부가 만들어지게 된 위대하고 완전한 혁명이었다. 386세대의 주도와 베이비부머 넥타이부대의 호응으로 쟁취한 6·10 항쟁의 결과 대한민국은 국민이 직접 선거로 대통령을 선출하는 민주국가로 재탄생하였다. 1987년은 우리 역사에 기념비적인 해다.

　인간 조자룡에게도 1987년은 뜻깊은 해였다. 금오공대 3학년생이 되어 ROTC에 입단하였다. 입학 전부터 입단을 알고 있었고 1, 2년 선배의 훈련 모습을 가까이에서 지켜와 왔기에 전혀 새로울 게 없었다. 착각이었다. 사람은 현상을 보고 자신의 지식과 경험만으로 함부로 판단해서는 안 된다. 곁에서 보는 것과 직접 참여하는 건 완전히 다르다. 다른 사람의 재난이나 실연에 연민하면서도 그 실상은 제대로 알지 못하지만, 자신에게 닥친 재앙에는 망연자실 충격받는 것과 같다. 타인에게 발생한 일은 풍경이지만 자신에게 일어난 일은 믿을 수 없는 현실이 된다.

지극히 평범한 재능과 육체를 가졌음에도 지나치게 자신감에 충만했던 나는 모든 사람이 견뎌내는 훈련을 하찮게 생각했다. 아무나 할 수 없는 일이라면 자랑거리가 되지만 누구나 하는 일이 대단할 게 무어란 말인가? 입대 후 누구나 해야 하는 군사훈련이든 ROTC 훈련이든 대수롭지 않게 생각했다. 완전하고 확실한 착각이었다. 누구나 착각할 수 있으나 그 결과는 참혹하였다. 선생이나 교관에게 받는 훈련은 대단할 게 없지만, 선배에게 받는 훈련은 인간 한계를 넘어선다는 것을 일찍이 몰랐다.

1학년부터 활동하던 동아리 한솔에서는 기념 반지를 제작하였다. 금 반 돈 작은 링으로 기념 문구도 넣을 수 없을 정도로 작은 것이었다. ROTC 입단식 전날 1년 선배 근무자의 교육이 있었다. 반지를 빼야 할 특별한 이유는 없었으나 훈련에 불편할 것 같아서 빼려고 하였다. 빠지지 않았다. 내 약지는 기형이라고 할 정도로 끝에서 셋째 마디가 불쑥 튀어나와 있다. 아무리 별의별 수단을 부려도 빠지지 않아 동아리 반지를 낀 채로 교육에 참석하였다.

말이 교육이지 군기 잡기 가혹행위였다. 아침부터 시작한 훈련은 저녁 아홉 시가 지나서야 끝났다. 그 과정은 선착순과 PT, 오리 걷기, 팔굽혀펴기, 포복 등 온갖 단체 기합으로 채워졌다. 사건은 저녁 식사 후에 학군단 학과장에서 발생하였다. 다음날 있을 입단식 준비사항과 주의할 점을 설명하면서 예의 말 같지 않은 핑계로 얼차려가 시작되었다. 어느 훈련이든 잘한다고 해결되는 건 아니다. 선착순이든 뭐든 잘한다고 훈련이 면제되지는 않는다. 못하는 걸 구실삼을 뿐 잘한다고 배려하지는 않는다. 일부러 뒤처질 이유도 없지만 악착같이 잘할 필요는 더욱 없다.

저녁 일곱 시 삼십 분즈음이었을 것이다. 어떤 이유에선지 전원 학과장 벽을 등지고 깍지 끼고 엎드려뻗쳐를 시켰다. 지능이나 재능이 뛰어나지 못하여 괴로운 적은 많았다. 아무리 외워도 외워지지 않고 아무리 연구해도 풀리지 않는 수학 문제는 지능 부족 탓이다. 그림이나 글짓기나 음악, 운동에서 탁월한 능력을 발휘하지 못하는 건 재능 부족 탓이다. 어떤 분야라도 천재성을 가졌다면 쉽게 드러날 것이다. 열 배 노력해야 겨우 따라가는 평범한 두뇌와 재능은 집요한 끈기를 갖게 하였다. 튼튼하지 않아도 남보다 작지 않은 육체는 자랑할 정도는 못 되지만 떨어진다는 생각은 하지 않았다. 알고 보니 그 육체마저도 보잘게없었다.

그때까지 깍지 끼고 엎드려뻗쳐를 오랫동안 한 적이 없어서 몰랐을지도 모른다. 웬일인지 다른 동기는 잘 버티는데 나는 잠시도 깍지 끼고 엎드려뻗쳐 자세를 유지하기에 힘들었다. 계속 옆으로 자빠지자 근무자 홍석준이 나를 불러 세웠다.

"너 뭐야? 왜 이리 엄살을 부려? 손 펴 봐!"

손을 펴 보이자마자 주먹이 날아왔다.

"이 새끼 봐라. 훈련하는데 반지를 끼고 와? ROTC를 물로 보는 거지? 선배 알기를 개똥으로 아는 거지? 너 오늘 나한테 죽어봐라."

구타가 시작되었다. 사실 그 선배 말대로 선배 알기를 개똥으로 알지는 않았으나 위대하다고 생각하거나 존경하지 않은 건 사실이었다. 선배로 존중하지만 나보다 나을 건 눈곱만큼도 없다고 믿었다. 선배란 훌륭한 사람이 아니라 1년 먼저 태어나 빨리 입학한 사람일 뿐이었다. 때리는 선배와도 여러 번 술을 마시는 등 친분이 있었으나, 고상하고 지적인 사람이 아니라 주먹과 체력을 앞세우는 단순무식한 사람이라는 걸 알았다. 당연히 마음속으로는 우습게 여겼으나 그걸 겉으로 표현한 적은 없었다. 어떤 계기로 내 속마음을 눈치챘는지도 모른다.

금오공고 선배는 잘 때린다. 잘 때린다는 게 자주 많이 때린다는 의미가 아니라 때릴 곳을 정확하게 가격한다는 말이다. 때려보지 않은 사람이 사람을 때리면 사고 난다. 아무 곳이나 때리면 안 된다. 주먹은 젖꼭지 위, 몽둥이는 엉덩이만 정확히 노려야 한다. 잘못 명치를 주먹으로 때리거나 몽둥이로 허리를 맞히기라도 하는 날이면 자칫 죽거나 불구가 될 수도 있다. 고등학교 3년을 준 군사학교에서 군대식 교육을 받은 탓에 많이 때려보고 많이 맞아 보았다. 그래서 때리는 사람도 맞는 사람도 실수가 없다. 맞는 사람이 방어 목적으로 함부로 움직이다가는 엉뚱한 데를 맞을 수 있다. 금오공고 출신은 잘 때리고 잘 맞는다.

동기가 학과장 삼면을 빙 둘러싸고 깍지 끼고 엎드려뻗쳐를 하는 동안 나는 학과장 전면 중앙 교단 아래에서 계속 맞아야 했다. 주먹으로 십여 대 때리고 나면 군화 신은 발로 대여섯 대 옆차기로 바꾸었다. 홍석준은 덩치가 컸다. 늘 체력과 주먹을 앞세울 만했다. 주먹이든 발길질이든 한 대 맞으면 나는 나가떨어졌다. 몸무게 80kg에 육박하는 사람이 제대로 못 먹어서 비쩍 말라 60kg도 안 되는 사람을 때리니 나가떨어지지 않을 수 없었다. 넘어졌다 일어서서 다시 맞기를 한 시간 반 지속하였다. 전체 훈련이 끝나던 밤 아홉 시를 넘겨서야 때리기를 멈췄다.

살아오면서 나도 독하게 살았고 웬만해서는 눈 하나 깜빡이지 않았으나 홍석준도 모질었다. 두 눈을 부라리고 앓는 소리도 내지 않으며 달려드는 내가 미웠을지도 모른다. 사실 그때 심정은 때리는 선배를 죽이고 싶도록 미웠다. 이미 각오도 하였다.

'조자룡은 ROTC를 하지 않는다. 장교로 임관하지 않는다. 장군도 대통령도 필요 없다. 이렇게 비인간적으로 맞아야 가능한 것이라면 어떠한 부귀영화도 원하지 않는다. 중사 계급장 달고 보통 사람으로 살아갈 것이다.'

당시 금오공고 출신은 대학 2학년을 마친 후 자퇴하면 중사로 군 생활해야 했다. 학교를 그만두는 순간 군에 입대한다. 고등학교 3년과 대학 2년에 의무복무 3년을 더해 8년을 부사관으로 복무해야 했다.

맞으면서 앞날을 이미 계획하였지만 맞는 걸 그만둘 수는 없었다. 마음 같아서는 때리는 선배 홍석준얼굴을 주먹으로 강타하고 싫었지만 고통스럽게 단체 기합받는 동기에게 안 좋은 영향을 주고 싶지는 않았다. 정확히 헤아려보지는 않았지만 오백 대 가깝게 맞은 듯하다. 주먹으로 삼백여 대, 군홧발로 백오십여 대는 채인 것 같다. 살면서 맞기도 하였지만 때리기도 많이 하였다. 그러나 일방적인 구타를 그렇게 가혹하게 하지도 맞지도 않았다. 과거에 다른 사람을 때린 것이 후회되었다. 몸이 망가지도록 때린 적은 없었으나 나에게 맞은 그의 마음은 무너졌을지도 모른다.

'사나이 조자룡은 사람을 때리지 않는다. 어떤 이유에서라도 사람을 패지 않는다. 누군가를 때린다면 그는 이미 조자룡이 아니다.'

초등학교 5학년 때 아버지가 어머니를 무자비하게 구타할 때 맹세한 적이 있었다. '사나이 조자룡은 장가가지 않는다. 만약 결혼하더라도 아내를 때리거나 욕하지 않는다.' 아버지께 항거할 수 없을 때 울분에 차 맹세하였듯 마치 때리기를 즐기는 듯한 선배에 분노하여 맹세하였다. 그 후로 순간적 실수가 아닌 한 누군가를 때린 적이 없다. 물론 아내에게 욕하거나 때린 적도 없다. 화가 나서 화장실에서 몰래 엉엉 울더라도 아내 앞에서 욕설만은 참았다.

교육 훈련이 모두 끝났다. 내일은 ROTC 입단식이다. 집에 돌아가서 군복 다림질하고 군화를 광내고 내일 아침 일찍 연병장에 집결해서 예행연습을 해야 한다. 지침 몸을 이끌고 동기생 모두 분분히 집으로 돌아갔다. 나는 마지막까지 학과장에 남았다. 모든 동기생 귀가를 확인한 후 학군단 사무실 밖에서 2층 근무자실을 향해 외쳤다.

"야 개새끼들아, 너희들 앞으로 내 눈에 띄지 마라. 눈에 띄는 순간 뚜드려 패 죽인다. 나에게 접근하지도 말고 말도 걸지 마라. 나는 군대 간다. 너희와 상대하지 않는다."

큰 소리로 고함쳤다. 누군가 뛰쳐나왔다면 그대로 조질 계획이었는데 못 들었는지, 못 들은 척하는 건지 아무 기척도 없었다. 어쨌든 나는 내 할 말을 다 한 셈이었다. 자취방에 돌아가 소주 한 병 들이키고 그대로 뻗었다.

다음 날 새벽 여섯 시, 같은 광평동에 살던 동기 이수혁이 찾아왔다. 나는 사정을 설명했다. 어제저녁에 한 일을 말하고 ROTC 입단을 포기하고 군에 간다고 말했다. 설득해도 소용없자 수혁이는 혼자서 학교로 출발했다. 다시 잠이 든 나를 누군가가 흔들어 깨웠다. 동아리 한솔 친구인 박재민이었다.

"니 뭐하노? 빨랑 가자. 이미 마이 늦었다."

"ROTC 안 한다. 어제, 맞는 거 안 봤나? 내가 그렇게 맞으며 훈련받아야 하나? 저희가 뭔데 후배를 그렇게 모질게 대하나? 나는 그런 놈들하고 함께 못한다."

"처음이라 그런 거지, 계속 그럭컸나? 쓰잘데없는 소리 말고 고마 빨랑 가자."

"어젯밤에 근무자 모두에게 쌍욕을 하고 왔다. 내가 입단할 거면 그럭했것나? 이미 엎질러진 물이다. 그렇게까지 하였는데 앞으로 그노마들 행패를 우예 견디겠노?"

"우야튼간에 같이 가자. 니 안 가모 내는 절대 몬 간다."

친한 재민이마저 나자빠지자 어쩔 수 없이 일어섰다. 내가 가지 않으면 자기도 훈련에서 빠지고 입단하지 않겠다는데 내가 어쩌겠는가? 아마 선배 근무자가 무슨 수를 써서라도 데려오라고 지시하였을 것이다. 나는 군복을 입는 대신 사복과 붉은 패딩을 걸쳐 입고, 군복과 군화를 둘러메었다. ROTC를 그만두고 군에 가려 해도 어차피 학군단에서 받은 군복과 군화는 반납해야 한다. 함께 가는 김에 확실하게 끝내려 하였다. 재민이와 학교 정문에 들어서자 연병장에서 교육하던 근무자 한 명이 득달같이 달려들었다.

"야 색꺄, 너 뭐야!"

"건드리지 마소. 나는 ROTC 때려치우고 군에 가기로 했으니까."

그때부터 근무자의 설득과 회유가 시작되었다. 때리고 맞는 게 예사였고, 구타가 일상이었던 1980년대였으나 공식적으로는 구타 금지였다. 사회는 물론이고 군에서도 금지였다. 악습이 남아 암암리에 공공연하게 이루어졌으나 언론에 보도되거나 정식으로 보고되면 누군가는 처벌되었다. 나는 중사 입대를 결심하였으나 힘겨운 1년 차를 마치고 1년 후 장교로 임관할 선배 근무자 생각은 달랐다. 내가 죽든 살든 알 바 아닐 것이나 내가 구타당한 사실이 보고되면 구타뿐만 아니라 훈련 중 가혹행위까지 드러날 터이다. 근무자뿐만 아니라 예방하지 못한 학군단장까지 문책받을 처지였다.

"첫날 우연히 네가 재수 없어서 그랬지, 앞으로는 절대 그런 일이 없을 거야. 이 선배가 하늘에 맹세한다. 절대로 근무자가 구타나 가혹행위 하는 일이 없을 것이며, 누구도 그런 행위를 하지 못하도록 막을게. 우선 입단식만 하자. 현재 상태로 군복과 군화만 착용해라. 제발 부탁이다."

근무자 중 한 명이었던 안장혁 선배의 말이었다. 모두 거짓말이었다. 당장 발등에 떨어진 불을 끄는 게 급선무였던 선배들은 온갖 미사여구와 감언이설로 내 마음을 달랬다. 나는 중사로 입대할 것을 결심하였으나 때린 홍석준 말고 다른 선배의 앞날이 바뀐다는 말에 마음이 흔들렸다.

사실 나는 선배에게 복수하려는 마음에서가 아니라 ROTC의 행태가 마음에 들지 않아 포기한 것이었다. 금오공고 1년 선배도 대부분 내 처지와 다를 바가 없었다. 모두가 불우한 환경에서 악착같이 살아온 사람이었다. 나로 인하여 그들이 불행해지는 건 용납할 수 없었다.

30여 분의 설득에 나는 마음을 돌렸다. 그때 결심이 흔들리지 않았다면 전혀 다른 인생을 걸었을 것이다. 장교로 임관하지 못했을 것이고 연금 받는 프리랜서 작가가 아닌 전혀 다른 삶을 살고 있을 것이다.

현재가 최선의 결과라고 믿는다. 그러나 지나온 과거는 최선이 아니었다. 장교후보생 조자룡의 고난은 끝나지 않았다. 첩첩산중에 설상가상이라고 하였던가? 단 하루 상처 난 자존심과 모멸감은 아무것도 아니었다. 생사의 갈림길에서 고통스러워할 미래가 남았다. 미래를 알았다면 결심을 바꾸지 않았을 것이다. 미래를 알 수 있는 사람은 없다.

ROTC를 계속하는 것으로 결심하고 처음 한 일은 입단식 전날 참사의 원인을 제공했던 약지에 낀 '동아리 한솔 기념 반지'를 제거한 것이었다. 어떠한 방법으로도 뺄 방법이 없어서 니퍼로 끊어버렸다. 눈에 띄지 않지만 남다른 약지 형태는 내게 악몽을 선사했다. 손가락 한 마디가 특이하게 튀어나왔다고 하여 그토록 괴로운 시간을 보내리라고 누가 상상이라도 했겠는가?

훈장(勳章)

훈장(勳章)은 국가나 사회에 크게 공헌한 사람에게 수여하는 휘장(徽章)이다. 1987년 조자룡은 금오공대 ROTC 입단과 동시에 훈장을 받았다. 물론 국가에 공헌은 없었다. 삐딱한 반항 정신으로 선배에게 도전한 대가로 얻은 영광의 상처였다.

입단 전날 무자비하게 당한 구타에 반발하여 ROTC 입단 거부 소동을 벌였다는 소문은 눈 깜짝할 새 퍼졌다. 금오공대가 규모가 큰 종합대학도 아닌 데다 ROTC 대부분 금오공고 선후배로 친분이 있었기에 사소한 일도 소문나는 판국에 선배에게 욕설하고 반항하였다는 경천동지할 뉴스가 퍼지지 않을 리 없었다.

근무자는 우선 입단 거부를 무마해야 했기에 감언이설로 나를 회유하였고, 실제로 이후에 근무자의 집단 폭행은 없었다. 맞아야 할 타당한 이유가 있을 때는 때렸지만, 그 소동을 피운 전례가 있기에 불상사를 막기 위해 조심하였다. 단체 기합은 계속 이어졌지만, 그것만으로도 사실 고통스러웠다. 입단 전날 홍석준이 그랬듯이 무식하게 수백 대씩 때리는 일이 되풀이되지는 않았다.

군복 다림질도 하지 않았고 군화 손질도 못 한 상태였지만 입단식은 무사히 끝났다. 나는 예행연습에 참석하지 않아 식순을 몰랐으나 군 행사라는 게 뻔했으므로 내 실수로 문제가 될 일은 없었다. 그저 열중에서 움직이지 않고 제식 동작만 맞추면 그뿐이었다. 입단 후 매일 훈련이 계속되는 건 아니다. 일주일에 군사학 4시간이 포함된 하루만 고생하면 됐다. 입단하면 문제가 없을 거라는 선배 말은 일견 일리가 있었다.

문제는 근무자가 아니었다. 근무자 외에도 60여 명의 선배가 있었다. 친한 선배도 있고 잘 모르는 선배도 있었으나, 선배 처지에서는 달랐다. 튀는 성격에 상대를 가리지 않는 막무가내 돌출행동으로 이미 알려지기도 하였으나, 입단식 전후 사건으로 나는 유명인사가 되었다. 세로로 작대기 세 개가 새겨진 ROTC 1년 차 단복을 입고 지나가는 내 이름표를 확인하면 불문곡직 달려들어 두들겨 팼다.

"네가 너야?"

금오공고 출신이 아닌 처음 보는 선배도 알 수 없는 소리를 뱉으며 주먹질이었다. 소문으로 이름을 들어 알고 있었으나 얼굴은 모르던 선배인 거 같았다. 앞의 '네'는 소문으로 들은 조자룡이고 뒤의 '너'는 처음 본 조자룡의 얼굴을 말하였다. 모르던 선배뿐만이 아니었다. 알고 지내던 선배나 절친하던 선배마저 나는 구타 대상이었다.

이 사람 저 사람에게 매일 맞는 게 괴로웠지만, 오히려 편안한 측면도 있었다. 속으로 독하게 마음먹었기에 누군가 다정하게 동정하면 마음이 흔들릴 터였다. 한편으로는 선배 마음을 이해하였다. 잘 모르던 선배는 싸가지 없는 후배를 얄미운 마음에 때리는 것이고, 절친하던 선배는 기대에 부응하지 못하고 모두가 견디는 훈련이나 구타를 참지 못한 나를 질책하는 마음이었을 것이다. 미워하는 마음에 때린 주먹질이나 사랑하는 마음에서 때린 매가 다르지 않다. 내 마음은 미워하는 마음에는 대항하고 사랑하는 마음에는 송구스러웠으나 몸은 같이 반응하였다. 맞는 건 고통스러웠다.

때리고 맞는 데 도통한 금오공고 출신이기에 선배의 주먹질은 두 개의 훈장을 만들었다. 양 가슴 젖꼭지 위에는 정확하게 달걀 모양의 검은 반점(斑點)이 생겼다. 주먹을 쥐고 정면에서 바라보면 달걀 크기가 된다. 수십 명이 서로 다른 시간에 서로 다른 장소에서 때렸지만, 때린 데는 정확하게 같았다. 왼쪽과 오른쪽 가슴을 교대로 때렸으므로 훈장 빛깔도 정확하게 같았다.

3월부터 5월까지 세 달간 나는 가슴에 훈장을 달고 살았다. 물론 다른 사람은 모른다. 검게 멍든 가슴이 옷 위로 드러날 리는 없다. 다만 누군가 실수든 고의든 내 가슴을 스치면 내가 비명을 지를 뿐이었다. 매일 정확하게 같은 데를 때리는 정밀타격 덕분에 크기나 모양이 바뀌는 일도 없었다. 목욕탕에서 우연히 알몸을 본 사람은 정말 희한하게도 좌우 가슴에 똑같은 달걀 반점에 놀랐을 뿐이다.

3월 한 달은 불만에 차서 ROTC 생활 포기를 고민한 적이 있으나 4월 이후에는 없었다. 맞으면 맞을수록 그만두는 건 내가 손해 보는 일이었다. 처음부터 포기하였으면 맞지 않아도 될 일을 그렇게 많은 선배에게 그토록 많이 맞고서 그만둔다면 그 매에 대한 보상을 어디서 받겠는가? 두들길수록 단단해지는 게 강철이라지만, 나는 맞으면 맞을수록 장교로 임관해야 한다고 다짐하였다. 어떠한 일이 있어도 이제 장교를 포기할 수 없다. 장교는 내게 숙명이었다.

ROTC 경례

사람은 예의를 중요시한다. 사회적 동물인 인간이 특별한 지위에 오른 건 소통 능력이다. 개체는 특별할 게 없는 동물이지만, 집단 지성으로 만물의 영장이 된 사람에게 인간관계는 그 무엇보다도 중요하다. 서로 협력하여 조화를 이룰 수 있느냐가 인간 개체 생존능력에 직결된다. 사람에 대한 예절은 단순한 인사치레가 아니라 '당신을 존중하며 해칠 마음이 없다'라는 의사 표현이기도 하다. 아는 사람이 모른 척 지나친다면 당장 '싸가지 없는 놈'으로 찍혀 왕따 당할 수 있다.

보통 아는 사람에게 고개를 숙이거나 악수로 예의를 표시하지만, 군에서는 거수경례한다. 오른손을 펴서 손끝을 모자의 차양 끝에 대고 정해진 구호를 외친다. 부대마다 고유 구호를 정해 사용하기도 하는데 보통 육군은 '충성' 해·공군은 '필승'이 경례구호다.

금오공대 ROTC는 육군 소속이었으므로 경례구호는 '충성'이었다. 경례할 때 대성박력으로 구호하는 사람을 남자답고 씩씩하다고 칭찬한다. 대부분 부대에서 구호 소리가 큰 사람을 군인다운 사람으로 좋아하지만, ROTC는 독특한 전통이 있다. 신분은 군인이지만 일반 학생과 생활하는 ROTC는 그 존재감을 경례에서 찾는다. 같은 학교뿐만 아니라 다른 대학 2년 차에게도 예의를 갖춘다. 경례 받는 당사자도 기분 좋고, 군인정신이 충만한 것처럼 보여보는 사람도 기분 좋은 전통이다.

금오공대에는 4㎞ 경례라는 전통이 있었다. 1년 선배인 ROTC 2년 차가 4㎞ 이내에 보이면 큰 소리로 경례해서 상대에게 알아듣게 하는 것이다. 4㎞는 먼 거리다. 사람을 식별하기가 쉽지 않다. 개인을 식별하지 못해도 복장이나 분위기로 알아차릴 수는 있다. 그러나 목소리를 크게 한다고 상대가 알아들을 수 있는 거리는 아니다. 내 목소리가 큰 편이지만 2㎞ 밖에서 알아듣기도 어렵다.

알아듣든 못 알아듣던 지시사항이니 착실하게 수행하였다. 목소리가 시원치 않으면 구타나 얼차려의 빌미가 되었으므로 가까운 거리에서도 귀청이 터지도록 고함쳐서 같이 가던 일행이 불쾌할 정도였다. 일행이야 어떻든 경례 받는 선배는 자신의 존재감이 확 드러나므로 기분 좋을 터였다.

2년 차 근무자는 주로 1년 차 교육 훈련이 임무다. 말이 교육 훈련이지 그냥 군기 당번이다. 최대한 일반 학생과 달리 바짝 군기들어 보이도록 가혹하게 훈련한다. 훈련이 세면 셀수록 사람은 독해지기 마련이다. 독이 올라 대성박력 목소리가 커지고 씩씩해진다. 아무런 이유 없이 가혹행위를 할 수는 없었으므로 근무자는 생트집을 잡아 단체 얼차려 구실로 삼았다.

"지난주 일요일 오후 세 시 무렵 구미역을 지날 때 금오산 중턱에서 보고도 경례 안 한 사람 누구야!"

도열(堵列)한 1년 차는 어안이 벙벙하다. 며칠 지난 일을 모호한 시간과 장소에서 선배를 보고도 모른 체한 사람을 찾으니 누가 자신임을 알아차리겠는가? 설령 그런 사실이 있다 하더라도 단독으로 구타나 얼차려 당할 게 뻔한 일 했다고 자청하겠는가? 서너 차례 자발적으로 나오라고 해서 묵묵부답이면 단체 얼차려가 이어지게 마련이었다. 경례하지 않은 사람을 찾는 건 단체 얼차려를 위한 일종의 핑계였다.

보통 사람을 위기에서 목숨 걸고 임무 하도록 만드는 일은 쉬운 일이 아니다. 일제강점기부터 내려오던 전통은 구타나 가혹한 얼차려로 인간성을 개조하는 것이었다. 구타나 얼차려를 위한 구실을 만드는 건 개인 능력이었다. 몇 번인가 반복되자, 있을 성싶지 않은 일을 핑계로 근무자가 1년 차 전체에게 얼차려를 하는 걸 보아넘길 수 없었다. 오지랖 넓은 정의감이나 삐뚤어진 반항심 탓이었다.

"접니다."

두 번째 누구냐는 질문이 끝나면 스스로 앞에 나섰다. 당연히 맞았다. 선배 근무자가 잘못했다기보다는 누가 봐도 내가 맞을 짓을 한 것이었지만, 맞으면서도 선배의 의도를 비튼 데 대하여 묘한

쾌감을 느꼈다. 훈장 단 가슴에 주먹으로 가격하는 게 고통스러웠지만 나는 고집스럽게 내가 결례하였다고 자청하였다. 몇 차례 비슷한 상황이 반복되자 선배도 비로소 내 의도를 눈치챘다. 마음속으로는 아마 선배 알기를 우습게 아는 조자룡을 때려죽이고 싶었으리라!

"너는 나오지 마, 임마!"

그 후 나의 의도적 얼차려 방해는 더 통하지 않았다. 어쩌면 아무도 자백하지 않는 편이 근무자가 교육하기에 편리했을지도 모른다. 어차피 사실관계를 확인하려는 목적이 아니라 있을 법한 일로 결례한 사람을 찾거나 단체 얼차려를 하려는 게 아니던가?

금오공대 ROTC는 시력이 좋아 4㎞ 밖 선배도 알아보고, 목소리가 커서 거기까지 들리도록 경례하였다. 하지도 않은 결례를 빌미로 단체 기합 주는 선배가 얄미워 자청해서 구타당한 청년 조자룡은 세상에 불만이 많았다. 고통을 감수하면서 조롱하기를 마다하지 않았다. 스스로 정의감이라고 세뇌하였으나 선배에 대한, 세상에 대한 반항이었다.

금오산(金烏山)

금오산(金烏山)은 경상북도 구미시·칠곡군·김천시의 경계에 있는 산으로 높이는 976.5m이다. 주봉인 현월봉(懸月峯)과 약사봉(藥師峰), 영남 8경 중의 하나인 보봉(普峰)이 소백산맥 지맥에 솟아 있으며, 시생대(始生代)와 원생대(原生代)에 속하는 화강편마암과 화강암이 주를 이룬다. 산 정상은 비교적 평탄하나 산세가 높고 기이하며, 고려 시대에 자연 암벽을 이용해 축성된 길이 2km의 금오산성이 있어 임진왜란 때 왜적을 방어하는 요새지로 이용되었다.

기암괴석이 조화를 이루고 계곡이 잘 발달하여 경관이 뛰어난 산으로, 1970년 6월 한국 최초의 도립공원으로 지정되었다. 해운사·약사암·금강사·법성사·대원사 등의 고찰과 고려 말기의 충신 야은 길재(吉再)를 추모하기 위해 지은 채미정(採薇亭), 신라 시대 도선국사(道詵國師)가 수도하던 도선굴을 비롯해 명금폭포·세류폭포 등이 있는 지역 명산이다. 금오산의 이름에서 딴 금오공고(金烏工高)와 금오공대(金烏工大)에서 보듯 구미 지역 상징이다.

금오공고에 입학한 이래 해마다 금오산에 올랐다. 철조망에 갇혀 생활하는 만큼 주말에는 외출을 허락하였다. 전국에서 모인 학생이 고향을 자주 갈 수 없는 상황에서 가장 쉽게 찾을 수 있는 게 금오산이었다. 입장료가 없어서 시내버스 요금만으로 하루를 보낼 수 있는 멋진 관광지요 신체 단련장이자 마음의 휴식처였다. 금오산은 외로울 때나 울적할 때 찾아가면 언제나 편안하게 맞아주는 영혼의 안식처였다.

화창하게 맑은 어느 토요일 오후 선배 백광준으로부터 연락을 받았다. 지금처럼 핸드폰이 없던 시대다. 어떤 방식이었는지는 기억나지 않는다. 아마 동기생에게 구두로 전달받았거나 메모지를 전해 받았을 것이다.

'16시 30분까지 공군 1년 차 전원 금오산 모처로 집결할 것.'

금오공대 공군 ROTC 1년 차는 나를 포함하여 7명이었고, 키순으로 정한 단번이 내가 가장 빨라 본의 아닌 1년 차 대표였다. 무슨 일인지 확인할 방법이 없었다. 확인할 이유도 없었다. 군에서 상부 명령을 일일이 확인하다가는 작전이 제대로 먹힐 리 없었다. 명령은 확인하는 게 아니라 따르는 것이다. 결과에 대한 책임은 명령권자에게 있다. 하급자는 명령대로 행동할 권한과 의무만 있을 뿐이다.

메시지를 전달받았을 때가 15시 경이었다. 다른 6명의 비상 연락망이 당연히 있었지만 연락해서 시간 안에 도착하는 건 불가능하였다. 전원 각자 숙소에서 대기하고 있더라도 시내버스를 타고 금오산 입구에 도착해서 금오산 중턱까지 오르려면 시간이 빠듯하였다. 혼자서 고민하였다.

'선배의 의도가 무엇일까? 단체 얼차려가 목적인가, 다른 이유가 있는가? 단체 얼차려가 목적이라면 왜 사전에 귀띔하지 않았을까? 토요일 오후에 전원 연락될 것으로 생각했을까? 전원 모이게 할 목적이라면 이렇게 촉박하게 시간을 정했을까? 불가능한 지시로 대표를 골탕 먹이려는 의도가 아닐까?'

짧은 시간 많은 고민을 했다.

'비상 연락을 하여 모두 함께 갈 것인가? 어차피 연락해도 토요일 이 시간에 집에 있는 사람은 거의 없을 것이다. 지금 출발한다면 나는 지각하지 않을 수 있다. 모두 가려다가 시간까지 늦어서 기다리다 지쳐 화나게 하느니 혼자서 가자. 아마 나를 군기 잡으려는 것이거나 나를 통해서 공군 동기생을 긴장하게 하려는가 보다.'

심사숙고하여 나름대로 최선의 결론을 내렸으나 결과적으로 오산이었다. 나중에 들은 바에 따르면 내가 고민할 걸 다 알면서도 전부가 아니더라도 얼마나 많은 인원이 이른 시간 내에 모이는가를 확인하려는 목적이었다고 한다. 예고된 훈련이 아니라 실제 훈련이었던 셈이다. 만약에 한 명에게라도 연락해서 릴레이 연락 후 금오산으로 최단 시간에 집결하라고 했으면 비극이 발생하지 않았을 것이다.

옷을 갈아입고 막 출발하려고 하니 공교롭게도 고향 친구 이홍

준에게 전화가 왔다. 물론 주인댁 전화를 통해서다.

"나 구미에 왔는데 지금 시간 있나?"

"뭐, 구미라고? 아니 아무 연락도 없이 갑자기 왜? …… 특별한 일이 있는 게 아니라 그냥 온 것이라고? …… 어쩌나, 지금 선배에게 호출되어 가야 하는데…… 일단 구미역 앞 '로마다방'에서 기다려라. 언제 끝날지는 알 수 없지만 두세 시간 안에 갈 수 있을 거야."

친구로서는 가는 날이 장날이었다. 금오공고 입학 이후 부모가 돈 벌러 객지로 떠나서 고향 갈 일이 없어서 고향 사는 홍준이를 만난 적도 없었다. 공부 잘하고 조용하고 착실했지만 한 살 먼저 입학한 탓도 있어서 초등학교 친구 사이에서는 두드러지지 않았던 홍준이가 갑자기 찾아온 이유를 몰랐다. 특별하게 친한 사이도 아니었다. 이유가 무엇이든 천리타향 찾아온 친구를 반갑게 맞아야 하는 게 당연하였다. 일단은 선배 호출에 응하는 것이 우선 순위였다.

시내버스에서 내려서 뛰다시피 집합장소에 도달하니 지시한 시간에 다다를 수 있었다. 집합장소에는 백광준 박종민 두 선배가 기다리고 있었다. 모두가 집합하지는 않았으나 한 명이라도 시간은 지킨 셈이었다. 그나마 다행이라고 생각하였으나 선배 생각은 달랐다.

"다른 놈들은?"

"모두 연락이 안 될 거 같아 혼자 왔습니다."

"뭐, 혼자? 이 새끼가 뒈질려고 환장을 했나!"

그게 끝이었다. 무차별 난타가 시작되었다. 사실 백광준과 박종민은 누구를 때리거나 해코지할 만큼 마음이 모질지 못한 선배였다. 언제나 후배를 챙겨주고 도와주려고 노력하며 불우한 환경에서 살아가는 걸 마음 아파하던 선배였다. 그 표정과 말투에서 내 판단이 빗나갔음을 직감하였다. 착한 사람이었으나 분노하자 무서운 사자로 돌변하였다. 지시에 따르려는 최소한의 노력도 하지 않은 나에게 진심으로 분노한 것이다.

많이 맞으면서 자랐고 싸우거나 때린 경험도 있었으나 방어하지 못하는 가운데 몰매를 맞은 건 처음이었다. 초등학교 중학교 때 서너 차례 몰매를 맞은 적은 있으나 내가 대항할 수 있는 상황이었다. 선배 둘이서 동시에 때리는 게 비겁하다고 내가 반항할 수는 없었다. 두 명이 전후좌우에서 주먹질과 발길질이었으므로 방어 동작을 취할 수 없었다. 홍석준 선배에게 400대 이상을 맞을 때는 눈을 부라리며 도전하였으나, 금오산에서는 아무 생각이 없었다. 정말 정신이 없어서 혼미한 상황이었다.

얼마나 맞았는지, 시간이 얼마나 흘렀는지 분간할 수 없었다. 때리다가 지쳤는지, 화가 풀렸는지 어느 순간 원산폭격을 시키고 일장 훈시를 하였다. 무슨 말을 했는지 기억나지 않는다. 다만 정신없이 맞다가 안 맞으니 좀 살 것 같았다. 둘이서 무슨 말인가를 계속하였고 나는 쥐 죽은 듯 경청하였다. 아니 찍소리 못하고 끝나기만 기다리고 있었다.

"이 개새끼!"

갑자기 분노의 함성과 함께 복부에 압력이 느껴졌다. 잘못을 조목조목 설명하다 보니 자기도 모르게 화가 치밀어오른 듯 백광준 선배가 땅에 머리를 박고 있는 내 복부를 발로 걷어찼다. 어떤 낌새도 모르고 무방비 상태에 있었던 나는 지면에서 약간 뜨는 듯하다가 산 아래로 굴렀다. 경사진 산에서 발로 차였으니 구르는 건 당연한 현상이었다.

선무당이 사람 잡는다는 말이 있다. 경험이 없는 사람이 나서서 설치면 의도하지 않은 사고가 난다는 속담이다. 내가 보기에는 두 선배가 그런 격이었다. 평소 후배에게 얼차려나 구타 경험이 거의 없는 사람이 홧김에 차고 때리니 맞는 데는 이골이 난 나도 정신 차릴 수가 없었다. 맞는 사람이 마음으로 맞을 준비를 해야 충격이 작다. 시야 밖에서 주먹질 발길질하는데 어떻게 준비하겠는가? 재수 없으면 명치 같은 급소를 맞아 일격에 죽을 수도 있다.

얼마나 맞았는지 모르지만, 꽤 긴 시간이 흘렀다. 두 선배는 많은 말을 하였고 내가 맞아야 하는 타당한 이유를 설명하였지만, 기억에는 없다. 두 선배의 평소 언행에 비추어 보면 때릴 만해서 때렸고, 나는 맞을 만해서 맞았을 것이다. 끝난 후도 기억에 없다. 선배가 술 한잔 마시자는데 친구가 기다린다고 먼저 하산했는지, 실컷 욕만 먹다가 사라지라는 호통에 내려왔는지 알 수 없다.

금오산에 해 그늘이 늘어져 어둑어둑해질 무렵 내려와 친구 이홍준이 기다리는 로마다방으로 향했다. 중학교 졸업 이후 처음인 홍준이는 땀과 흙투성이 내 옷차림에 놀랐다. 홍준이를 만나자마자 나도 모르게 눈물이 흘러내렸다. 너무 반가워서였다면 좋았을 것이다. 반가워서가 아니었다. 하필이면 차림이 엉망으로 거지꼴을 한 비참한 모습을 보여주는 데 대한 자책이었다. 잠시 어색한 침묵의 시간이 흐른 후 무슨 일로 찾아왔는지 물었다.

"얼마 후에 군에 가는데 갑자기 네 생각이 나서 왔어. 잘 지내고 있는……"

무심코 말하다가 말을 삼켰다. 잘 지내는지는 내 모습을 보면 절로 알 일이었다. 오랜만에 만난 친구에게 보인 내 모습도 기가 막혔지만, 홍준이도 어지간하였다. 충청도 부여에서 구미까지는 거리도 먼 데다 바로 오는 교통편도 없다. 시내버스와 직행버스를 갈아타고 대전을 거쳐 열차로 구미까지 와야 하는 복잡한 길이었다. 사전에 연락 없이 와서 만난다는 보장도 없었다. 핸드폰이 없었기에 집에 붙어있지 않으면 연락할 방법이 없던 시절이었다. 보고 싶다고 무작정 온 무식한 친구가 고맙고 안타까웠다. 금오산에 출발한 후에 전화가 왔거나 집에 없었다면 만남은 불가능하였으리라.

정신 차릴 수 없도록 맞고 내려와 고향 친구와 함께하는 술맛은 각별하였다. 너무 많은 일이 있었기에 할 말에 한이 없었다. 밤늦도록 2차 3차를 이어갔으나 술값은 멀리서 찾아온 친구가 계산하였다. 나는 호주머니에 시내버스 탈 토큰밖에 없었다. 거친 세상을 두려움 없이 살아가던 조자룡이었으나 돈에는 취약했다. 멀리서 온 친구에게 대접할 수 없는 현실이 가슴 아팠다. 온몸이 흙투성이 거지꼴인 외모보다도, 주먹질과 발길질에 멍투성이 몸의 상처보다도 친구에게 술 한 잔, 식사 한 끼 사줄 수 없는 현실이 더 슬펐다.

　김일성이나 후세인도 두렵지 않았고, 복싱의 무함마드 알리나 레슬링의 안토니오 이노키도 맞짱 뜬다면 자신 있었으나 세상은 내 마음대로 되는 게 아니다. 선배에게 아무리 두들겨 맞아도 눈물을 보인 적이 없었으나 옛 친구에게 적나라한 내 모습을 보게 한 것은 슬펐다. 남자는 울지 않는다고 다짐하고 스스로 세뇌하였으나 친구 앞에서는 울음을 터뜨리고 말았다. 그런 내 모습에 안타까워 홍준이도 함께 울었다.

　청춘은 아름답지만 풍경일 때만 그렇다. 자신을 포함한 청춘 세계는 아픈 현실이 된다. 금오산은 사계절 아름다운 명산(名山)이지만 나에게는 아픈 청춘의 한 장면이 새겨진 명산(鳴山)이다.

존경하는 동기

　이주혁, 그는 내 동기다. 금오공고 10회, 금오공대 6회, 공군 ROTC 16회 그리고 소위 임관할 때 무장장교로 같이 임관한 7년간 동고동락한 친구이자 전우이다. 키는 아주 조그맣고 체력이나 외모에서는 남다르게 특별한 점이 없지만, 정신 분야만큼은 타의 추종을 불허하는 강력한 사나이다.

　공부도 잘하고 품행도 단정하였으나 그 정도로 사람이 사람을, 적어도 동기가 동기를 존경할 만한 이유는 되지 않는다. 이 친구는 고등학교 입학 때부터 기독교를 종교로 가지고 있었는데 여느 신자와는 달랐다. 1학년 때부터 일요일 아침 자고 있으려면 "기독학생회 교회 갑시다!"를 소리치고 다녀서 개인적으로 아주 좋지 않은 감정을 가졌다.

　기독교뿐만 아니라 어떠한 종교도 믿지 않지만, 책을 읽다 보면 같은 뿌리에서 나온 유대교, 천주교, 기독교, 이슬람교 등 내가 보기에는 완전히 한 우물인 교인끼리 벌인 전쟁이 중세 서양 역사다. 내가 보기에는 같지만 서로 이교나 이단이라고 배척하고 타도하는 일신교는 인간을 편협하게 만드는 이기적인 종교라는 생각에다 모처럼의 일요일 오전 단잠을 깨우는 극성이 싫었다.

그런 사람을 어떻게 존경하느냐고? 기독교를 믿지도 좋아하지도 않지만, 기왕에 종교를 가지려면 이주혁 정도의 확고한 신념이 있어야 한다고 생각한다. 그는 술을 마시지 않는다. 고등학교 대학교 때까지 술을 마시지 않았다. 싫어하거나 못 마셔서가 아니라 순전히 종교적인 이유에서다. 다른 친구도 물론 종교적인 이유로 술을 먹지 않는 사람은 여러 명 보았다. 그러나 이 친구처럼 철저한 사람은 본 적이 없다.

어느 정도인가 하면…… 고등학교 때 선배가 강요해도, ROTC 훈련할 때 강요하고 협박하고 심지어 구타해도 술잔을 들어 마시는 체도 하지 않았다. 보통은 마시는 체하려고 입을 댔다가 남 보지 않을 때 술을 버리는 게 보통이었으나, 술잔을 입에 대지도 않았다. 술을 좋아하는 나로서는 남자가 술도 마시지 못하는 범생이라고 얕잡아 보았지만, 초지일관 어떠한 압력이나 위험이 가해져도 자신의 신념을 지키는 사람이었다. 내가 흠모하던 삼국지의 관운장 같은 남자, 신조를 굽히지 않는 진짜 사나이였다.

비록 나와는 종교에 관한 가치관과 삶의 철학이 다르지만 존경하지 않을 수 없었다. 나는 종교가 없지만, 어떤 종교를 믿는다면 그 종류에 무관하게 종교적 신념이 투철해야 한다고 생각한다. 그게 신앙 아닌가? 신앙은 증명하는 게 아니라 그저 믿는 것이다. 인간이 신의 논리를 이해하려거나 따질 필요는 없다. 때로 신이 마음에 들지 않기도 하겠지만, 신은 신 나름대로 사정이 있을 것이다.

흔들리지 않는 신념을 고수한 자, 협박과 구타에도 굳건하고 달콤한 유혹에도 끄떡하지 않던 내 동기 이주혁은 학창시절 존경한 유일한 친구다. 좋아하거나 사랑한 사람이 아니다. 나보다 외모나 체격조건이 우월하지 않음에도 더 단단한 정신을 가졌던 사나이, 어떠한 상황에서도 미동도 하지 않은 채 두 눈을 반짝였던 그는 내가 존경하던 친구였다.

1987년 5월 16일

　국민의 정치에 관한 관심을 스포츠로 돌리려던 정부의 노림수는 성공하였다. 국민 소득향상에 따른 여가생활에 관심 증가도 한몫하여 프로축구 프로야구 민속씨름이 성황이었다. 특히 프로야구는 국민적 관심을 일으켜 선풍적 인기를 끌었다. 고교야구가 졸업생뿐만 아니라 지역민의 성원을 받은 것처럼 지역연고제가 먹혔고, 막강한 자금력과 두꺼운 선수층을 갖추고도 롯데나 해태 같은 약팀에게 삼성이 밀린 것도 흥행의 요인이었다. 당사자가 아닌 바에야 약팀을 응원하거나 역전승을 원하는 게 관중 심리다.

　광주민주화운동을 내란으로 규정하던 때였다. 수많은 피해자 가족이 정권의 서슬에 찍소리 못하고 있었으나 호남 사람은 진실을 알고 있었다. 정치에서 소외되고 억압받던 울분을 프로야구 해태 응원으로 달랬다. 전라도민의 열화와 같은 응원에 마치 호응이라도 하듯 해태는 전력의 열세에도 한국시리즈 불패 신화를 이어 갔다. 전라도 사람뿐만 아니라 해태의 헝그리정신에 감동한 많은 국민이 해태 팬이 되었다. 해태는 전국구 인기구단이었다.

1984년 한국시리즈에서는 롯데 최동원이 혼자 4승 1패라는 전무후무한 기록으로 삼성을 꺾고 우승하여 일대 센세이션을 일으켰다. 삼성이 한국시리즈에서 편한 상대를 고르려고 롯데에 져주기 추태를 저지르는 바람에 야구팬 원성이 자자한 가운데 한국시리즈 최동원 원맨쇼는 국민을 흥분시켰다. 있을 성싶지 않은 만화 같은 이야기는 초기 프로야구 흥행에 감초 역할을 하였다.

나는 프로야구에 별 관심이 없었으나 전력이 약한 해태의 선전과 최동원의 거짓말 같은 한국시리즈 활약에 고무되어 열혈 야구 팬이 되었다. 80년대 전반기에 롯데 자이언츠의 최동원이 압도적인 활약을 펼쳤다면 1985년 해태 타이거즈에 입단한 선동열이 돌풍을 일으키며 양웅(兩雄) 시대를 만들었다. 뜨는 태양과 지는 해의 차이는 있었으나 1986년 1987년은 두 야구 영웅의 맞대결이 세간의 이목을 끌었다.

최동원이 처음 이름을 알린 것은 경남고 2학년이던 1975년 전국 우수고교 초청대회에서 당대 최강 경북고와 선린상고를 상대로 무려 17이닝 연속 노히트노런 행진을 벌이면서였다. 1977년 니카라과 슈퍼월드컵에서 처음으로 국제대회를 제패했고, 1978년 이탈리아 세계야구선수권 3위에 오를 때 한국 대표팀 에이스는 최동원이었다. 그로부터 연세대와 실업팀 롯데에서 거의 혼자 힘으로 팀을 정상에 올리는 슈퍼맨이었고 각종 대회 최우수선수상 단골손님이었다.

선동열은 1980년 광주일고 3학년 때 유명해졌다. 봉황대기에서 경기고를 상대로 노히트노런을 기록하고 팀을 결승까지 이끌어 감투상을 받았고, 대통령기대회에서는 팀 우승과 최우수선수상을 거머쥐어 언론에서 대서특필하였다. 고려대에 진학하여 시속 150km를 넘는 구속으로 빼어난 기록을 작성하여 제2의 최동원으로 불리기도 하였다. 1982년 세계야구선수권에서 기존 최동원 김시진 부진으로 야구 강국인 미국 대만 일본전에 선발 투수로 등판하여 모두 완투승으로 장식하여 대한민국 우승과 최우수선수에 올랐다. 제2의 최동원이라는 꼬리표를 떼는 순간이었다.

1985년 선동열이 프로야구에 발을 들여놓자 호사가의 입방아가 시작되었다. 누구나 최고 선수에 대한 야망이 있다. 그러잖아도 지지 않으려는 승부 욕에 불타는 게 운동선수인데 연일 언론에서 떠들어대니 지고 싶은 마음이 들 리 없었다. 게다가 해태와 롯데는 호남과 영남을 대표하는 구단이었고 더해서 제과업계 최대 라이벌이었다. 이래저래 질 수 없는 두 선수는 세 차례 선발 투수 승부를 펼친다. 1987년 5월 16일은 한국 야구 두 영웅이 세기의 대결을 펼친 날이다.

첫 번째 맞대결은 1986년 4월 19일 사직야구장에서 있었다. 두 선수 모두 선발 투수로 출전하여 완투하였고, 최동원은 118투구 5피안타 2사사구 5탈삼진, 선동열은 121투구 6피안타 1사사구 5탈삼진 호투를 펼쳤다. 투구 수도 비슷했고 탈삼진 수도 같았으며 허용한 출루 수도 같았다. 대등한 명품 투수전이었으나 최동원은 송

일섭에게 한 점 홈런을 허용하였고 그것이 그대로 결승점이 되었다. 1차전은 선동열 완봉승 최동원 완투패였다.

두 번째는 1986년 8월 19일 역시 사직야구장에서 벌어졌다. 두 선수 모두 컨디션이 완벽하지 않은 듯 선동열은 초반 야수 실수 등으로 먼저 2실점 했다. 최동원도 6회까지 매회 주자를 출루시킬 정도로 불안했으나 무실점으로 막았다. 위태위태하던 경기는 그대로 두 점 차 롯데의 승리로 끝났다. 최동원 완봉승 선동열 완투패로 저울추는 균형을 맞췄다. 언제 결승전이 될 3차전이 벌어질 것인지 모든 팬이 궁금해했다.

마침내 역사적인 날이 밝았다. 1987년 5월 16일 두 영웅이 마주선 3차전도 사직야구장이었다. 역사에서 유명한 전투가 같은 장소에서 벌어진 예가 허다하다. 공교롭게도 세 차례 대결 모두 부산 사직야구장이었다. 선발 투수 성적 1승 1패 상태에서 누가 앞서 나갈 것인가? 1984년에 정규리그 27승과 한국시리즈 4승을 기록하며 가장 높은 곳에 떠올랐던 최동원이라는 태양은 85년 20승, 86년 19승으로 여전히 전성기였고, 1985년에 혜성처럼 나타난 선동열은 86년과 87년에 거푸 0점대 평균자책점을 기록하며 무섭게 떠오르는 태양이었다.

1회 초와 말이 모두 삼자범퇴로 끝났으나 2회 말 롯데가 김용철의 볼넷과 김민호, 정구선의 연속안타로 만든 무사 만루의 위기에서 해태 내야 실책을 틈타 먼저 2점을 선취하였다. 완성형 투수의 상징인 20승을 넘어선 데 이어 0점대 평균자책점을 기록하는 선동열이었으나, 천하의 최동원을 맞상대하는 한 떨리지 않을 수 없었다. 선동열이 먼저 실점하였다.

최동원도 완벽한 상태는 아니었다. 계속된 혹사로 구속이 최동원이라는 이름에 걸맞지 않게 평범하였고, 무뎌진 속구에 커브의 위력마저 반감하였다. 3회 초 2사 2루에서 서정환의 적시타로 추격의 1점을 내주었고, 5회에도 선두타자 김일권에게 안타를 내준 데 이어 차영화에게 큼지막한 2루타까지 내주었다. 해태 김무종의 번트 실패로 선행주자 김일권을 잡아내고 포수 김용운이 블로킹으로 해태 대주자 이순철을 홈에서 잡아내며 실점이 없었지만, 위기는 이어졌다.

이날 승부는 힘과 기술이 아닌 자존심과 뚝심이었다. 선동열은 초반의 흥분을 가라앉히며 곧 냉정해졌고, 최동원은 초반의 안일함에서 벗어나 집중력을 높였다. 경기가 중반을 넘어가자 선동열은 흔들리던 제구력이 정교해졌고, 최동원은 구속을 끌어올렸다. 용호상박(龍虎相搏) 용쟁호투(龍爭虎鬪)의 박진감 넘치는 경기가 이어졌다.

해태와 롯데 타자는 삼진과 내야 땅볼을 주고받으며 부지런히 타석과 더그아웃 사이를 오갔다. 초반에 만들어진 한 점의 열세를 안은 해태는 초조하였다. 9회 초, 해태 김응용 감독은 선두타자 한대화가 안타로 출루하자 김일권에게 보내기번트, 다음 타순의 포수 장채근마저 빼고 왼손 타자 김일환을 내세우는 선택을 한다. 최동원은 그 마지막 고비를 넘기지 못하고 값진 1승 기회를 놓친다.

김일환이 우익수 키를 넘기는 2루타를 때려 2루의 김일권을 불러들여 동점을 만들었고, 경기는 연장전으로 이어졌다.

최동원은 이미 한계를 넘은 상태였다. 그러나 롯데도 최동원도 자존심을 버릴 수 없었다. 상대가 누구인가? 팀은 제과업계 라이벌 해태요, 선동열 아니던가? 선동열도 체력이 바닥난 건 마찬가지였지만, 네 살이나 많은 최동원에게 체력을 핑계로 꼬리를 내릴 수는 없었다. 더 큰 문제는 대타 대주자 작전으로 주전 포수마저 소진한 상태였다.

연장 10회, 마운드에 다시 선 것은 최동원과 선동열이었다. 해태는 내야수 백인호가 포수 마스크를 쓰는 진풍경까지 연출했다. 체력이 고갈된 두 투수를 상대하는 타자가 힘을 낼 법도 했으나, 사력을 다하는 투구에 오히려 위축되었는지 제대로 공략하지 못했다. 삼자범퇴, 삼자범퇴. 주전 포수 아닌 포수에게 선동열이 던질 수 있는 건 직구뿐이었고, 최동원도 직구 위주로 빠른 투구를 이어갔다. 최동원과 선동열은 신들린 듯이 한 경기 제한 이닝인 15회까지 역투하였다.

결과는 2대 2 무승부였다. 승부의 여신은 한 사람 손을 들어주지 않았다. 그러기에는 다른 한 명에게 지나치게 가혹해서였을까? 이후 두 사람의 대결은 없다. 영웅의 맞대결은 1승 1무 1패로 영원히 승부를 가리지 못하게 되었다.

이 경기에서 최동원의 투구 수는 209개, 선동열의 투구 수는 232개로 선동열의 투구 수는 지금까지 한 경기 최다 투구 기록이다. 이 둘의 선발 대결은 모두 사직구장에서 벌어졌고, 모두 완투했다는 공통점이 있다. 지금 사고로는 엄청난 혹사였고 무모한 선수 기용이었으나 팀의 승패 이전에 대한민국 최고 투수 간의 자존심 대결이기 때문에, 그리고 팬의 절대적인 신뢰를 받는 투수였기 때문에, 중간에 투수 교체는 양 팀 감독이 생각하기 어려웠으리라.

5월 16일의 연장 15회 혈투가 끝난 후, 선동열은 4일 휴식하고 5월 21일에 등판하나 허리 통증으로 1.1이닝만을 투구하고 자진 강판한 후 5월 내내 휴식을 취한다. 무리한 후유증에 시달린 것이다. 놀라운 건 최동원이 5월 20일 9이닝 완투승, 5월 24일 9이닝 완투승, 5월 28일 9이닝 완봉승을 기록한 사실이다. 구단의 혹사는 지탄받아 마땅하였으나 최동원은 믿어지지 않는 엄청난 저력을 보였다.

1987년은 국가적으로 혼란하였고 조자룡 개인으로서는 고난의 연속이었다. 거칠고 치열한 삶에서 맞고 때리는 게 예사였으나 1987년은 평생 가장 혹독한 시련의 시기였다. 몸도 마음도 만신창이였으나 가끔 불가능을 초월하는 영웅은 심기일전하게 한다. 최동원과 선동열은 만인의 영웅이었으며, 심신이 피폐한 조자룡에게 잠시나마 원기를 회복하게 하는 청량제였다. 1987년 5월 16일 프로야구 롯데 최동원과 해태 선동열의 선발 투수 맞대결은 영원히 잊지 못할 명승부였다. 아마 나라가 망하거나 프로야구가 사라지지 않는 한 뭇사람이 기억하리라. 영원히 기억하리라.

6월 항쟁

　1987년 6월은 뜨거웠다. 386의 분노에 베이비부머의 용기 있는 호응으로 대한민국을 용광로로 만들었다. 전국 대학생이 총궐기했고 이전까지는 눈치나 보던 시민이 가세했다. 서울에서는 일하던 화이트칼라가 거리로 뛰쳐나와 시위대에 합세했다. 이른바 넥타이부대가 본격적으로 개헌 투쟁에 나선 것이다. 넥타이부대 시위 장면은 전 국민을 감동하게 하고 일으켜 세웠다. 6월 11일 넥타이부대 시위 이후 전국은 '호헌철폐!' '독재 타도!' '민주 쟁취!' '종철이를 살려내라!' '한열이를 살려내라!'라는 대통령 직선제 개헌을 요구하는 목소리로 뒤덮인다.

　한국전이 끝난 후 1955년부터 월남전 참전 전인 1963년까지 태어난 사람을 말하는 베이비부머는 한국 문화를 주도하였다. 전쟁에 참여했던 젊은이가 돌아오자 신생아가 폭발했다. 또래가 가장 많다 보니 성장과 함께 초등학교 중학교 고등학교 대학교가 엄청나게 증가하였고, 결혼 적령기가 도래한 80년대 이후는 부동산 광풍이 일어난다. 가장 가난한 시대를 살았고 대학 진학률도 낮았다. 70년대에 대학을 다녔고 민주화운동에 참여한 사람이 적지 않으나 역량과 시민 호응 부족으로 큰 성과를 거두지 못하였다. 1980년 광주민주화운동을 가장 정확하게 이해하는 세대이기도 하다.

1987년 당시 대학생이던 386 주도로 군사정권을 상대로 대통령 직선제 개헌 투쟁이 발생하자 베이비부머는 직장 해고를 무릅쓰고 시위 현장에 뛰어들었다. 앞장설 상황이 아니었을 뿐 어쩌면 가장 군사정권에 분노하고 민주화를 원하던 사람이었는지도 모른다.

TV를 통해 본 넥타이부대의 모습은 감동 그 자체였다. 모두가 선망하던 화이트칼라가 기득권 타파에 앞장섰다. 눈앞에 다가온 기득권 획득보다 민주화를 열망했다. 베이비부머의 바람대로 전국적으로 확산하고 격렬해진 시위에 군사정권은 손을 들었다. '노태우의 6.29선언'이라고 회자 되지만, 전 국민의 민주화 열망에 굴복한 사실상의 항복이었다. 386의 분노와 베이비부머의 용기는 대한민국 민주화의 초석이 되었다.

4·19혁명 이후 대학생을 중심으로 민주화운동은 지속해서 이어졌으나 간헐적이었다. 대학생만의 데모로 끝나기 일쑤였다. 권력에 대한 혁명은 소수로는 불가능하다. 시민 다수가 적극적으로 호응할 때 파괴력이 생긴다. 1980년 광주민주화운동 이후 시민이 참여한 민주화운동은 없었다.

1987년 1월 서울대생 박종철 군이 경찰의 물고문으로 사망하고,

부검의가 고문에 의한 사망임을 정식으로 확인하자 전 국민이 분노하였다. 정부는 고문 경찰을 처벌하는 것으로 일단락지으려 했으나, 사건을 은폐 축소하려는 사실을 알게 된 천주교정의구현전국사제단은 5·18민주화운동 추모 미사에서 폭로한다.

여론은 폭발했고 야당과 재야운동권은 고문 살인 은폐 조작을 규탄하는 대규모 대회를 열었다. 여러 대학에서도 격렬한 시위가 이어졌다. 1987년 6월 9일은 국민운동본부가 대규모 시위를 계획한 10일 하루 전이다. 각 대학에서는 사전 집회를 개최하였다. 연세대에서도 집회에서 '전두환 노태우 화형식'을 끝낸 후 교문 밖 진출을 시도하였다. 경찰은 최루탄을 발사했는데 시위 대열에 있던 이한열의 후두부에 명중하였다. 이한열은 쓰러졌고, 동료가 피 흘리는 이한열을 부축해서 옮기는 장면이 기자의 카메라에 담겨 대내외 언론에 공개되었다.

피 흘리는 이한열 사진이 보도되자 사태는 걷잡을 수 없이 확대되었다. 10일 집회는 경찰 강경 진압으로 해산했으나 일부 시위대가 명동성당으로 피신하여 농성투쟁이 시작되었다. 명동성당에는 당시 천주교 서울대교구장이던 김수환 스테파노 추기경이 있었는데, "수녀들이 나와서 앞에 설 것이고, 그 앞에는 또 신부들이 있을 것이고, 그리고 그 맨 앞에서 나를 보게 될 것이다. 그러니까 나를 밟고 신부들을 밟고 수녀들까지 밟아야 학생들과 만날 것이다."라는 말로 시위대를 잡으려는 경찰을 막아주었다.

추기경이 거부하는 상황에서 한국 가톨릭의 심장인 명동성당에 함부로 경찰을 투입해서 사람을 잡아가는 건 세계 가톨릭 권위에 도전으로 보일 수 있어서 아무리 서슬 퍼런 군사정권이라도 쉽지 않았다. 더구나 지구촌 최대 축제인 88서울올림픽을 앞두고 자칫 유럽이나 남미 가톨릭 국가가 올림픽 보이콧을 선언할 수도 있었다. 결국, 명동성당에 공권력을 투입할 수 없었다. 이 명동성당 농성투쟁이 이후 민주화운동의 기폭제가 되었기에 이전부터 계속 시위와 대통령 직선제 개헌 투쟁이 있었지만, '6·10 항쟁' '6월 항쟁'이라는 말이 사용된다.

6월 11일 넥타이부대 참여 이후 전국에서 시위가 폭발하였다. 경찰이 진압할 수 없는 지경에 이르자 전두환 정부는 계엄령을 선포하고 군을 투입하려고 하였으나 군 내부의 반발, 미국의 반대, 88 올림픽 개최에 따른 세계적 관심 등으로 군사 진압 대신 대통령 직선제 개헌으로 항복을 선언하기에 이른다.

1960년 4·19혁명으로 씨를 뿌렸고, 1980년 광주민주화운동으로 일군 노력의 결과가 27년이 지나서야 결실을 이루었다. 수많은 사람이 희생되었어도 국민의 전폭적인 참여가 없어 민주화는 이루어지지 않았다. 박종철의 고문치사와 이한열의 최루탄 피격 사망에 따른 국민적 분노가 대학생을 거리에 나서게 했고 용기 있는 시민의 합세로 남녀노소 온 국민이 바라던 민주화가 이루어졌다. 시인 김수영이 시 '푸른 하늘을'에서 '어째서 자유에는 피의 냄새가 섞여 있는가를'이라고 노래했듯 박종철과 이한열의 투쟁과 희생은 헛되지 않았다. 그들이 흘린 피로 대한민국은 자유를 얻었다.

머리가 짧은 ROTC 신분으로 데모에 직접 참여하지 못했지만, 가슴이 터질 듯한 희열을 느꼈다. 흰 셔츠에 넥타이를 맨 사람들이 데모대를 채우는 걸 TV로 본 순간 성공을 확신하였다. 광주민주화운동도 6월 항쟁에도 직접 참여하지 못해 억울하고 아쉬웠으나 마음껏 즐겼다.

1987년이 아직 절반도 지나지 않았지만, 국가적으로나 개인적으로 숨 쉴 겨를 없는 격동의 연속이었다. 그 기쁨이 언제까지 이어질지 알 수 없었으나 1987년 6월은 터질 듯한 감동과 찬란한 희망으로 황홀하였다. 정의는 살아 있다. 조국이 아직 죽지 않고 살아 있음을 확인하고 가슴이 벅차올랐다.

공군 병영훈련

공군 병영훈련은 공군교육사령부 훈련단에서 실시한다. 육군이 동기생끼리 하는 것과 다르게 공군 ROTC는 항공대뿐이었으므로 1, 2년 차가 함께 훈련하는 게 달랐다. 여름방학 중 병영훈련이 시행되므로 5월이 되자 2년 차 공군 선배가 1년 차에 별도로 교육하였다. 금오공고 RNTC부터 금오공대 ROTC까지 육군 기준 교육을 받아왔으므로 육군과 다른 부분을 교육하였다. 대부분 공통이었으나 가장 큰 차이가 군가였다. 지금까지 했던 군가와는 전혀 다른 군가를 외워야 했다.

군가 교육을 하면서 공군교육사 훈련과 내무생활 적응방안에 대하여 자세하게 설명하였는데 견디기 힘든 가혹한 것이라면서 마음의 준비를 단단히 할 걸 주문하였다. 고등학교 때부터 군사훈련과 얼차려나 구타에 익숙한 1년 차는 마음속으로 코웃음 쳤다.

'사람이 하는 교육이고 훈련인데 다 그렇고 그런 거지, 공군이라

고 특별할 게 있겠나? 공연히 우리 기죽여서 군기 잡으려고 하는 말이겠지.'

이것이 솔직한 1년 차 심정이었다. 누구도 병영훈련에 겁을 먹거나 긴장하지 않았다. 하긴 고등학교 때 이미 세 차례나 병영훈련을 경험하지 않았던가? 3년간 금오공고 내무생활에서 구타나 얼차려는 받을 만큼 받았다. 공군 군기가 세다는 말은 금시초문이었다. 육군 훈련소 이야기나 해병대 훈련은 간혹 들은 바 있으나 공군 훈련이 가혹하다는 말은 듣느니 처음이었다. 우리의 마음을 충분히 짐작한다는 듯 선배들은 웃어넘겼다. 선배들이 웃는 데는 이유가 있었다. 우리는 일찍이 경험하지 못한 군사훈련을 겪게 된다.

금오공대 ROTC는 금오공고 RNTC의 연장이었다. 부사관 과정이 장교 과정이 되었을 뿐 ROTC 70명 중 60명이 금오공고 출신이었으므로 분위기는 비슷하였다. 별도 교육이 없어도 이미 선배에 대한 예의가 깍듯하였다. 기본군사교육을 받았으므로 군대 예절이나 제식훈련 교육이 불필요하였다. 선배가 후배에게 교육 훈련하는 건 군기를 바짝 잡으려는 의례적인 행위일 뿐이었다. 그래서 3월에서 5월까지 구타와 얼차려가 집중되고 병영훈련이 시작되기 전에 부드러워지는 분위기였다.

항공대는 달랐다. 1, 2학년 때 일부 교류가 있으나 금오공고처럼 엄격한 선후배 관계가 아니었다. ROTC 입단 전에는 사실상 일반 학생이었다. 구타와 가혹행위가 공식적으로 금지된 마당에 젊은이를 정신적으로 속박할 방법은 없다. 병영훈련 전까지 1년 차에 대하여 실질적인 2년 차 교육이 이루어지지 않았다. 그 교육을 병영 훈련하는 한 달 동안 집중하는 것이 항공대 전통이었다.

금오공대 합격을 자신하지 못하여 초지일관 공군을 지망하여 동기생을 놀라게 한 나였으나, 그것은 좋은 결정이 아니었다. 세상에 떠도는 소문이 모두 사실은 아니다. 공군이 신사적인 군으로 소문 났으나 병영훈련은 아니었다. 훈련이 무엇이라는 걸 체감해야 했다. 상상하지 못한 혹독한 훈련이었다. 교관과 선배의 교육 훈련방식 차이도 알았다. 공군 병영훈련은 인간 한계를 넘어서는 극한 체험이었다. 공군을 선택한 장교후보생 조자룡은 불운하였다.

천 회(千回)

 천은 큰 숫자다. 하나의 지구촌으로 바뀐 오늘날에는 천문학적인 숫자가 난무하지만, 농사짓는 일이 대부분 직업을 차지하던 전통 시대에는 천이란 수는 많은 걸 의미했다. 수천 섬이니 수천 마리라고 하면 엄청나게 많은 수를 의미했다. 천석꾼이니 만석꾼이란 말이 반드시 숫자 천(千)이나, 만(萬)을 의미하는 게 아니라 부자를 일컫는 말이듯이 천은 서민이 쉽게 접할 수 있는 수가 아니었다.

 '천만(千萬)에'란 말이 '절대 그럴 수 없다. 전혀 그렇지 않다.'라는 천의 만 배에 달하는 비율로 있을 수 없는 일을 말하듯 1000과 10000은 개념적인 수이지 헤아리는 수는 아니다. 초등학교 입학 전에 기수와 서수를 배우지만 100까지였다. 100 이후는 요령만 깨우치지 실제로 헤아리지는 않는다. 천은 헤아릴 수는 있지만 헤아리지 않는 수였다.

ROTC는 하계 병영훈련을 한다. 대학교 3, 4학년에 군사학을 배우지만 일반 대학에 군사훈련 시설이 충분하지 않으므로 이론과 기초훈련만 하고 여름방학을 이용하여 육·해·공군 훈련소에서 기본군사훈련을 한다. 두 달간의 기본군사훈련을 재학 중에 마치므로 사관학교 졸업생과 마찬가지로 졸업과 동시에 소위로 임관하고, 특기(병과) 교육 후 자대 배치를 받는다. 대학 졸업 후 시험을 통해 장교가 되는 사람은 몇 주간의 기본군사훈련이 필수라는 점이 다르다.

금오공대는 전국 유일의 육·해·공군 ROTC 장교를 배출하는 학교였다. 금오공고 출신 60명이 군을 배정받은 상태에서 진학해서 생기는 특수한 사례다. 금오공대 육군 ROTC는 독자적으로 입소해서 훈련을 받지만, 해·공군 ROTC는 숫자가 적어서 다른 대학 ROTC와 함께 병영훈련을 받아야 했다. 금오공대 합격을 자신하지 못해 선택했던 공군이 의도하지 않은 운명이 되었다. 운명이 행운일지 불운일지는 삶의 결과가 말해준다. 나중은 어떻게 바뀔지 알수 없었으나 장교가 되는 과정에서는 불운하였다.

기본군사훈련은 누구에게도 힘든 과정이다. 30도를 훨씬 웃도는 한여름 땡볕에 연병장에서 훈련하는 자체가 고역이지만, 훈련 전 몸풀기로 연병장 30바퀴 구보를 하고 나면 흡사 물에 빠진 생쥐 꼴이었다. 공군 훈련소에서는 오전과 오후 훈련 시작 전에 30바퀴 구보가 기본이었다. 구보라고 하면 가슴이 답답하고 다리가 아플 것으로 생각하지만, 가장 고통스러운 건 팔이었다. 평소에 하지 않던 앞에 총 자세로 하는 구보는 10여 분이 지나면 팔이 끊어질 듯한 고통을 안겼다. 나름대로 별의별 수단을 부려 보지만 별무신통이었다.

1년 차뿐만 아니라 2년 차에게도 병영훈련은 악몽의 시간이었다. 어떠한 혜택을 준다고 해도 다시는 하고 싶지 않은 게 공군 병영훈련이다. 1억 원이나 10억 원을 준다고 해도 할 수 없다. 그런데 1년 차 병영훈련 때는 일과 중이 가장 편한 시간이었다. 아무리 지독한 교관이 혹독한 훈련이나 얼차려를 가해도 상대는 한 명이다. 눈길을 피하고 잠시만 버티면 나에게 할당된 시간은 훌쩍 지나간다. 훈련이 끝나고 숙소로 돌아오면 그때부터가 진짜 지옥이었다. 같은 수의 2년 차 시선을 피할 방법은 없다. 어떤 트집으로 적발되면 가혹한 얼차려가 있었고 얼차려를 제대로 하지 못하면 가차 없이 때렸다.

훈련소에 입소하는 첫날부터 동기생 몇과 취침 시간에 선배 내무실로 불려갔다. 말이 내무실이지 30여 명이 긴 침상에서 생활하는 감옥이나 다를 바 없었다. 함께 불려 간 동기생이 대여섯이었던 걸로 기억한다. 선임자가 호출했던 선배가 누워 있는 침상 끝에서 보고했다.

"왔나? 푸샵(팔굽혀펴기) 천 회 하고 깨우도록."

선배 말을 듣는 순간 귀를 의심했다. 얼차려로 팔굽혀펴기 100회는 해봤으나 천 회는 듣느니 처음이었다. 보통 사람은 백 회도 못 한다. 나도 정상적으로는 50회 정도밖에 할 수 없다. 천 회라니……. 헤아려본 적도 없는 숫자 아닌가? 제정신이 아닌 바에야 1000번을 할 수 있다고 생각하지 않을 것이다. 하나님과 동기동창이라고 우기는 선배 말 아닌가? 100까지 세고 다시 세는 방식으로 1000번을 채우고 선배를 깨웠다. 물론 100회를 넘기면서는 흉내만 내고 수만 세는 형식이었다.

"다 했어? 싯업(앉았다 일어서기) 천 회 하고 깨워."

화가 꼭뒤까지 치솟았으나 달리 방법이 없었다. 주먹은 가깝고 법은 멀어서가 아니라 법을 찾았다가는 뭇 선배에게 더 시달리거나 왕따를 당할 게 뻔하였다. 장교를 포기한다면 몰라도 가혹행위를 신고할 수는 없다. 선배뿐만 아니라 장교를 지향하는 다른 동기도 용납하지 않으리라. 장교가 되기 위해서는 인내할 수밖에 없다. 내 다리는 팔보다는 튼실하여 앉았다 일어서기 1000번은 쉽게 하였다. 문제는 어깨동무 상태로 하기에 친구의 하중이 실리는 것이었다. 겨우겨우 1000회를 마치고 다시 선배를 깨웠다.

"으음, 다 했나? 푸샵 천 회 하고 깨워."

기가 막혔다. 정신교육 차원의 얼차려가 아니라 마치 유희를 즐기는 것 같았다. 속으로 온갖 욕설 하면서 푸샵과 싯업을 반복했다. 얼마나 했는지 모른다. 헤아릴 수도 없었지만 셀 기분도 아니었다. 밤 열 시부터 시작한 얼차려는 새벽 두세 시가 되어서야 끝났다. 그것이 공군 ROTC 하계 병영훈련의 시작이었다. 이후 거의 매일 집단으로 또는 개인적으로 호출되어 야간 훈련에 시달렸다. 천(千)은 공군 장교후보생에게 대수롭지 않은 숫자였다. 그렇게 쉽게 천 번 하라는 명령을 내리는 것도 수행하는 것도 더는 놀라운 일이 아니었다.

천은 큰 숫자다. 헤아리기도 힘들고 헤아릴 일도 없다. 공군 장교는 쉽게 헤아려야 하는 수인 거 같았다. 육군이나 해군 동기가 어떤 방식으로 훈련했는지 모른다. 아마 육·해군 동기도 병영훈련은 힘든 과정이었을 것이다. 그러나 선배와 분리되어 훈련받았다는 사실만으로 공군과 비교할 수 없다.

사실 2년 차인 4학년 때 병영훈련도 힘들었다. 교관에게 받은 훈련만으로도 극한의 피로를 느낀다. 그러나 매일 오전 오후 일과 시작 전, 앞에 총 자세로 연병장 30바퀴를 도는 게 쉬는 것으로 느껴질 만큼 선배에게 받는 야간 훈련은 힘들었다. 공군 소위가 되는 길은 머나먼 길이었을 뿐 아니라 지뢰밭을 통과하듯 위험하였고, 영하 30도에 눈보라를 뚫고 태백산과 소백산을 오르내리는 것 같은 고통을 감내해야 했다. 장교는 절대로 쉽게 되는 게 아니다.

깍지 끼고 물구나무서기

공군 병영훈련은 혹독하다. 섭씨 30도가 훨씬 넘는 땡볕 아래 연병장 구보 30바퀴로 오전과 오후 학과를 시작한다. 비가 오면 우의를 입힌다. 금방 땀으로 흠뻑 젖기에 우의 착용이 무의미하지만, 장교는 비 맞으면 안 된다는 말로 안 되는 논리로 삼복더위에 우의를 입힌다. 운동장 한 바퀴를 돌기 전에 땀이 흘러 군화 속이 질척이기 시작한다. 요즘은 훈련 중 사망 사고를 방지하기 위해 혹서기 훈련을 제한한다. 당시에는 그런 제도가 없었다. 삼복더위에 우의 입고 앞에 총 자세로 연병장 서른 바퀴를 돈다고 상상해 보라. 그것은 훈련이 아니다. 인간 한계를 시험하는 가혹한 고문일 뿐이다.

그 훈련이 행복했다. 인간은 희한한 동물이다. 적응의 동물이기도 하다. 다시는 하기 싫은 학과 훈련은 행복했다. 일과 후 벌어지는 더 큰 한계상황에 비교하면 아무것도 아니었다. 교관 한 명이 아무리 혹독한 훈련을 시켜도 그 속도는 우리가 조절한다. 함께 훈런하는 동기 수준만 맞추면 된다. 개인적인 지적도 가혹행위도 없다. 교관 눈만 피해 시간을 보내면 된다. 교관이 신이 아닌 이상 70명 전체를 감시할 능력은 없다. 70명 동기 전체가 일심동체가 되어 교관을 상대하므로 힘들었으나 견딜 수 있었다.

저녁 식사가 끝나고 내무반에 돌아온 후에는 다르다. 일단 상대해야 할 사람이 한 명이 아니라 1년 차와 같은 수의 70명 선배다. 모두 눈을 피할 요령 따위는 상상할 수도 없다. 그야말로 용감하게 싸우다가 장렬하게 전사하는 수밖에 없었다. 아침에 훈련장에 나갈 때는 행복하였으나, 훈련 마치고 내무반에 돌아갈 때는 흡사 도살장에 끌려가는 소나 말 같은 신세였다. 도살장에 끌려가는 소나 말의 기분은 알 수 없으나 분위기상으로는 그랬다.

어느 날 내무반에 도착하자 늘 그렇듯 근무자가 일장 훈시하고 침상 끝에 도열시켰다. 사유는 기억하지 못한다. 이동 중에 발이 틀렸거나 열이 흐트러졌는지 모른다. 누군가 잡담했는지도 모르고 어쩌면 근무자 개인에게 기분 나쁜 일이 있었을 수도 있다. 어쨌든 그런 건 중요한 게 아니다. 얼차려 시간이 왔고 무사히 시간을 보내야 할 뿐이다.

1987년 공군교육사는 대전에 있었다. 당시 70명이 두 개 내무실을 사용했던 것으로 기억한다. 침상 두 개가 마주 보고 있었으며, 한 침상에 20명이 누워 잘 수 있었다. 전투복을 체육복으로 갈아입지도 않은 채 얼차려가 시작되었다. 방탄모를 침상 가운데 엎어놓고 깍지 낀 손을 방탄모 위에 올린 다음 두 발을 사물함에 올리는 일명 '깍지 끼고 물구나무서기'였다.

사실 '깍지 끼고 엎드려뻗쳐'만 해도 고문 수준의 얼차려다. 깍지 낀 상태로는 누구도 30분 이상 버티지 못한다. 손가락이 교차 된 채 엎드린다는 건 체중이 교차된 손가락뼈에 실리기에 주리 트는 효과가 발생한다. 금오공대 ROTC 입단 전날 엄청난 구타를 당한 이유가 바로 '깍지 끼고 엎드려뻗쳐'를 하지 못한 죄였다. 그런데 깍지 끼고 둥근 방탄모 위에 손을 올린 다음 사물함에 발을 올리는 자세를 상상해 보라. 체중 전체가 방탄모와 맞닿은 손가락 두 개 뼈에 집중된다. 그 자세로는 아무도 5분을 못 버틴다.

얼차려가 시작되자 십여 초 간격으로 고목 쓰러지는 소리가 났다. 이곳저곳에서 '쿵' '쿵' 소리가 이어졌지만, 근무자는 눈 하나도 깜박이지 않았다. 우리는 각자 자신이 견딜 만큼 견디다가 쓰러졌다가 다시 같은 동작을 반복할 수밖에 없었다.

어느덧 시간이 30분이 흘렀다. 섭씨 30도가 넘는 한여름이다. 그늘에 앉아 쉬어도 땀이 흐를 판에 그 힘든 동작에 육체가 얼마나 놀랐겠는가? 가열된 몸을 식히기 위하여 엄청난 땀을 방출하기 시작하였다. 발끝부터 흘러내리기 시작한 땀은 시냇물이 합쳐져 강물이 되듯 점점 굵어진다. 등줄기와 목을 지날 때는 땀이 식어서 서늘한 느낌이었다. 최종 목적지는 이마 위 머리카락이었다. 온몸에서 흐른 땀이 늘어진 머리카락에서 떨어지는 땀방울은 마치 오뉴월 장마에 처마에서 떨어지는 빗물 같았다.

후드득후드득 침상에 떨어진 땀은 곧 침상을 가득 채우고 바닥으로 흘러 떨어졌다. 서른 명 넘는 사람에게서 나오는 땀의 양은 놀라웠다. 바닥도 소나기가 쏟아진 듯 금방 근무자가 지나갈 때마다 첨벙거렸다. 근무자는 무언가를 계속 씨부렁거리고 있었다. 우리는 고통을 참느라, 그리고 근무자를 저주하느라 그 말을 들을 수 없었다. 독한 사람이었다. 우리는 그날 깍지 끼고 물구나무서기를 두 시간이나 지속하였다. 일곱 시에 시작된 얼차려는 저녁 점호 시간이 되어서야 마쳤다.

훈련은 언제나 힘들다. 오죽하면 훈련병은 언제나 춥고 배고파서 서글프다는 말이 있겠는가? 삼복더위라도 훈련병은 춥다. 땀을 비 오듯 흘리면서도 마음은 혹한이다. 엄마의 품이 그립다. 그래서 군에 가면 철이 든다. 편하고 행복할 때는 거의 부모 생각이 없으나 견디기 힘든 한계상황에서 부모 생각이 난다. 특히 진자리 마른자리 갈아 뉘시며 오직 자식을 위해 헌신하는 어머니를 떠올린다.

강골이 아니어서인지 악으로 깡으로 버틸 수 없는 깍지는 참을 수 없는 고통이었다. 때려치우고 싶은 마음이 굴뚝같았으나 이제까지 당한 구타와 가혹행위를 보상받을 수 없다는 피해의식으로 마음을 다잡았다. 버텨야 한다. 인생은 고해라고 하지 않던가? 참는 자에게 복이 온다고 하지 않던가? 무함마드 알리나 안토니오 이노키와 일대일 결투도 자신 있다던 사나이 조자룡이 남 다 하는 얼차려를 견디지 못한대서야 말이 되는가? 이제까지 참았던 게 수포가 되지 않게 하려면 참아야 한다. 오늘도 가족의 생계를 위하여 고달픈 하루를 보내고 계실 어머니를 위해서도 참아야 하리라.

총검피티 500회

공군 ROTC 전통에는 '직각 보행'과 '직각 식사'가 있다. 직각 보행은 이동할 때 대각선이나 지름길이 아닌 직각으로 방향 전환하여 목표에 도달하는 방식이며, 직각 식사는 음식을 먹는데 고개를 숙여서는 안 되고 시선은 정면을 바라보아야 한다. 느낌으로 밥과 반찬을 집어서 먹는데 식판에서 수직으로 입 높이까지 들어 올린 후 입으로 수평 이동하여 넣어야 한다. 옆에서 보면 음식 이동 경로가 직각을 이루므로 일명 '직각 식사'라고 한다.

정면을 응시한 채 음식을 집어 먹는 모습이 가관이다. 세 살 먹은 애가 밥 먹듯이 가슴이 오물로 가득하다. 국물이 질질 흘러 거지가 따로 없다. 다행히 젓가락을 사용하지 않고 수저 끝이 패인 수저포크를 쓰기에 망정이지 음식을 보지 않고 젓가락으로 먹으라고 했다면 난감했을 것이다.

가장 안타까운 장면은 큼직한 한 개짜리 돈가스나 햄이 나왔는데 수직으로 올려서 수평으로 이동하는 순간 떨어뜨렸을 때다. 고강도 훈련에 에너지가 고갈되어 고단백 고지방 음식을 섭취해야 하나 식단이 흡족하지 않고, 식사 시간제한에 직각 식사로 제대로 먹을 수 없는 마당에 하나뿐인 돈가스나 햄을 떨어뜨렸을 때 어떤 심정이겠는가? 식사 중에는 절대 웃을 수 없지만, 주변 동기생은 자기도 모르게 '풉' 하고 웃음을 삼키게 마련이었다.

더 좋지 않은 사실이 있다. 맛있는 돈가스가 반드시 반갑지 않은 이유다. 돈가스를 먹은 날에는 소화를 시켜준다는 핑계로 심한 얼차려가 있게 마련이었다. 특별훈련하지 않아서 소화불량인 사람이 전혀 없건만 선배는 자상하게도 반드시 후배의 소화를 도왔다. 다른 사람은 돈가스를 먹고 소화를 빌미로 훈련한다지만 떨어뜨려서 먹지도 못하고 얼차려 받으려면 더 화가 나지만 하소연할 데는 없다.

저녁에 돈가스를 먹은 어느 날이었다. 숙소에 돌아오자 예의 소화를 빙자한 얼차려가 시작되었다. 왜 반드시 고강도 훈련해야 하는지 말도 되지 않는 일장 훈시 후에 명령을 내리는데 기가 막혔다.

"하나부터 백까지 각자 구령에 맞춰 총검피티를 실시한다. 총검피티 500회 시작!"

귀를 의심하였다. 피티는 유격 훈련 전에 몸풀기 준비운동으로 정식명칭은 '팔 벌려 높이뛰기'다. 피티체조 해본 사람은 알겠지만 정확한 동작으로 하면 스무 개만 해도 지친다. 몸풀기는 스물이나 쉰 개가 보통이고 얼차려 목적이라도 백 개를 넘기지 않는다. 게다가 맨손으로 하는 게 아니고 착검한 총을 들고 하는 피티다. 속으로 500회라는 말을 믿지 않았다.

'홍, 500회 좋아한다. 제까짓 게 많아야 100개 정도 하면 끝내겠지……'

백 회를 했으나 끝내지 않았다.

'어라, 150개를 시키려나. 이노마가 독종일세.'

백오십 개를 했으나 그만하라는 말이 없었다.

'이 새끼 봐라. 힘들어 죽겠는데…… 이백 개나 시키려고 지랄하나?'

속으로 쌍욕을 하며 총검피티를 이백 개나 시키는 선배를 저주하였으나 불행하게도 이백 개를 넘겨도 멈추라는 명령은 없었다. 더는 몇 개에서 멈추라는 말을 할 것인지 짐작하지 않았다. 그저 쉬지 않고 견족(犬族)을 빗대어 욕할 뿐이었다.

'○새끼'

'○노무새끼'

'○쌍노무새끼'

'지어미와 붙어묵을 ○ 쌍놈의 후레자식'

죄 없는 개에게 욕설을 퍼부었으나 그런다고 팔다리가 안 아플 리 없었다. 이를 득득 갈며 거의 반사적으로 총 든 손을 들어 올렸다. 나중에는 점프할 힘이 없어 두 다리가 바닥에서 떨어지지 않았지만, 놀랍게도 총 든 손은 500회를 채울 때까지 올라갔다. 불가

능은 없다. 평소에는 절대 불가능하겠지만 단체로 기합받으니 총
검피티 500회를 할 수 있었다. 지금은 맨손으로 피티 100회도 할
수 없다. 총검 피티 500개라니 놀랍지 않은가? 어쩌면 그때 1000
개를 시켰어도 했을지도 모른다. 인간 능력에 한계는 없다. 잔인하
고 독한 것에도 한계는 없다.

　돈가스는 맛있다. 기름에 튀긴 것 치고 맛없는 게 있는가? 오죽
하면 가죽구두도 기름에 튀기면 맛있다고 하지 않던가? 고문에 가
까운 학과장 훈련과 일과 후 얼차려에 고갈된 에너지를 충전하기
에는 기름에 튀긴 돼지고기보다 나을 게 없으리라. 그 향기, 그 식
감을 상상만 해도 침 넘어간다. 병영훈련 동안에는 돈가스를 보는
자체가 악몽이었다. 돈가스를 먹는 날 1년 차는 지옥을 경험하였
다. 돈가스는 살아서 경험하지 못하는 지옥을 예고하는 흉조(凶兆)
였다.

화장실 포복 원산폭격

공군 병영훈련은 힘들다. 훈련 자체만으로도 형언하기 힘든 고난이다. 그 일과시간 훈련이 편하다고 느껴질 정도로 선배와의 내무생활은 지옥이었다. 주어진 운명으로 여기고 순응하는 마음 자세였다면 그렇게까지 고통스럽지는 않았을 것이다. 세상에 불만이 많았고 많은 걸 내 손으로 혁파하고자 하였던 젊은 날 열정은 존경은커녕 조금도 나을 게 없어 보이는 1년 선배의 부당한 가혹행위를 참기 힘들게 하였다. 어쩌면 선배의 구타나 가혹행위보다 내 정신상태가 나를 힘들게 하였는지도 모른다.

병영훈련 동안에는 모든 게 훈련이다. 학과장에서 쉴 때도 식사나 목욕이나 세면도 훈련의 연장이다. 시간제한은 엄격하였고 여유 있는 자유는 금지되었다. 대부분 흡연자였지만 당연히 금연 금주였다. 한 달 금연 금주만으로도 어떤 의미에서는 가혹행위다. 중독자에게 한 달 금연은 사실 완전 금연과 별 차이가 없었다. 병영훈련은 모든 걸 힘들게 한다.

어느 날 귀가 후 세면 시간이었다. 충분한 시간을 주지 않기에 경쟁적으로 빨리 씻어야 한다. 머리에 비누 거품이 있는데 '세면 끝'이라는 구호라도 떨어지는 날에는 낭패다. 70명이 뒤섞여 경쟁적으로 닦는 모습은 북새통이었다. 그 모습에 한 선배의 심사가 뒤틀렸나 보다. 갑자기 '동작 그만! 엎드려뻗쳐!' 누군가의 외침에 모두 그 자리에서 엎드려 뻗쳤다. 누가 지시하였는지는 알 필요가 없다. 같은 1년 차가 그런 말을 할 리가 없는 바에야 선배 아니겠는가? 선배면 그만이지 그를 알 필요가 무에 있겠는가? 까라면 깔 뿐이다.

얼차려는 육체에 가해지는 벌칙이지만 웬일인지 얼차려를 시키는 사람은 그것이 합리적이고 타당하다는 걸 증명하려고 한다. 얼차려 동안에 일장 훈시하게 마련이었다. 물론 그걸 귀담아듣는 사람은 없다. 그 말이 불합리하다고 하여 그만두게 할 방법이 없는 이상 들어서 무얼 하겠는가?

엎드려뻗쳐 상태에서 누가 구시렁거리기라도 했는지 훈시하다 말고 빽 소리 질렀다.

"누구야! 낮은 포복 자세! 포복 앞으로!"

화장실과 세면장이 붙어있는 좁은 실내 공간이었다. 엎드려뻗치기에도 협소한 판에 엎드려서 포복하려니 서로 거치적거려서 가관이었다. 누가 보면 똥통에 수많은 구더기가 한데 엉켜 꿈틀거리는 것처럼 보일 것이나 그런 걸 생각할 계제가 아니었다. 전후좌우에 사람이니 아무리 버르적거려도 나아갈 리 없었으나 모두 제자리에서 포복하는 흉내라도 내야 했다.

"이 새끼들, 동작 봐라. 전진 안 해! 모두 대가리 박아!"

반벌거숭이 모습으로 꿈틀대는 게 안쓰러웠는지 좁은 공간에서 타당한 얼차려가 아니라고 판단하였는지 포복에서 원산폭격으로 바꾸었다. 세면장과 화장실에서 모두 머리를 바닥에 대고 열중쉬어 자세를 취하였다. 기분이 언짢았다. 병영훈련 자체나 선배 노리개로 전락한 내무생활도 불만이었으나 화장실 원산폭격은 또 다르다.

사람이 생명체 중 하나라는 데서는 다른 동물과 차이가 없지만, 사람은 스스로 소중히 여기는 자존감이 있다. 의식주가 생존에 가장 중요한 요소지만 때에 따라서는 자기 생명보다 신념을 중요하게 여긴다. 아무리 신체 불구에 내세울 게 없는 비참한 처지라도 최후의 자존심은 있다. 그러기에 지렁이도 밟으면 꿈틀한다는 말이 있잖은가? 콘크리트 바닥에 박은 머리가 아픈 게 아니라 슬펐다.

'이게 인간인가? 사나이 조자룡이 이런 수모를 받고도 살아야 할 가치가 있는가? 화장실 바닥에서 포복하고 머리를 박는 게 사람이 할 짓인가?'

물론 화장실 바닥에 똥오줌이 묻어있는 건 아니다. 세면장 바닥과 다를 게 없다. 그래도 화장실은 생명 활동을 끝낸 오물을 처리하는 장소가 아니던가? 눈물이 쏟아졌다. 비참하였다. 어머니나 나를 사랑하는 사람이 이 장면을 본다면 무어라고 할 것인가? 인생은 고해이니 그저 인내가 최고라고 참으라고 할 것인가? 짧은 시간에 많은 상념이 두뇌를 스쳤다. 죽고 싶었다. 그리고 실제로 심각하게 독한 선배 몇을 죽이고 자살하는 상상을 하기 시작했다.

그날 저녁 한숨도 잠을 이루지 못했다. 가난하게 살았고 때로 고통스러웠으나 죽는 걸 상상한 적은 없었다. 언젠가 죽을 것이라는 생각도 하지 않았다. 갑자기 죽음을 생각하자 지난 세월이 주마등처럼 스쳐 지나갔다. 새벽부터 밤늦도록 식당에서 일하시는 어머니가 보였다.

한 번도 행복해 보지 못하신 어머니

자식 먹이려 늘 굶주려야 했던 어머니

아버지에게 맞으면서도 달아나지 않았던 어머니

8남매를 낳았으나

두 사람을 잃고 6남매를 위해 헌신하신 어머니

새벽 다섯 시에 밥해 놓고 작업반 나가셨던 어머니

저녁 늦은 시간에 밥해 주시고

설거지하고 빨래하느라 밤 열두 시를 넘기셨던 어머니

그다음 날 새벽 다섯 시에 다시 작업반 나가셨던 어머니

하루 스물네 시간

일 년 365일을 쉴 새 없이 일하셨던 어머니

어머니란 죄 아닌 죄로

혹독한 삶을 견디고 계신 어머니
자식 중 처음으로 고등학교 갔다고 기뻐하고
자식 중 처음으로 대학 갔다고 자랑했던 어머니
그 자랑스러운 자식이 어느 날
힘들어서 사람 죽이고 자살하였다는 소식을 듣는다면
어머니 마음이 어떠실 것인가?

베개가 흠뻑 젖도록 훌쩍였으나 모질게 마음을 먹을 수 없었다. 사실 선배 몇 죽이고 자살하는 건 문제가 아니었다. 우리에게는 대검이 지급되었다. 부사관이나 병사는 훈련 중 사고 발생을 염려하여 대검을 지급하지 않았으나 장교후보생은 스스로 책임질 수 있어야 한다고 대검을 지급하였다. 대검으로 몇 죽이고 죽는 일은 여반장이었다.

화장실에서 포복하고 원산폭격 한 후 일주일이나 죽음과 어머니 생각에 잠 못 이루고 뒤척였다. 하루하루가 고난이고 고통이었기에 차라리 편안하게 죽자는 다짐을 매일 밤 하였다. 초등학교 5학년 때 누나가 자살하였다는 소식에 까무러치며 대성통곡하던 어머니 모습이 떠올라 도저히 최후의 결심을 할 수 없었다. 구로공단 공순이였던 스무 살 누나는 사랑하였으나 찢어지게 가난한 공돌이와 동반 자살하였다.

통곡하던 어머니의 모습에 인간이 해서는 안 되는 일이 무엇인지 깨달았다. 세상이 아무리 가혹하고 비정하더라도 버텨야 한다.

최소한 부모가 살아 있는 동안 만큼은 견뎌야 한다. 어린 자녀를 두고 세상을 떠나는 게 부모의 가장 큰 죄악이라면, 부모 살아 계실 때 죽는 건 가장 큰 불효다. 오죽하면 자살하겠느냐고 죽는 사람 마음이 헤아려지지만, 나는 그래서는 안 된다. 어머니가 우리를 어떻게 키웠던가?

어머니는 내게 생명을 한 번만 준 게 아니다. 학교 근처에도 가보지 못한 일자무식이었지만, 자식을 위한 어떠한 헌신도 마다하지 않은 어머니였다. 그 어머니는 내게 영웅이며 은인이었다. 은인을 슬프게 하는 건 남자로서 할 일이 못 된다. 세상에서 가장 위대한 어머니를 가장 슬프게 할 일도, 어머니에게 가장 큰 불효도 스스로 죽음을 선택하는 일 아니던가? 어머니는 죽음의 질곡에서 나를 끌어냈다. 어머니는 내게 거듭 생명을 선사하였다.

항공운항과

항공대에는 항공운항과가 있다. 일반 대학에는 없는 학과다. 항공대 정식명칭은 「한국항공대학교」다. 학교 이름에서 보듯 조종사 양성을 목적으로 설립한 학교다. 현재는 조종사 양성하는 항공운항과를 운영하는 학교가 여럿이지만 1980년대에는 항공대가 유일하였다.

항공대의 가장 큰 특징은 당시만 해도 캠퍼스 내에 활주로가 있다는 것이었다. 조종사를 양성하는 항공운항과가 있는 이상 당연한 일이다. 항공운항과는 항공대를 대표하는 학과라고 할 수 있다. 교조(校鳥)는 하늘을 대표하는 송골매다.

1979년 당대 최고의 대학교 캠퍼스 밴드였던 '활주로' 출신 배철수를 중심으로 결성하여 1980년대 인기 정상에 올랐던 그룹 '송골매'는 항공대학교 교조에서 따왔다. 배철수는 항공대에서 배출한 최고 인기 연예인 중 하나다.

공군 유일의 ROTC가 한국항공대였는데 조종사를 필요로 하는 군이 공군이요, 조종사를 양성하는 학교가 항공대뿐이었으므로 당연한 일이었다. 항공대 60여 명 ROTC 중 절반에 가까운 사람이 조종 훈련을 받는 항공운항과였던 것으로 기억한다.

학교 이름이 항공대요, 항공대 학생 중에서도 유일하게 하늘이 일터인 조종사이며, ROTC 중에서도 가장 많은 숫자를 차지하는 항공운항과는 자부심이 남달랐다. 자부심은 일반적으로 긍정적인 역할을 많이 하지만 때로는 독이 된다. 우월하고 특별하게 보이려는 집단 의욕이 가혹한 훈련을 만들었다.

군기가 센 군으로 말하면 보통 해병대나 특전사를 예상하지만 그건 겉으로 드러난 모습이다. 겉으로 엄정한 모습을 보인다고 하여 훈련이 가혹한 건 아니다. 군기는 가혹한 훈련에서 나오는 게 아니라 공동체의 전통과 의식이다. 구성원이 스스로 참여하려는 의욕이 왕성하고 긍지를 가지고 전통을 지키려고 노력할 때 엄정한 군기가 유지된다.

병사보다 부사관 훈련이 엄격하고 부사관보다 장교 훈련이 가혹하다. 병사에게 장교 훈련 시키듯 하면 탈영이나 자살 사고가 비일비재할 것이다. 공군에 오기 전에는 공군이 훈련이나 군기가 가장 약할 것으로 예상하였지만, 완전한 오판이었다. 고등학교 때부터 많이 맞고 때리고 얼차려를 받았지만, 항공대 ROTC는 경험하지 못한 전통이 있었다.

천 단위 얼차려에 놀라고 오전 오후 학과 전 앞에총 자세로 연병장 서른 바퀴 구보에 경악하였는데 더 놀라운 일이 있었다. 어느 날이었다. 우연히 2년 차 내무실을 지나칠 때 원산폭격 자세로 얼차려 받는 몇몇 동기생을 발견하였다. 열중쉬어 자세로 머리를 땅에 대는 원산폭격은 특별한 훈련이 아니다. 누구나 경험하는 보통 얼차려였다. 그때였다.

"전진 앞으로!"

지켜보던 2년 차가 명령하였다. 내 귀를 의심하였다. 머리에는 어떤 근육도 없다. 뱀과 같이 앞으로 나아갈 근육이 없는 이상 땅에 댄 머리와 두 다리로 어떻게 전진한단 말인가? 무협지에 나오는 무예 고수가 아닌 이상 불가능한 일이었다. 놀라운 일은 그다음에 벌어졌다. 분명히 열중쉬어 자세인데 몸이 앞으로 나아가는 게 아닌가?

보고도 믿을 수 없었다. 항공대에서도 항공운항과 동기생만 할 수 있는 얼차려였다. 전진하지 못하면 어떤 혹독한 훈련을 받는지는 알 수 없으나 두 다리로 강제로 밀어서 몸을 전진시킨 것이다. 당연히 머리는 문질리어 생채기 난다. 어쩌면 조종사가 되려는 욕망이 초인적인 능력을 발휘하게 하는지도 모른다.

공군 장교를 우습게 알았다. 공군 장교가 되는 항공대 ROTC도 대단찮게 알았다. 해병대나 특전사 요원이 씩씩해 보이지만 훈련과정은 항공대 ROTC보다 덜 가혹하리라. 공군 장교가 되는 과정은 쉽지 않다. 조종사가 되는 길은 더욱 험난한 길이었다. 세상은 경험한 게 전부가 아니다. 뛰는 놈 위에는 나는 놈이 있다.

공군에서는 조종사가 최고다. 가장 좋은 대우를 받는다. 보수에서도 그렇고 보직이나 진급에서도 우선순위다. 누구나 원하는 부와 명예와 권력에 근접한다. 항공운항과 동기생의 얼차려 받는 모습에 조종사의 길을 걷지 않은 걸 다행으로 여겼다. 어쩌면 목격하지 못했지만, 조종사의 길을 걷는 공군사관학교 생도도 상상할 수 없는 고충이 있으리라. 세상에 공짜는 없는 법이니까.

하늘을 나는 조종사는 생명을 담보로 한다. 위험을 극복하기 위해서는 피나는 숙달 훈련이 필요하다. 하늘을 자유자재로 나는 기술이 쉬운 일이 아니지만, 일단 날아오르기까지의 과정 자체가 혹독한 시련이다. 모두가 부러워하는 영광스러운 조종사의 길은 멀고도 험난하다.

꽁초와 장초

    군사훈련은 누구나 꺼린다. 월급 받는 직업군인도 훈련은 싫어한다. 군인에게 훈련은 일상이다. 전쟁 때 사용하려고 양성하는 군인인 이상 평소에 훈련을 통해 전투능력을 갖추어야 한다. 실전은 목숨이 오가므로 힘든 줄도 모르겠지만, 긴장할 상황이 아닌 평소 훈련은 따분하고 피곤할 뿐이다. 시키는 장교나 따라야 하는 병사나 힘들기는 매한가지다. 구령만 하는 장교가 일견 편할 듯하지만, 모르는 소리다. 많은 장병이 뚜렷하게 들을 수 있도록 고저 장단 고함을 지르는 일은 쉽지 않다. 정확하지 않은 구령은 병사에게 모멸과 조소를 받는다. 가르치려면 사전 연구도 해야 한다.

    군사훈련 중 기본군사 훈련은 고난의 시간이다. 연일 거듭되는 전투 장구와 총기를 든 훈련은 젊은이가 아니라면 감당하기 힘든 정신과 신체에 대한 가혹행위다. 옆에 동기와 함께하므로 버텨내는 것이리라. 훈련만 힘든 게 아니다. 웬일인지 훈련에는 빠지지 않는 게 금주 금연이다. 일단 중독을 이겨내는 자체가 고역이다. 팔굽혀펴기 천 회나 총검피티 오백 회를 할 때는 몸이 너무 힘들므로 아무 생각도 할 수 없지만, 휴식시간에는 담배가 간절하다.

훈련받던 동기생 절반 이상이 흡연자였으나 훈련 중에 담배를 구할 방법이 없었다. 몰래 숨겨 가져온 동기 몇몇이 하루에 몇 대씩 숨어서 피는 눈치였으나 한 번 발각되면 모조리 압수다. 일주일이 채 가기 전에 모두 흡연에 관한 한 거지 신세가 된다. 훈련받지 않는 부대 병사가 담배 피우는 모습이라도 보게 되면 부러운 마음에 침이 꼴깍 넘어간다.

연병장에서 꽁초라도 발견하면 교관이 못 보는 사이에 몰래 피운다. 꽁초는 담배 피우고 버린 필터 달린 쓰레기다. 발로 짓밟거나 침을 뱉어 끈 꽁초를 평소에는 필 리가 없었으나 며칠을 못 피워 금단증상으로 정신이 어지러운 사람이 똥오줌 가릴 여가가 없다. 다른 사람이 주울세라 재빨리 주워 든다. 보통은 1센티미터는 피울 부분이 있었으나 지독한 자린고비는 필터에서 1~2밀리미터까지 피고 버리는 사람도 있다. 얼른 주웠다가 욕만 나온다.

간혹 부잣집 도령이어서인지 급한 일이 있어서 담배를 중간에 끈 것인지는 알 수 없으나 3센티미터 이상 피울 수 있는 꽁초를 주울 때도 있다. 일진이 좋은 날이다. 요샛말로 대박이다. 긴 꽁초를 장초(長草)라고 한다. 꽁초는 순우리말이지만 장초는 급할 때 꽁초를 피우는 애연가 사이에 만들어진 말이다. 누군가 장초를 주우면 주위에 얻어 피우려는 사람이 늘어서게 된다. 주운 사람이 길게 빨고 주면 다음 사람부터는 요령껏 돌려 피운다. 담배 피지 않는 사람이 보면 기절초풍할 일이지만 사람은 닥치면 적응한다. 목마른 사람이 찬물 더운물 더러운 물 가릴 수 있는가?

인간이 가까워지는 방법은 여러 가지가 있다. 보통은 음주나 흡연을 함께하는 사람이 빨리 친해진다. 서로의 심리 상태를 잘 알기에 쉽게 공감하여 자연스러운 대화가 이어지므로 서로를 잘 알게 된다. 가장 빠르게 친해지는 방법은 환난을 함께하는 것이다. 충격과 고통이 클수록 대화 없이도 공감하는 사이가 된다. 전투에 투입되어 사선을 통과한 전우는 둘도 없는 친구가 된다. 훈련 중 함께 맞고 구른 동기생이 남다른 이유이기도 하다.

누구에게도 드러내기 싫은 치부지만, 남이 피우고 버린 꽁초를 주워 피고, 장초를 발견하고 환호했던 동기는 잊을 수 없는 친구다. 과부가 홀아비 마음을 짐작하듯 동병상련의 아픔을 가진 게 전우다. 가슴 속에 품은 꿈은 달랐어도 가혹한 현실을 함께했던 동기, 장초를 발견하고 파안대소하던 천진난만한 모습이 그립다. 이제는 빠지고 하얗게 변한 머리와 주름진 얼굴로 쉽게 알아보지도 못하겠지만, 추억 속의 전우는 시커멓게 그은 얼굴과 초롱초롱한 눈망울이 그대로다.

황금박쥐

시간은 흐른다. 인간의 욕망을 위한 투쟁이나 그 과정에서 시시 각각 바뀌는 희로애락에 무관하게 무심코 흐른다. 즐거움도 순간 이요 고통도 찰나다. 영예의 희열이나 치욕의 아픔에 시간은 무심 하다. 견디기 힘든 육체적 고통도 죽음을 상상하게 할 만큼 격심했 던 마음의 상처도 끝내야 할 시간이 다가오고 있었다. ROTC 1년 차 공군병영훈련은 자칭 사나이 조자룡 인생에서 최대 위기였으나 이제 과거가 되었다. 아련한 추억이 되어가고 있었다.

공군 ROTC는 병영훈련을 마치기 전날 특별한 행사를 한다. 일 명 '황금박쥐'라는 축제를 하는 데 내용이 가관이다. 붉은박쥐는 대한민국의 천연기념물 제452호로 강원도 영월의 마스코트이기도 하다. 몸 빛깔이 주황색이어서 황금박쥐라고도 불린다. 공군 ROTC 병영훈련 마지막 날 소동을 왜 황금박쥐라고 이름 붙였는 지는 모른다. 알몸에 군청색 공군 우의를 두른 모습이 황금빛 몸에 검은 날개를 가진 황금박쥐처럼 보였는지도 모른다.

힘들다고 표현하기에는 너무 위험하고 험난했던 지옥 같던 시간이 끝나가고 있었다. 1년 차에 견딜 수 없던 시간이었지만, 금연 금주를 강요당하고 매일 오전 오후에 앞에 총 자세로 연병장 서른 바퀴를 돌아야 했던 2년 차에게도 지옥이었을 것이다. 내일이면 되돌아보기조차 싫은 대전 공군교육사를 떠난다. 모두에게 축제 같은 분위기가 흐르고 있었다. 1년 차는 몰랐지만 2년 차는 모종의 희극을 준비하고 있었다.

저녁 점호가 끝나고 취침 시간이 되었다. 악마의 시간은 지났다. 우리는 승리했다. 위기에서 살아남는 사람이 승자다. 자살하지 않고 살아남은 조자룡은 승자였다. 감개무량한 마음으로 막 잠이 들려는 찰나, 갑자기 비상이 걸렸다.

"비상, 비상! 전 1년 차는 알몸에 방탄모와 대검을 착용하고, 우의 차림에 얼굴을 구두약으로 위장하고, 오른발은 맨발에 군화 왼발은 양말 차림으로 연병장에 집합한다. 다시 한번 명령한다. 전 1년 차는 알몸에 방탄모와 대검을 착용하고, 우의 차림에 얼굴을 위장하고, 오른발은 맨발에 군화 왼발은 양말 차림으로 연병장에 집합한다."

두 번에 걸친 근무자 명령이 무슨 말인지 몰라 어안이 벙벙하였다. 알몸에 방탄모와 대검을 착용하라니 그게 무슨 말인가? 그런 해괴한 말과 모습은 보고 들은 적이 없는 1년 차는 어찌할 줄 모르고 우왕좌왕하고 있었다. 비상이라니 재빨리 준비하고 뛰쳐나가야 하나 상황 파악이 안 되었다. 2년 차 여러 명이 난입하여 일일이 지시하고 복장을 확인하였다.

"다 벗어! 팬티까지 벗으란 말이다. 옷을 완전히 벗고, 얼굴을 구두약으로 위장하고, 허리에 대검을 착용한 전투 벨트를 하고, 우의를 입은 다음 군화 신고 집합하란 말이다!"

"오른발은 맨발에 군화, 왼발은 검정 양말만 신는다."

"동작 봐라. 그따위로 전투에서 이기겠나? 여자 하나 차지하겠나? 서둘러라 서둘러! 옷 벗고 구두약 바르고 전투 벨트 매고 우의 입고 군화 신고 뛰쳐나가라! 1분 안에 모두 나가!"

2년 차 선배가 일일이 알려주는 바람에 비로소 복장을 이해하고 자고 있던 침상에 옷을 벗어 던지고, 전투 벨트만 착용한 상태로 구두약을 얼굴에 닥치는 대로 처바르고, 우의를 걸치고, 오른발은 맨발에 군화 왼발은 양말 차림으로 연병장으로 뛰어나갔다. 그 차림이 우스웠으나 정신없이 움직이는 1년 차 눈에 동료의 모습을 볼 겨를이 없었다. 연병장에 집결하자 호통이 터져 나왔다.

"대검이 흔들거리지 않나? 대검 끈 처리를 해라, 끈 처리."

"허벅지가 아니라 ××다. ××에 대검 끈을 묶으란 말이다."

남자 주요한 부위에 대검 끈을 묶으라는 것이었다. 까라면 까는 군대 아닌가? 모두 자신의 성기에 대검 끈을 묶었다.

"군가 준비! 반동은 날개 펼치기, 하나~둘, 하나~둘 반동 간에 군가 한다. 군가 제목 '학군단 고독가'군가 시작 하나, 둘, 셋, 넷!"

'학군단 고독가'를 시작으로 여러 군가를 이어 불렀다. 날개 펼치기 반동은 양손에 우의 자락을 붙잡고 하나에 펴고 둘에 오므리는 방식이었다. 밤 열 시가 지나 어두운 밤이었으나 가로등이 켜진 상태여서 구령 '둘'에는 모두 알몸과 성기가 그대로 노출되었다. 여군이나 여성 ROTC가 있었다면 성추행에 해당하는 장면이었다. 아마 시도조차 하지 못했으리라.

군가 목소리가 작다는 이유로 '앞으로 취침'과 '뒤로 취침'을 몇 차례하고 '좌로 굴러'와 '우로 굴러' 몇 번에 모두 몰골이 되었다. 알몸에 방탄모 벨트 군화 우의 차림 자체가 몰골이었으나 연병장에서 구르고 나니 땀과 흙투성이가 되어 사람으로 보이지 않았다. 1년 차는 희극 배우였고 관중은 반바지에 슬리퍼 차림의 2년 차였다.

70명이 집단으로 노리개로 전락한 것이 슬픈 일이었으나 화장실에서 포복하고 원산폭격도 하지 않았던가? 더구나 내일이면 해방이다. 무엇인들 하지 못하랴! 알몸에 성기가 드러난 채 군가하고 뒹구는 1년 차 모습에 2년 차 선배는 희희낙락이었으나 그 순간만큼은 우리도 괴롭지 않았다. 그 행위가 지극히 유치하였으나 지옥에서 벗어난다는 해방감에 희열을 만끽하였다. '황금박쥐'는 병영훈련이라는 굴레를 벗는 공군 ROTC 전통의식이었다.

한 시간이나 노래하고 굴렀을까? 마침내 소동도 가라앉았다. 금오공대 2년 차 선배가 금오공대 1년 차 일곱 명만 따로 모이게 했다. 서로 일렬로 마주 보고 그간의 노고를 격려하는 데 눈물이 핑 돌았다. 눈물이 나올 만했다. 죽으려다 살지 않았던가? 울컥한 마음에 목이 메는데 선배 하나가 어디서 구했는지 담배를 한 대씩 나누어주고 불을 붙여줬다. 얼마 만이던가? 한 달간 피지 못했던 담배를 한 모금 깊숙이 빨아들이자 머리가 팽 돌았다.

　시커멓게 위장한 얼굴과 알몸 허리에 전투 벨트를 착용하고 대검 끈을 성기에 묶고, 오른발은 맨발에 군화 왼발은 검은 양말인 채 행복한 모습으로 담배 피우던 모습을 누군가가 카메라에 잡았다. 어디서도 다시 못 볼 기상천외 가관이었으나 우리는 행복하였다. 지옥을 탈출하는 마당에 그 겉모습이 문제겠는가? 한 달 훈련으로 몸무게 십 킬로그램이나 줄어서 눈이 쑥 들어가 휑한 모습이었으나 그 눈빛은 희망에 차 반짝였다. 성기를 드러내고 일렬로 담배 피우는 사진은 금오공대 공군 ROTC 젊은 날의 초상이었다.

학군단 고독가

ROTC 1년 차 공군병영훈련 첫째 입영 준비가 군가였다. 육해공군 ROTC가 섞여 있는 금오공대 학군단은 훈련 때 수에서 압도하는 육군 군가를 불렀다. 항공대 ROTC와 함께 병영훈련을 해야 하는 공군은 1년 선배에게 공군 군가를 배웠다. 공군가를 비롯하여 필수군가를 배웠지만 가장 뭉클했던 군가가 나훈아의 '찻집의 고독'을 개사한 '학군단 고독가'였다. 처음 배울 때부터 재미있었지만, 힘든 훈련 중 부르는 '학군단 고독가'는 가슴을 뛰게 했다.

학군단에 입단했을 때 내 가슴은 뛰고 있었지
전투복을 지급받을 때 죽었다고 복창했었다

학군단에 입단했을 때 내 가슴은 뛰지 않았고 전투복을 지급(支給)하던 날 죽을 거 같은 생각도 들지 않았다. 금오공고 입학과 더

불어 학군단에 입단하여 전투복을 받았다. 부사관 과정이었지만 이미 3년의 군사교육 경험이 있다. 장교 과정이라고 하여 특별할 건 없으리라. 사람 사는 사훿데 장교라고 특별할 게 있겠는가? 학군단과 전투복에 큰 기대도 없었으나 두려울 것도 없었다.

입단 전날 수백 대 구타에 그만두려 하였으나 선배 근무자의 감언이설에 넘어가 입단하고 말았다. 이후 너무 많은 구타에 무슨 일이 있어도 장교를 임관하고 말리라고 이를 악물었다. 이보다 더한 시련은 없을 것으로 믿었다. 그랬기에 '학군단 고독가'는 홍미로웠으나 떨리거나 두렵지 않았다.

사람은 자기 경험과 판단을 신뢰한다. 알고 있는 지식에 절대성을 부여한다. 그 모든 건 착각이거나 환상이다. 아무리 힘들어도 더 힘든 상황은 있게 마련이다. 금오공대 ROTC 선배에게 받은 고난과 전혀 다른 형태의 충격이 가해졌을 때 '학군단 고독가' 가사가 가슴에 와닿았다. 인간은 타인이 공감하지 않을 때와 스스로 의지할 데 없을 때와 혹독한 상황을 벗어날 가능성이 없을 때 절망한다. 고독해진다. 공군 ROTC 장교후보생은 고독하였다.

특별 훈련 힘들었어도 임 생각에 참아왔었다
부푼 꿈을 키워가면서 장교 될 날 기다렸었다

공군병영훈련은 힘들었다. 그건 말이나 글로 표현할 수 없는 것이었다. 가난한 집안에서 태어나 어렵게 살아왔고 세상 험한 꼴을

다 경험하였다고 착각하였으나 그건 새 발의 피였다. 가장 좋은 날도 오지 않았으나 가장 험한 날도 오지 않았다. 그건 누구에게나 변할 수 없는 진리다. 더 좋은 일 더 나쁜 일은 있게 마련이다. 최선의 날도 최악의 날도 경험하지 못했다. 스스로 기생충이나 미생물보다 못한 존재로 여겨질 때 당연히 죽어야 함에도 어머니 생각에 죽지 않았다. 장교가 부푼 꿈은 아니었으나 다른 길은 없었다. 살아 있는 한 도달해야 할 1차 목표였다.

아 대한민국의 공군소위가 이렇게도 고달픈 것이라서
참고 견디어 열심히 배워 대한민국의 멋진 장교 되리라

소년 조자룡은 군인이 꿈이었다. 관운장이나 조자룡같이 무용으로 천하를 호령하고픈 마음이 있었으나 현실은 그런 시대가 아니다. 초등학교 반공 영화에서 공산당이 싫다던 이승복 어린이의 입을 찢어 잔인하게 죽인 공산군을 말살하기 위해서였다. 구체적으로 어떻게 말살할 것인지 계획은 없었으나 공산군과 싸우기 위해서는 일단 군인이 되어야 할 터였다. 싸우려면 총이 있어야 할 게 아닌가?

군인에게 신분이 있다는 사실을 몰랐다. 장교와 부사관이 무엇인지도 몰랐고 계급도 이해하지 못했다. 막연히 대장이 꿈이었다. 대장이 되어야 가장 효과적으로 공산군을 말살할 수 있으리라. 금오공고에 와서야 부사관은 대장이 될 수 없다는 걸 알았다. 사관

학교에 가는 게 가장 빠르고 확실하지만 일단 장교가 급선무였다.

금오공대를 졸업하면 ROTC 장교로 임관할 수 있었다. 그 과정이 험난하더라도 대장에 이르는 길은 열리는 셈이다. 금오공고 부사관 과정 군사훈련을 마쳤기에 장교 과정이 두렵지 않았다. 자신만만했다. 그 오만이 깨지던 날 세상은 만만치 않고 어떠한 삶도 결코 사소하거나 무의미하지 않다는 걸 알았다.

아, 대한민국 공군소위는 멀고도 험한 길이었다. 눈물이 끊임없이 흘러내릴 정도로 고달픈 것이라서, 교관의 장교 계급장이 빛나 보였다. 마침내 임관하는 날 대한민국의 멋진 장교 되리라.

KAL 858기 폭파사건

한국 전쟁 휴전 이후에도 남북의 체제경쟁은 치열하였다. 남북으로 갈린 지 오래되지 않아 이산가족이 즐비한 상황에서 남과 북은 서로 인정하지 않고 상대 영토를 자국 영토임을 주장했다. 국민도 다른 나라로 인식하지 않았고 분리 독립은 상상조차 하지 않았다. 언젠가 반드시 통일해야 한다는 게 양 정부와 국민의 공통된 생각이었다.

분단 현실을 인정하지 않는 정부와 국민이 존재하는 한 체제경쟁에서 승리할 수밖에 없다. 경쟁에서 패하는 순간 모든 기득권을 포기해야 하리라. 남북은 필사적으로 경쟁하였다. 경제 사회 문화 스포츠뿐만 아니라 무력으로 호시탐탐 서로를 노렸다. 김신조 일당 청와대 습격 사건, 울진·삼척 무장공비 침투사건, 광복절 박정희 대통령 저격 육영수 여사 피살 사건, 아웅산 묘소 폭탄 테러가 북한의 대표적 도발이다.

1979년 10·26사태, 1980년 서울의 봄과 광주민주화운동이 북에 주어진 마지막 기회였다. 극심한 혼란으로 위태롭던 체제는 신군부 철권통치로 겉으로나마 안정되었다. 북으로서는 불행하게도 80년대 3저 효과와 플라자 합의, 소비에트연방 붕괴 등 모든 국제 정세가 남한의 경제를 급성장하게 하였다. 인구에서 크게 밀렸던 북한은 경제력에서 이미 추격할 수 없는 지경에 이르렀다. 게다가 88 서울올림픽이 계획되어 있었다. 올림픽을 성공리에 마치는 날 북은 남과 체제 경쟁할 동력을 상실할 게 뻔했다.

1987년 마지막 기회가 찾아오는 듯했다. 박종철 고문치사와 이한열 최루탄 피격 사망으로 남한은 아수라장이 되었다. 정부는 통제력을 잃었고 국민은 궐기하였다. 6·29선언으로 국민의 대통령직선제 뜻에 정부는 항복하였고, 1노 3김의 대선정국에 돌입하였다. 남한은 지역으로 사분오열되었다. 이 기회를 놓쳐서는 안 되리라. 다시 남한이 안정을 되찾고 성황리에 올림픽을 마치면 남한을 무너뜨릴 기회가 없다. 혼란과 불안한 상황을 조성하여 올림픽 개최를 막아야 한다.

1987년 11월 29일 KAL 858기 추락 소식이 전해졌다. 아니 행방불명이었다. 어떠한 기미도 없었기에 기체 고장, 기상 재해, 폭발사고 등 다양한 시나리오를 예상하였으나 오리무중이었다. 미궁에 빠진 사건은 12월 1일 한국 입국이 금지된 일본인 2명이 타고 있었다는 동아일보 특종이 사건의 실마리를 잡는 계기가 된다. 북한 대남공작원 김현희 김승일 두 공작원이 체포되었고, 북한의 만행이 백일하에 드러났다. 체포되어 조사받던 중 두 공작원은 자살을 시도하여 김승일은 죽고 김현희만 살아났다.

지금은 통일을 지지하고 희망하지만, 유혈 참사를 동반한 통일은 지지하지 않는다. 청년 조자룡은 달랐다. 어떠한 희생을 치르더라도 북한은 회복해야 하는 우리 고유 영토였다. 거의 연례행사처럼 도발하는 북에 이렇다 할 응징을 못 하는 조국이 한심하였다. 그러니 아웅산 묘소 폭탄 테러가 일어나고 민항기 폭파사건이 생기는 것 아닌가?

바그다드에서 출발하여 아부다비를 경유, 방콕을 향해 운항하던 KAL 858기는 11월 29일 14시 5분경 미얀마 상공에서 공중 폭파되어 탑승자 115명 전원이 사망하였다. 전 국민이 분노하였고 인류는 충격에 빠졌다. 국가가 물리적인 힘인 군대를 양성하는 이유가 무엇인가? 국민의 생명과 재산을 노리는 적을 단호히 응징하여 도발 의욕을 분쇄해야 하지 않겠는가? 국민의 안전을 보장해야 하지 않는가?

조국은 그럴 힘도 의지도 없었다. 물론 응징에는 엄청난 희생이 따를 터였다. 하지만 이미 죄없이 희생된 사람을 위해서라면 어떠한 대가라도 치러야 할 터였다. 아무리 분하고 슬프더라도 조국의 미래와 국민의 안위를 위해서 전쟁은 있어서는 안 될 일이었으나 청년 조자룡은 슬펐다. 아무리 두들겨 맞아도 대응하지 못하는 정부에 분노하고 오열하는 유가족 모습에 침통했다.

이건 정의로운 사회나 국가가 아니다. 천지개벽 수준의 개혁이 필요하다. 국력을 신장하고 국민을 대동단결케 하여 없어져 마땅한 공산도당을 완전히 분쇄하거나 적어도 도발할 꿈도 꾸지 못하게 해야 한다. 대한민국 국민이 안전한 가운데 평화와 행복을 만끽해야 한다. 그게 청년 조자룡에게 주어진 사명이다. 북한 공산당 말살이 첫 번째 인생 목표로 직업군인을 선택하였는데, KAL 858기 폭파는 하나의 이유를 추가하였다. 북한 괴뢰도당은 완전하고 철저하게 분쇄해야 하리라.

문무제(文武祭)

연말이 다가오자 문무제(文武祭) 준비로 분주하였다. 문무제는 금오공대 ROTC 송년 축제였다. 2년 동안 교육 훈련을 마치고 머지 않아 소위로 임관할 2년 차에 대한 축하와 아울러 혹독한 1년 차 생활을 마무리하는 데 대한 자축하는 의미가 있었다. 문무(文武)를 겸비한 장교 축제라는 뜻으로 이름을 붙인 것 같다.

군 행사에 간단한 건 없다. 축제란 즐거운 것으로 보이지만 스스로 하는 행사일 때만 그렇다. 군에서 진정한 의미의 자율이란 없다. 자율적으로 준비하는 모든 행사는 지시와 감독이 따른다. 스스로 준비하지만, 누군가의 강제가 따른다. 1년 차는 모두 출연자였다. 연기든 집단 무용이든 노래든 마술이든 무언가를 해야 했다. 준비하지 않고 즐길 수 있는 자는 학군단장을 비롯한 장교와 2년 차뿐이었다.

특별한 재능도 없었을 뿐만 아니라 다른 사람에게 보여줄 쇼를 즐기지 않는 나로서는 아무것도 하고 싶지 않았으나 군무(群舞)팀에 끼지 않을 수 없었다. 가장 많은 사람이 하는 집단 무용이었으나 예능에 취미가 없는 내게 고역이었다. 한 달 가까이 일과 후를 반납하고 체육관에서 땀을 흘려야 했다. 그래도 2년 차와 하는 마지막 행사라는 게 그나마 마음을 기껍게 했다.

훈련하는 와중에도 새로운 고민이 생겼다. 축제는 좋은데 반드시 파트너를 동반해야 하는 게 문제였다. 금오공고 동문 축제는 파트너 동반이 자율이었으나 문무제는 강제였다. 1년 차는 반드시 파트너를 데려와야 했다. 거리에서 졸팅으로 구할 수도 없었다. 문무제는 후보생은 단복, 파트너는 한복이 규정된 복장이었다. 거리에서 한복 입은 아가씨를 구할 수 있는가? 반드시 사전에 교섭하여 준비해야 했다.

3학년을 마쳐 가는 시점에도 여전히 나는 외기러기 신세였다. 내가 가진 시대착오적 망상이 문제였으나 인물을 알아보지 못하는 당시 여자를 원망하였다. 힘든 과정이었으나 여러 선배와 동기의 주선으로 몇 차례의 미팅과 개인 소개로 파트너를 구하였다. 날씬하고 귀여운 여자였던 거 같다. 보통보다는 뛰어난 외모였으나 천상천하 유아독존을 꿈꾸던 내 기대에는 한참 못 미쳤다. 한복까지 구해서 입고 참석한 마음에는 감사했으나 교제로 이어지지는 않았다. 나는 여전히 현실이 아닌 꿈속에서 헤매는 몽상가였다.

파트너를 동반해야 하는 축제가 부담스럽기는 하였으나 한편으로는 이성 교제를 촉진하는 계기였던 거 같다. 나는 모든 여성이 일일 파트너로 끝났으나 축제를 계기로 길게 교제하는 친구도 꽤 있었다. 특히 거리에서 파트너를 구하는 졸팅이 아니라 한복까지 차려입고 와야 했으므로 여자도 쉽지 않은 자리였으리라. 금오공대 식당에서 야간에 치러진 문무제에서 단복과 한복을 입고 쌍쌍으로 다니는 모습에 부러워하는 친구가 많았다. 이십 대 젊은이가 정장으로 차려입고 파트너를 대동할 일은 지극히 드물었다. 준비하는 과정을 모르는 사람은 그 화려한 겉모습만 보고 부러워했으리라.

4학년 졸업할 때까지 마음에 드는 이성을 발견하지 못한 나는 여전히 솔로였다. 2년 차 때는 파트너를 동반하지 않아도 누가 뭐랄 사람도 없었으므로 자존심이 상하기는 하였으나 파트너를 구하지 않았다. 아무리 축제라지만 사귀지도 않는 사람에게 한복까지 차려입고 오라는 건 예의가 아닌 성싶었다. 그 정도로 준비한다면 여자도 어떤 기대가 있으리라. 기대를 저버리는 건 비겁한 짓이다. 더구나 천하를 꿈꾸는 사람이 아니던가? 죄 없는 여백사를 왜 죽였느냐는 진궁의 힐난에 조조가 말하기를 '세상 사람을 스스로 저버릴지언정 세상 사람에게 버림받을 수는 없다'라고 했던가? 나는 단 한 사람에게도 비열한 사람이 되어서는 안 되었다. 언제까지나 순결하고 찬란한 존재여야 했다.

1노 3김(一盧三金)

양김(兩金)은 김영삼과 김대중을 아우른 이름이다. 양김(兩金)은 민주화의 대명사다. 칠팔십년대 악명높은 박정희 전두환 군사정권에 맞서 처절하게 저항한 정치지도자, 민주화 투사로 불린다. 정치인이었으나 현대 대한민국 역사의 산증인이라고 할 정도로 모든 분야에 영향을 끼쳤다. 둘은 민주화 과정에서 둘도 없는 동지였지만 정치적으로는 필생의 라이벌이었다. 가장 가까운 전우이자 강력한 맞수였던 둘의 관계는 한마디로 애증, 그것이었다.

김영삼은 서울대 철학과 졸업도 하기 전인 1951년 장택상 전 국무총리의 비서관으로 정계에 입문했으며 1954년 제3대 민의원 선거에서 최연소(만 26세) 의원으로 당선됐다. 자유당 국회의원으로 정치를 시작했으나 이승만이 장기 집권을 위해서 대통령 3선 제한 철폐를 추구하자 거기에 반대했고 마침내 사사오입 개헌이 통과되자 자유당을 탈당하고 민주당에 합류하였다. 정치 외에 직업을 가진 적이 없을 정도로 철저한 정치인이었던 김영삼은 이후 이승만 박정희 전두환 독재정권에 항거하는 대표적인 정치인이 된다.

김대중은 중학교를 수석으로 졸업하고 5년제인 목포상업학교에 수석으로 입학했으며 서울고등사범학교와 만주 건국대학에 합격했지만, 일제 징용을 피하려고 대학 진학 대신 목포상선회사에 입사하고 이후 성공한 사업가로 변신했다. 전쟁 직후인 1954년 목포에서 민의원 선거에 출마하며 정치계에 뛰어들었으나 낙선하였다.

1961년 4·19혁명으로 5월에 치러진 국회의원 보궐선거에서 당선되지만 5·16 군사쿠데타로 당선 3일 만에 의원직을 상실하였다. 그러다 1963년 6대 총선에서 목포에 출마해 당선하였다. 대학 졸업과 동시에 정계에 입문하여 승승장구한 김영삼과 달리 김대중의 정치역정은 처음부터 고난이었다.

40대 기수론은 1971년 대선에 출마 선언한 김영삼이 내건 구호였다. 1971년의 제7대 대통령 선거 후보 지명전에 나서면서 김영삼(71년 44세) 의원은 과거 야당이 나이가 많은 후보를 지명한 점을 비판하면서 신민당이 국민에게 활기 있는 이미지를 심어주기 위해서는 '40대 기수'에게 리더십을 넘겨줘야 한다고 주장하였다. 이에 가세하여 김대중(45세) 의원과 이철승(48세) 의원도 뒤따라 출마를 선언함으로써 후보지명전은 '40대 기수'의 3파전으로 압축되었다.

70년 9월에 열린 신민당 전당대회에서 유진산 총재는 자신과 같은 다수파인 김영삼 의원을 후보로 지명했고, 1차 투표에서 김영삼은 상당한 차이로 최다득표자가 되었으나, 총재의 행동에 분개

한 이철승 의원이 자신의 추종자에게 김대중 의원에게 투표하라고 권함으로써 2차 투표에서는 소수파인 김대중 후보가 지명을 받았다. 이에 김영삼 후보가 양보, 김대중 의원이 대통령 후보로 결정되었다. 김영삼이 주도해서 판을 짰으나 우여곡절 끝에 김대중에게 행운이 돌아간 셈이었다. 이때부터 둘은 차례로 대통령을 하는 2000년대까지 동거와 결별을 거듭하는 숙명을 맞는다.

1987년 경제적으로는 성장하였으나 민주화는 낙제점에 면하지 못하는 독재국가였지만, 박종철 고문치사와 이한열 최루탄 피격 사망으로 불붙은 국민의 민주화 열망이 폭발하였다. 버티던 군사정권은 거국적인 국민 궐기에 굴복, 대통령직선제 수용을 선언한다. 역사에서 말하는 6·10항쟁의 성공으로 6·29선언이 이루어진 것이다.

겉으로는 군사정권이 국민의 뜻에 굴복한 무조건 항복이었으나 여기에는 노림수가 있었다. 당시 김대중은 가택연금 상태였다. 노태우가 발표한 6·29선언의 골자는 대통령직선제와 김대중 사면복권이었다. 여당 대통령 후보였던 노태우가 대통령직선제를 선언함으로써 국민의 시선을 끌고, 김대중을 사면복권 함으로써 야당을 분열시키려는 책략이었다.

국민은 환호하였다. 4·19혁명이 완전한 민주화를 이루지 못한 절반의 승리였고, 5·18광주민주화운동이 피로 얼룩졌으나 국민의 패배였다면, 6·10항쟁은 완전한 승리로 보였다. 전국을 뒤덮은 환호는 군사정권의 종말을 의미하였다. 정부에서 노림수가 있었다지만 군사 독재정권이 아닌 민간 민주정권을 원하던 국민의 열망을 누구도 막을 수가 없을 터였다. 비록 김영삼과 김대중이 대통령을 원하지만, 끝까지 국민의 단일화 요구를 거부하리라고 생각하는 사람은 없었다.

재야는 두 사람을 놓고 선호가 갈렸고, 김대중 쪽이 더 목숨 걸고 민주화 투쟁했다고 평가하는 사람이 많았다. 문제는 당선 가능성이었으며, 김대중은 사상적으로 의심스럽다고 생각하는 국민이 상당히 많다는 점이었다. 그래서 이번만은 김대중이 양보하라는 쪽으로 계속 설득했고, 김대중도 받아들였다.

김영삼이 대선 후보를, 김대중이 당권을 맡는다는 합의가 이뤄져 기자회견을 앞두고 있었는데, 갑자기 김영삼이 1971년 선거 때 대선 후보는 김대중, 당권은 유진산이라는 식으로 분리하다 보니 당과 선대위 사이에 손발이 맞지 않았으니 후보도 당권도 자신이 전부 가져가겠다고 주장하였다. 김대중이 승복할 리 없었다. '그렇다면 나더러 발가벗고 무조건 항복하라는 거냐?' 그렇게 단일화는 성사되기 불과 몇 시간 전에 무산되고 말았다.

세상은 알 수 없는 것 천지다. 그렇게 강렬하게 민주화를 외쳤고 온갖 고초를 겪어온 두 사람이었지만 대통령 자리만큼은 양보하지 않았다. 만약 1987년 민주당이 분당하지 않았다면 역사는 바뀌었을 것이다. 후에 김영삼이 3당 야합이라는 불명예를 뒤집어쓰는 일이 없었을 것이며 김대중이 DJP연합이라는 수치스러운 술수를 쓰지 않고도 대통령이 되었을 것이다. 어쩌면 민주화 투사라는 이름보다도 성공한 대통령으로 기록되었을지도 모른다. 지도자 자신뿐만 아니라 이익을 챙기려는 추종자를 제어하는 건 쉽지 않다. 이유는 여럿이지만 군사정권의 노림수는 성공하였다. 야당은 김영삼의 통일민주당과 김대중의 평화민주당으로 분열하였다.

선거 판세는 1노 3김으로 요약되었다. 김종필은 5·16쿠데타 주모 세력으로 양김과는 정치 이력이 판이하였으나 대통령 당선 가능성과 성(姓)이 같다는 이유로 3김(三金)으로 분류되었다. 대구 경북의 노태우, 부산 경남의 김영삼, 호남의 김대중, 충청의 김종필로 나뉘었다.

보수층이 많은 노인과 시골에서 집권당이 유리하다는 걸 헤아리면 단일화는 필수였다. 당이 쪼개졌어도 마지막 순간에는 김영삼과 김대중이 단일화할 것으로 국민은 믿었다. ROTC 신분으로 6·10항쟁에 직접 참여하지 못하였으나 그 성공에 고무된 청년 조자룡도 역사를 잘 이해하며 정의와 민주를 추구하는 두 야당 지도자 단일화를 확신하였다.

대학생 대화에는 단일화가 단골 메뉴였다. 단일화와 단일화해야하는 이유까지는 완전히 의견이 일치하였다. 문제는 '누구로 할 것인가'였다. 희한하게도 전라도와 경상도 친구는 정확히 같은 논리로 김대중과 김영삼으로 나뉘었다. 서울 경기 충청 출신 학생은 누가 후보로 결정되는가가 아니라 단일화 자체에 매달렸다면, 전라도 경상도 학생은 달랐다. 밤새워 토론해도 결론은 버밍엄이었다. 지역감정이 망국적 편 가르기고 정치인 술책이라고 확신하던 나는 가장 혁신적으로 사고하는 대학생마저 단일화 안에 합의하지 못하는 데 절망하였다. 김영삼 김대중 둘의 문제가 아니라 정치세력과 지역 전체의 문제였다.

모든 대학생이 양김 단일화에 찬성하였을 뿐 아니라 역사적 사명으로 단정하였다. 만약 단일화에 실패한다면 두 사람은 민주화 투사에서 6·10항쟁 완성을 가로막은 역사의 죄인으로 기록될 터였다. 세 살 먹은 아이도 알아챌 정세 판단과 역사에 기록될 죄과를 양김이 모를 리 없었다. 선거 전날까지도 극적인 합의를 기대하였으나 기적은 일어나지 않았다. 양김은 위대한 민주화 투사였지만 역사적 사명을 거부하였다. 민족의 지도자라는 명예를 저버렸다.

1987년 12월 16일 제13대 대통령 선거의 결과는 예상대로였다. 민주정의당 노태우가 서울과 호남 충청 부산 경남 일부를 제외한 전 지역에서 골고루 득표, 37퍼센트 득표율로 대통령에 당선하였다. 2위는 통일민주당 김영삼의 28퍼센트, 3위는 평화민주당 김대중의 27퍼센트, 4위는 8퍼센트의 신민주공화당 김종필이었다. 보수진영 표를 합산하면 45퍼센트, 개혁진영 표를 합산하면 55퍼센트였다.

1987년 선거 결과에 국민은 분노하고 눈물 흘렸다. 그 오랜 세월 수많은 사람의 희생과 고난이 물거품 된 데 대하여 슬퍼하였다. 6·10항쟁에서 승리한 대한민국 국민은 위대하였으나 아직 위대한 지도자를 갖기에는 모자랐다. 지식인과 젊은이가 절망한 1987년 대통령 선거에 의미를 두자면 정치인 노무현을 등장시키고 성장시킨 토대가 되었다는 점이나 먼 훗날의 일이었다.

노무현은 1988년 통일민주당 김영삼 대표의 제의로 국회의원이 되었다. 만약 김영삼이 대통령이었다면 노무현 영입 제의는 없었을지도 모른다. 김영삼에 의하여 국회의원이 된 노무현이지만, 김영삼이 이승만의 사사오입 개헌에 반발하여 탈당하였듯이 훗날 김영삼의 3당 야합에 분노하여 탈당, 정치인의 위상을 세운다. 1987년은 민중에게 위대한 해였으나 정치인은 아니었다. 1980년대 경제는 비약적으로 발전하였으나 정치는 아직 아마추어 삼류였다.

8장

1988

시류에 편승하였다고 했는데,

힘이 있을 때 붙고 힘이 없을 때 떨어지는 행위는

자라나는 청소년에 심각한 가치관의 오도를 가져오고,

정의를 위하여 싸워왔던

수많은 양심적인 사람의 엄청난 분노를 자아낼

가능성이 있다고 생각해서……

본문 '청문회 스타'에서 -

동생

바로 밑 남동생이 대학에 합격했다. 정상이라면 수도전기공고를 졸업했으므로 1987년 졸업과 동시에 한전에 취직해야 했으나 한전 직원이 포화상태로 전원 취업이 불가능했다. 한전 근무를 조건으로 무상 교육하였으나, 회사 사정으로 취업할 수 없었으므로 조건 없이 풀어줬다. 동생은 혜택에 대한 의무가 사라져 홀가분해졌으나 대신 새로운 삶을 개척해야 한다는 걸 의미했다.

나는 지능이 탁월하다고 할 수 없었으나 동생은 달랐다. 열심히 공부하지 않아도 성적은 늘 상위권을 유지했다. 노력하지 않아서 일등 하지 못한다고 아버지께 꾸지람을 들으며 자랐으나 그것이 오히려 보통이었으리라. 지기 싫은 승부 욕으로 억지로 우수한 성적을 내던 나를 빗대어 아버지는 동생을 나무랐으나, 애늙은이로 불리던 내가 오히려 비정상이었다.

졸업 후 전원 한전에 취업을 예상하였으나 상황이 묘했다. 의무가 사라졌으나 취업과 입대 등 새로운 문제가 생겼다. 취업에는 문제가 없었다. 연평균 10% 경제성장이 이루어지던 때다. 어느 회사나 사람이 부족했다. 회사에서 무엇을 만들던 모두 팔리던 시절이었다. 정길이는 수원에 있던 삼성전관에 취직하였다.

동생은 타의 추종을 불허할 정도로 지능지수가 높았으나 성적이 톱은 아니었다. 아마 공부할 필요성을 제대로 느끼지 못해서였을 것이다. 잔업 수당을 준다고 하지만 새벽부터 밤늦게까지 철야 작업하면서 많이 힘들었나 보다. 한밤중에 퇴근해서 대입 학력고사 준비를 시작하였다. 고등학교 졸업 후 단 1년간의 사회생활이었으나 심기일전하였다.

하루 서너 시간밖에 잠을 자지 못하는 강행군이었으나 스스로 의지로 버텨나갔다. 내가 금오공대 1·2학년 때는 용돈을 스스로 해결하였으나 ROTC 훈련을 받은 1987년에는 상황이 달랐다. 매일 맞고 구르느라 심신이 피폐한 상태라 끼니를 거를 수 없었다. 부탁할 사람이 없는 처지라 직장 다니는 동생에게 부탁하여 적지 않은 신세를 졌다. 나중에 살면서 갚을 요량이었으나 아직도 이런저런 이유로 제대로 갚지 못했다. 어쨌든 동생이 스스로 대학을 목표로 공부하는 걸 다행으로 여겼다. 달리 도울 길이 없던지라 말이나마 최선을 다하라고 격려하였다.

힘겨운 직장생활 중에서도 경기대학교에 합격하였다고 해서 진정으로 축하했으나 내 조언과는 달리 야간이 아니라 주간이었다. 나는 학비와 교과서 숙소비까지 지원받는데도 생활이 수월치 않은

데 가족의 도움을 기대할 수 없는 상황에서 주간 대학이라니 기가 막혔다.

"생각을 다시 해 봐라. 지금이라도 야간대학으로 학적을 옮겨야 한다. 당장 아무도 도와줄 사람이 없는데 너 혼자서 어떻게 주간 대학을 다닌단 말이냐? 지금 다니는 삼성전관도 쉽게 취업할 수 있는 회사는 아니다. 회사 다니면서 충분히 공부할 수 있지 않으냐?"

나는 진심으로 동생이 다니던 회사를 포기하지 않고 공부하길 바랐다.

"아니, 형 나는 제대로 공부하고 싶어. 누가 도와주지 않더라도 충분히 나 혼자 해결할 수 있어. 학비는 열심히 공부해서 장학금을 타면 되고, 용돈은 1년간 모은 돈으로 얼마간은 버틸 수 있어. 방학 때 형처럼 아르바이트하면 되잖아?"

"장학금? 전액 장학금을 얼마나 주는데?"

"과에서 한 명"

기가 막혔다. 정길이는 산업공학과에 합격했다. 정원이 50명이었는데 그중 단 한 명만 전액 장학금을 받을 수 있다는 말이었다. 아무리 동생이 탁월한 두뇌의 소유자라도 원숭이가 나무에서 떨어질 때도 있다. 누구도 항상 일등은 장담할 수 없는 일이다.

"1,000명 중 20등 안에 드는 것과 50명 중 1등은 다르다. 변수가 너무나 많다. 지금은 네 의지가 확고하지만 살다 보면 이런저런 사정이 생기게 마련이다. 술 마시고 여자친구 사귀다 보면 네 생각대로 안 된다."

내 경험을 얘기하며 설득하였으나 동생 생각은 요지부동이었다.

"형, 이제까지와는 다르게 살 거야. 진짜로 공부에 몰두해서 졸업할 때까지 장학금을 타고 말 테야."

내가 도와줄 처지도 아니면서 설득은 할망정 강요할 수 없었다. 그 짧은 사회생활 동안 어떤 경험을 하였는지는 몰라도 공부에 대한 열망과 의지를 꺾을 수는 없었다. 그리고 믿을 수 없는 일이지만 동생은 자신의 말을 실천하였다. 4년 동안 단 한 차례도 과 수석을 놓치지 않았다. 술도 마시지 않고 여자 친구도 사귀지 않았다. 무엇이 동생을 그토록 바꾸어 놓았을까?

나는 신체가 평균 이상으로 컸지만, 동생은 왜소하였다. 고등학교 때 큰형 가게에 갔을 때 직원이 초등학생으로 오인할 정도였다. 키가 작아서인지 철이 늦게 들었고 친구와 놀기 좋아하던 동생은 고등학교 졸업 후에야 공부해야겠다고 자각한 것이다. 반에서 늘 5등 안에 들었음에도 아버지께서 그따위로 공부하려면 중학교 가지 말라는 말에 땅이 꺼지도록 대성통곡하던 철부지가 어른이 된 것이다.

직장에 다니지 않는 동생이었으나 나는 급할 때면 동생에게 손을 내밀었다. 그 왜소한 몸으로 1년 동안 피땀으로 모은 돈이건만 목구멍이 포도청이니 어쩔 수 없었다. 2년 동안 적지 아니한 도움을 받았으나 내가 도와줄 기회는 별로 없었다. 고려대학원까지 완전히 자력으로 마친 동생은 LG전자에서 평생을 근무하였다. 내가 먼저 결혼한 탓도 있어서 살기에 바빴다. 봉급도 동생이 더 많은 처지였다.

동생 중학교 진학을 반대해서 주먹만 한 애 가슴에 못을 박으신 아버지는 정길이가 경기대학교를 수석 졸업한 덕에 청와대 오찬을 경험하였다. 당시 4년제 대학 수석졸업자와 그 부모 중 한 명을 청와대에서 초청하여 대통령이 오찬을 베풀었다. 아버지는 똑똑한 자식 덕분에 청와대 구경도 하고 '대통령 노태우'가 선명하게 새겨진 손목시계를 선물로 받아 차고 다니셨다. 아마 아버지 생전에 받은 가장 큰 선물이었고, 가장 큰 자랑거리였으리라.

금오공대 3·4학년 학업과 ROTC 훈련으로 고달프던 시절 나는 동생에게 많은 도움을 받았다. 늘 갚아야 한다는 마음은 있었으나 기회가 없었다. 이제부터라도 기회를 만들어서 갚아야 하리라. 훌륭한 동생은 아버지에게 영광이었고, 나에게는 큰 힘이 되었다.

자취방 화재

흔히 다사다난했던 한 해가 지나갔다고 표현하지만, 1987년은 국가적으로나 개인적으로 정말 다사다난한 한 해였다. 6·10항쟁에서 승리한 민중은 6·29선언이라는 정부 항복을 받아냄으로써 숙원이던 직접 선거로 지도자를 선출할 권리를 쟁취하였다. 1노3김이라는 해괴한 지역 패권 다툼 속에 천인공노할 KAL 858기 공중폭파라는 북의 만행이 있었고, 양김의 단일화 실패로 민정 이양은 다음으로 미뤄졌다. 국민은 민주주의 쟁취라는 거대한 희열을 맛보았으나 정치인의 탐욕 앞에 좌절해야 했다.

개인적으로 생사의 갈림길에서 고민해야 할 정도로 일찍이 경험하지 못한 한 해였다. 그렇게 지속해서 많이 맞아 보지도, 인간 한계를 넘어서는 얼차려를 받아본 경험도 없었다. 육체적 한계뿐만 아니라 참을 수 없는 모멸감에 자살을 결심하기도 하였다. 참고 견디어 살아남았으나 다시 돌아보고 싶지 않은 참혹한 1년이었다. 참담했던 시간은 지나갔다. 앞으로도 적지않이 어려운 일이 도사리고 있겠지만 적어도 작년만 하지는 않으리라.

시련은 끝나가고 있었다. 후원자 없이 하는 대학 생활도 이제 막바지다. 일 년만 견디면 마침내 공군소위로 임관한다. 월급이 얼마인지 알 수 없으나 적어도 혼자 먹고살기에 부족하지는 않으리라. 3학년 겨울방학 기간에도 늘 하던 노가다로 얼마간의 생활비를 벌었다. 4학년 1년만 보내면 된다는 생각에 마음에 여유가 생겼다. 비좁은 셋방에서 1년 선배가 거주했던 비교적 넓은 방으로 자취방을 옮겼다. 처음 월세방에 비하면 세 배 이상 넓어진 방이었다.

개강이 며칠 남지 않은 어느 날, 점심 식사 준비를 하던 중이었다. 식사는 밥과 반찬 한 가지로 때우는 편이었지만, 그날은 먹다 남은 찬밥이 있어서 전기 곤로에 냄비를 얹어 김치볶음밥을 만들고 있었다. 동물에게 가장 큰 일은 먹는 일이다. 어김없이 돌아오는 끼니를 때우는 일이야말로 학생에게 가장 큰 고역이었다. 오늘은 다행히 찬밥과 먹다 남은 김치라도 있어서 행복한 날이었다. 실컷 먹고 자는 낮잠이 바로 천국이리라.

열심히 밥을 비비고 볶고 있는데 갑자기 천장에서 '픽' 소리와 함께 불꽃이 일었다. 하나의 전선으로 콘센트와 형광등이 연결되어 있었는데 전기 곤로 사용이 과부하에 걸린 듯하다. 천장에 불이 붙어 스멀스멀 옮겨가고 있었다. 합판에 덧댄 도배지가 늘어져서 타기 좋은 상태였다. 얼른 옷 뭉치로 비벼 끄면 그만이었을 것이다. 불행하게도 전자공학을 전공한 나는 화재 시 우선순위를 기억했다.

전원 차단이 급선무라고 생각했다. '퍽' 소리와 동시에 문을 열고 뛰쳐나갔다. 두꺼비집이라고 부르는 전원차단기를 내리려고 달려갔으나, 두꺼비집 아래에 있던 자동전원차단기가 이미 내려진 상태였다. 과부하가 걸리는 순간 전원이 자동 차단된 모양이었다. 다시 방으로 달렸다. 불과 10초도 되지 않았으리라. 방에서는 시커먼 연기가 쏟아져 나오는데 들어가기는커녕 마당에서도 질식할 판이었다.

모든 것이 사라졌다. 입고 있던 옷 외에 모든 옷과 책과 살림살이가 불탔다. 졸지에 거지가 되었다. 허망했다. 몸은 살았으나 죽은 거나 다름없었다. 인간은 동물과 달리 필수 도구 없이는 살아가지 못한다. 값비싼 물건은 없었어도 내가 소유한 건 모두 꼭 필요한 생활필수품이었다. 없어도 되는 건 없었다. 그 모든 것이 사라졌다. 작년에 ROTC를 그만두려던 결심은 선견지명이었다. 그랬다면 오늘의 환난도 없었으리라.

다행히 주인집에서 피해보상을 요구하지 않았다. 머릿속이 백지장이 된 듯 제대로 사고할 수 없던 당시에는 감지덕지 감사하였으나 지나고 생각하니 내가 피해자였다. 금오공대가 생긴 이후 주변 농가에서는 많은 불법 건물을 지었다. 소득 없는 대학생이 싼값에 월세방을 구할 수 있는 이유였다. 벽돌도 아닌 블록으로 벽을 쌓고 천장은 단열재 없이 합판으로 바람만 막은 정도였다. 만약 신고하였다면 무허가 건물 집주인은 처벌을 면치 못했을 것이나 내게 그럴 마음은 없었다. 어쨌든 내 잘못으로 집이 전소하지 않았는가? 나뿐만 아니라 집주인도 꽤 손해를 본 셈이다.

하루를 친구 집에서 자고 난 뒤 우선 새로운 자취방을 구했다. 사람이 죽으란 법은 없다. 얼마 되지 않는 전 재산을 화재로 잃어 망연자실한 하루였지만, 복구는 신속히 이루어졌다. 1년 동안 심신을 괴롭혔던 1년 선배였으나 예기치 않은 난민 신세로 전락한 나를 위해 모두 힘을 합쳤다. 이불, 옷, 가방, 전기밥솥, 책상, 교과서, ROTC 단복, 운동화, 단화, 식기류 등 생활에 필요한 모든 물건을 넘겨주었다. 살림살이가 전보다 오히려 늘 정도였다.

물론 임관과 동시에 군부대에 배속될 처지기에 필요 없는 물건일 수는 있다. 나름대로 물려주거나 활용할 계획이 있었을 것이다. 누군가에게 필요한 물건이겠지만, 당장 학업을 중단해야 하는 나보다는 덜 급했으리라. 선배는 자신의 물건이 가장 효율적으로 사용할 곳에 남겼다. 생활필수품이 가장 필요한 곳이 어디겠는가? 하루아침에 모든 걸 잃은 난민이다. 모든 선배 관심 속에 불과 며칠 만에 살림은 복구되었고, 삶의 기력을 회복하였다. 많이 때려서 힘들게 했던 선배였으나 그들의 배려에 기사회생하였다.

모든 사물이나 사람과 상황은 타산지석 또는 반면교사다. 옳은 것은 옳은 것대로, 그른 건 그른 것대로 배울 건 있다. 자취방 화재는 내 인생을 바꿀 경천동지할 사건이었으나 무허가 건물에서 전열기를 사용하면 안 된다는 교훈을 얻었다. 하늘이 무너져도 솟아날 구멍은 있다는 사실도 알게 되었다. 하루 동안 망연자실하였으나 없던 살림살이마저 생겼다. 전화위복까지는 아니더라도 절체

절명의 위기감 뒤에 얻은 안도감으로 행복하였다.

아직은 포기할 때가 아니다. 예상치 못한 재난에 한때 원수로 여겨지던 선배 도움으로 극복하였다. 어떤 선배가 무엇을 도왔는지 기억하지 못한다. 누가 무엇을 도왔든 나를 향한 마음만은 같았을 것이다.

'누구에게나 고난은 있다. 절체절명의 위기도 있다. 이겨내야 한다. 그동안 힘들게 버텨온 과정이 아깝지 않은가? 지금 그만둔다면 모든 게 물거품이다. 가난한 가정에서 남보다 고생하며 살아온 만큼 행복한 삶을 맛봐야 하지 않겠는가? 늘 반항하던 기질 그대로 사나이 조자룡 일어서라. 불굴의 의지로 나아가라!'

다섯 대가리

뜻하지 않은 화재에 부사관으로 입대할 위기에 처했으나 많은 사람의 도움으로 학업을 이어갈 수 있었다. ROTC 2년 차인 1988년은 1987년과 같은 파란만장이 없었다. 누구의 통제도 없는 세상은 평화롭다. 금전적인 면 외에는 완전한 자유를 누렸다. 아마 인생 전체에서도 은퇴 후인 현재를 제외하고는 가장 완전한 자유인이었을 것이다. 금오공대 4학년 1학기는 찬란하게 빛나는 행복한 청춘이었다. 속박과 굴욕의 시간을 막 지난 터라 더 크게 다가왔으리라.

행복한 시간은 빠르게 흐른다. 현재를 즐기지 못하는 사람에게 시간은 느리다. 제대 일자를 체크 하는 병사의 시간은 거의 멈춘 상태다. 아인슈타인의 상대성이론은 맞다. 수학능력이 떨어져 물리 이론을 계산할 수 없는 사람이라도 상황에 따라 상대적이라는 사실을 체감한다. 아름답게 빛나던 행복한 청춘은 순식간에 지나고 지옥 같은 병영훈련을 걱정하는 시기가 다가왔다. 7월 말에는 대전 공군교육사령부에서 2년 차 병영훈련이 있다.

병영훈련 전이라고 한가하게 쉴 틈은 없다. 2학기 용돈을 마련해야 한다. 여름방학 두 달 중 한 달은 병영훈련이므로 한 달간 최대한 용돈을 벌어야 한다. 아버지가 경비로 일하는 수원의 큰 공사장에 잡부가 필요하다고 하여 경기대학교 1학년에 다니는 동생 정길이와 아르바이트를 하게 되었다. 동생은 1년간 사회생활로 번 돈으로 생활하였는데 후원할 가족이 없으므로 나와 마찬가지로 스스로 용돈을 해결해야 했다.

일은 힘들다. 세상 어떤 일이라도 보수를 받기 위한 일이 쉬울 리 없다. 모든 일이 힘들지만, 노가다라고 칭하는 막일과 비교하기는 어렵다. 노가다 중에서도 어떤 기술도 없는 사람이 하는 잡부는 더 힘들다. 일 자체도 고되지만 같은 시간을 일해도 보수가 확연히 차이나는 데서 육체에 더해 마음마저 힘들게 한다. 목수나 판금·용접 기술자와는 세 배 이상 일당 차이가 났다.

매년 방학 때마다 하는 막노동이었으나 1988년에는 특히 힘들었다. 큰 공장을 짓는 공사장이었는데 동생과 나는 배관작업 보조였다. 그늘 없는 땡볕 아래 무거운 금속 배관을 나르는 일은 이십 대 젊은이에게도 힘든 일이었다. 자르고 연결하는 기술자도 쉽지 않은 일이었으나, 무거운 배관을 옮기는 것보다는 나아 보였다.

일만 힘든 게 아니었다. 우리 팀은 일곱 명이었는데, 모두 한 방에서 합숙했다. 공사장 일이라는 게 지역마다 골고루 있을 리 없었다. 배관 전문가라도 일자리를 찾아 전국을 돌아다닌다. 우리 팀은 전원이 지방에서 온 사람이었다. 나와 동생은 서울에 부모님 사는 집이 있었으나 지친 몸으로 하루 네 시간을 투자하여 출퇴근할 수는 없었다. 하루 일당 7,000원 받는 처지에 여관이나 모텔에서 편히 잘 수는 없다. 월 계약으로 방을 하나 얻어 일곱 명이 함께 기숙했다.

식사는 공사장 함바집에서 해결하여 문제가 없었지만, 자는 건 고역이었다. 육칠월 한여름에 땡볕에서 막일하는 사람이 얼마나 많은 땀을 흘리겠는가? 아침 여덟 시부터 저녁 여섯 시까지 일을 마치면 마땅히 샤워할 곳도 없었다. 땀 흘려 번 돈으로 목욕탕에 갈 수도 없는 노릇이었다. 동생과 나는 학생이었지만, 다른 사람은 가정이 있는 가장이었다. 돈 벌어서 집에 보내야 하는 처지에 혼자 편하려고 허투루 돈을 쓸 수 없었다. 마당에 있는 수돗물로 대충 등목이나 하고 소주 한 병 마신 후에 잠자리에 들 수밖에 없었다.

땀으로 흠뻑 젖은 옷을 세탁도 하지 않고 목욕도 하지 않은 사람 일곱 명이 한방에서 자는 걸 상상해 보라. 그림이 그려지는가? 세탁할 시간도 없고 갈아입을 옷도 변변치 않지만, 빨아 입는다고 냄새가 사라지지도 않는다. 일곱 명 중 누군가에게 땀 냄새가 날 수밖에 없었다. 어차피 하루 지나면 같은 상황이다. 모두가 공평하게 빨래도 목욕도 하지 않은 채 생활하였다. 불만은 없었으나 참기에는 역겨운 상황이었다. 천만다행으로 잠들기 전 잠깐은 고역이었으나 피로에 지친 몸은 눕자마자 잠에 떨어졌다. 누가 업어가도 모를 정도로 깊은 잠에 빠졌다.

돈은 중요하다. 자본주의 사회에서 돈은 소중하고 소중한 것이다. 단돈 7,000원을 벌기 위해 공사장에서 사는 건 사는 게 아니었다. 돈이 웬만큼 중요하지 않았다면 단 하루도 버티지 못하고 뛰쳐나왔을 것이다. 모두에게 절실한 돈이었으므로 서로를 격려하며 버텼다. 부모의 도움 없이 용돈을 해결해야 하는 나와 동생도 불행한 상황이었으나, 사실 불쌍한 건 같이 일하던 동료 가장이었다. 정길이와 나는 한두 달 일하고 학생으로 돌아가지만, 그들은 어쩌면 평생 그런 생활을 해야 할지도 모를 터였다.

지친 몸과 역겨운 땀 냄새에 고통스러웠으나 함께 일하는 사람이 불쌍하였다. 마음이 아팠다. 사랑하는 가족을 위한 일이라고는 하지만 한낮 태양은 너무 뜨거웠고 잠들기 전 냄새는 지독하였다. 나도 쉽지 않은 삶을 살아가고 있지만, 더 힘들게 살아가는 사람이 있다는 걸 절실하게 느꼈다. 돈은 중요하다. 좋은 직업도 중요하다. 비참한 지경에 빠지지 않으려면 두 눈 부릅뜨고 달려들어야 한다.

거지 같은 삶으로 2주 정도 지났을 때였다. 어느 날 팀장이 자기 전에 모두를 불러 모았다.

"내가 야리끼리를 따왔는데 모두 할 거지?"

야리끼리는 노가다 용어다. 일당으로 계산하지 않고 정해진 일을 마치면 계약한 돈을 받을 수 있었다. 공사가 지연되어 급하게 진행할 필요가 있을 때 하는 방식이다. 정해진 시간에 따라 돈을 받는 게 아니라 작업량에 따라 일당을 받으므로 작업효율이 높을 수밖에 없다. 어차피 돈 때문에 짐승같이 살아가는 판에 반대할 사람이 있을 리 없었다.

"주간에만 해서는 일을 얼마 하지 못하므로 피곤하더라도 아침 일찍부터 저녁 늦게까지 최대한 합시다. 하루 열다섯 시간 일한다면 다섯 대가리는 채우리다."

하루 두 배 일하면 일당의 다섯 배를 받을 수 있다는 말이었다. 다섯 대가리는 다섯 명분의 일을 말한다. 힘들지만 다섯 배 일당을 받을 수 있다니 누가 반대하겠는가? 아무리 힘들어도 사람이 하는 일이다. 일이 힘들어서 죽는 일은 없을 것이다. 단백질 썩어가는 역겨운 땀 냄새도 견디는데 죽지 않는다면 못 할 일이 없다.

다음 날부터 즉시 야리끼리 작업이 시작되었다. 새벽 다섯 시에 기상하여 아침을 먹고 여섯 시부터 밤 열 시까지 일하였다. 사람은 독하다. 시간 채우면 받는 일당에는 눈치껏 적당히 시간을 보내지만 일한 만큼 돈을 준다고 하니 필사적이었다. 팀장의 예측은 빗나가지 않았다. 우리는 하루 다섯 대가리를 해냈다. 한 달 걸려도 하지 못할 일을 12일 만에 끝냈다.

일당 7,000원으로 2주 일한 대가가 10만 원이 채 안 되었다. 12일 일한 대가는 40만 원이 넘었다. 한 달 15만 원 아르바이트 자리도 흔치 않을 때였다. 한 달 안 되는 기간에 50만 원 넘게 번 셈이었다. 인간은 간사하다. 힘들었지만 하루 일당 3만 5,000원을 받다가 7,000원 받으려니 도저히 할 수 없었다. 하는 일이나 상황은 변하지 않았지만, 너무 힘들어서 견딜 수 없었다. 결국, 동생과 나는 야리끼리 일을 끝으로 노가다를 그만두었다.

비록 일주일 시간 여유가 있는데도 일을 마쳤으나 소득은 여느 때와 비교할 바가 아니었다. 이듬해 소위 임관 후 첫 월급이 18만 5000원이었다. 한 달을 채우지 않고 50만 원을 벌었다는 건 대단한 일이었다. 큰돈을 번 기념으로 나는 동생과 양복을 한 벌 맞추었다. 대학교 4학년까지 양복이 없어서 축제 때면 면바지에 재킷을 걸쳤었다. 노가다에서 일확천금(?)한 기념으로 처음으로 양복을 맞춰 입었다. 나나 동생에게는 잊을 수 없는 아르바이트요, 처음으로 입어보는 양복이었다.

군기 장교

짧은 기간에 예상외의 아르바이트 소득을 올려 기분이 좋은 상태로 구미 자취방에 복귀했다. 이제 일주일 후면 ROTC 2년 차 병영훈련에 돌입한다. 지난해에 이미 경험하였으므로 특별할 건 없었다. 미지의 세계는 두려우나 이미 경험하였다면 새삼 두려워할 이유가 없으리라. 이것이 평범한 생각이다.

미지의 세계에 관한 생각은 두 부류다. 자신감이 부족한 사람은 미심쩍어하거나 두려워하고, 오만하거나 무지한 사람은 아무 걱정도 없다. 사람이 하는 일인데 못할 게 무어냐는 투다. 작년에 병영훈련 전에는 선배의 염려에도 눈곱만큼도 걱정하지 않았다. 모든 후보생이 견디는데 유독 나만 견디지 못할 이유가 어디 있겠는가? 무지에 소치였다. 모든 사람이 견디더라도 나만 못 견딜 일도 있다는 걸 새삼 깨달았었다.

1년 차 병영훈련 일과 후는 한마디로 지옥이었다. 같은 수 선배로부터 당하는 억압과 얼차려는 육체적 한계와 인내심을 넘어섰다. 긴 시간 자살을 심각하게 고려하며 불면의 밤을 보내야 했다. 이제 2년 차이므로 그럴 일은 없다. 지옥 같았던 일과 후는 없다. 걱정할 일도 두려운 일도 없어야 정상이다. 그런데 두려웠다. 아무것도 모르고 훈련에 들어갈 때는 편안하였으나 이미 경험하였는데도 공포가 밀려왔다.

한 달간의 공군 병영훈련은 사실 1년 차만 힘든 게 아니다. 일과후 시달리는 게 너무 혹심해서 일과 중 훈련의 고통을 잊는 것뿐이다. 섭씨 30도가 넘는 한여름에 그늘 없는 연병장에서 앞에 총 자세로 서른 바퀴를 도는 일은 쉬운 일이 아니다. 아무리 베테랑이라도 구보에 적응할 수는 없다. 힘들지 않은 게 아니라 참아내는 것뿐이다. 오전과 오후 일과 시작 전 연병장 구보 상상만으로 마음이 심란하였다. 사전 교육에서 경험을 말해줘도 귓등으로 흘려듣고 태연한 후배가 불쌍했다. 너무나 가혹한 경험이 되리라.

1988년 공군 병영훈련은 예상대로였다. 우리가 2년 차이므로 선배의 군기 잡기 명목으로 하는 얼차려와 가혹행위는 없었으나 하루 여덟 시간 일과만으로도 괴로웠다. 물론 일과 후가 더 괴로운 1년 차와 비교할 수는 없었다. 저녁 식사 후 내무실로 돌아오기가 무섭게 1년 차는 대부분 2년 차 내무실로 불려가서 1년 차 내무실은 텅 비다시피 하였다. 어쩌면 교육을 핑계로 고된 훈련 스트레스를 후배에게 전가하는 것인지도 모른다. 어쨌든 ROTC 1년 선후배는 운명이다. 이유가 무엇이든 소위 임관을 위해서는 거쳐야 하는 통과의례였다.

학군 16기인 내 동기는 비교적 체력의 한계를 넘어서는 얼차려를 비교적 잘 견디었다. 웬일인지 17기 후배는 못 버텼다. 1년 차이밖에 나지 않으므로 체력의 문제는 아닐 것이다. 후배 정신력이 나약한 것인지 동기가 너무 엄격한 기준을 들이댄 것인지는 알 수 없으나 팔굽혀펴기도 않았다 일어서기도 천 회를 채우지 못했다. 그래서 얼차려를 받는 게 아니라 이쪽저쪽에서 구타가 성행했다. 시키는 대로 얼차려를 하지 못하자 2년 차는 구타를 선택했다. 1년 차는 일과 후에 주로 맞으면서 시간을 보내야 했다.

ROTC 후보생은 자체 근무자가 있다. 연대장과 대대장이 있고 인사 정보 작전 군수참모가 있었다. 연대장과 대대장은 행사 시 구령과 인솔하는 임무가 있었으나 참모는 형식만 갖추었을 뿐 주로 후배 교육을 빙자한 군기 잡기가 주 임무였다. 근무자는 인원이 많은 항공대 출신이 하였으나, 병영훈련 2주 후 남은 2주는 군수참모 자리를 금오공대에서 맡게 하였다. 키순으로 선임이었던 내가 군수참모가 되었다.

1년 차 때 참담한 경험이 있었던 나는 어떻게 하면 가장 효과적으로 군기를 잡아 2년 차를 만족시키고, 2년 차 개별 얼차려와 구타를 막을 것인지 고심하였다. 퇴근 후에 씻을 틈도 없이 2년 차에게 불려가 맞는 사람이 다수였다. 야전삽과 소총 개머리판에 잘못 맞아 부상한 후배도 있었다. 어쨌든 2년 차와 1년 차의 공간을 분리하는 게 최선이었다.

한참 후배가 구타당하는 시간인 저녁 8시 즈음이면 근무자 직권으로 비상을 걸어 숙소 앞 연병장에 집합시켰다. 전체 교육은 근무자 고유 권한인지라 2년 차도 반대할 수 없었다. 날은 이미 어둑해져서 멀리서는 정확히 사물을 구별할 수 없을 때였다. 나는 연단에 홀로 서서 지휘하였다.

"전체 엎드려뻗쳐! 지금부터 팔굽혀펴기를 실시한다. 하나에 내려가면서 '멸공' 둘에 올라오면서 '통일'을 외친다. 하나!"

팔굽혀펴기를 십여 회 하고 나면 '하나' 상태에서 으레 일장 연설을 하였다. 무슨 말을 하였는지는 기억나지 않는다. 어차피 기억해도 의미 없는 말이다. 연설자가 아무리 좋은 말을 해도 귀담아들을 청취자도 없으리라.

내 목적은 어두운 연병장에서 최대한 시간을 끄는 것이었다. 노는 게 아니라 얼차려 중이었으므로 2년 차의 불만을 어느 정도 무마할 수 있었다. 팔굽혀펴기 하나는 몸이 내려간 상태다. 1년 차는 피로에 찌든 상태였으므로 모두 배를 땅에 깔고 있을 터였다. 내가 연설하는 동안은 완전한 휴식시간이었다. 어쩌면 졸고 있었을지도 모른다.

인간의 한계를 넘어서는 지나친 훈련과 얼차려, 구타에서 후배를 구하려는 선의의 행동이었으나 후배는 진의를 알아차리지 못했으리라. 내가 공식적으로 언급하지 않았고 할 수도 없었기 때문이다. 내가 겪은 자살 충동을 방지하려고 거의 매일 실시했던 단체 훈련으로 나는 후배에게 혹독한 군기 장교로 각인되었다.

세상은 요지경이다. 보이는 현상은 다채로우나 그 원인은 각기 다르다. 각자 자기 기준으로 판단한다. 좋지 않은 의도도 때로는 좋은 결과로 나타나고, 선의도 어떤 때는 좋지 않은 결과가 된다. 천사의 마음으로 후배에게 편안한 휴식을 제공하였으나 돌아온 건 악랄한 군기 장교라는 오명이었다. 그렇지만 뭐 어떤가? 몇 마디 욕을 먹을지라도 단 한 명에게라도 자살 충동을 막았다면 충분하지 않은가? 나에 대한 평가가 중요한 게 아니다. 후배의 안전과 편안함이 중요하다. 내가 사랑하는 후배 아니던가?

세 시간 포복

거꾸로 매달아도 국방부 시계는 간다. 변함없는 진리가 시간은 일정하게 흐른다는 것이다. 시간이란 놈은 절대 한눈팔지 않는다. 누군가의 사연이나 하소연에 아랑곳하지 않고 우직하게 나아갈 뿐이다. 아무리 견디기 힘든 고난이라도 버티다 보면 언젠가 끝난다. 3년 병역 의무가 고역이었던 병사는 매일 날짜 지우는 걸 낙으로 살았다. 천 일이 처음에는 까마득하지만 지나고 나면 순식간이다.

아무것도 모르고 입소했던 1년 차 때는 병영훈련이 두렵지 않았지만, 이미 경험하였고 못살게 굴던 2년 차 없는 훈련임에도 오전 오후 일과 시작 전 실시한 연병장 서른 바퀴 구보가 두려웠다. 시간은 빠르다. 어느새 3분에 2가 흐르고 퇴소가 내일모레다. 얼굴이 검게 그을고 몸무게가 부쩍 줄었지만, 마음은 홀가분하다. 시간이 빨리 가기를 바란다는 건 소중한 인생의 일부를 버리는 것과 마찬가지로 몰지각한 생각이지만, 인간은 인생 전체를 생각하기보다는 눈앞의 불편한 상황에서 벗어나길 원한다. 조금만 버티면 해방이다.

병영훈련도 막바지에 이르던 어느 날, 오후 일과 시작 전 땡볕에서 연병장 서른 바퀴를 돌고 나서 휴식을 취할 때였다. 교관은 ROTC 2년 선배였다. 공군 ROTC는 금오공대 몇 명을 빼고는 항공대밖에 없던 시절이었다. 교관은 중위였지만 2년밖에 차이가 나지 않기에 안면이 있는 항공대 후보생이 꽤 있었다. 금오공고 출신은 무조건 선배님이라고 호칭하지만, 항공대는 ROTC 선배에게 형이라고 부르는 전통이 있었다. 선배는 딱딱하고 거리감이 있지만, 형은 친근감이 있다. 교관이지만 형이라고 부르며 화기애애하게 대화하던 중이었다. 갑자기 불호령이 떨어졌다.

"휴식 끝! 전원 집합!"

영문을 몰라 어리벙벙하였지만, 훈련소에서 교관은 절대군주다. 휴식시간을 길게 주는 것도, 없애는 것도 교관 재량이었다. 모든 건 훈련의 일환이었다.

"연병장 끝에 일렬종대로 정렬한다. 실시!"

무언가 일이 꼬여가고 있었다. 무슨 일인지는 모르나 교관은 단단히 골이 난 게 틀림없었다. 외모도 곱상하고 평소에 험한 말을 하지 않던 선배였다. 평소와 달리 웃음기 없는 굳은 얼굴에 불안이 엄습했다.

"우향우! 지금부터 포복을 실시한다. 높은 포복 준비! 포복 앞으로!"

포복은 각개전투 시간에나 하는 훈련이었다. 포복할 시간이 아니었지만 포복하라는데 하지 않을 방법은 없었다. 언제나처럼 나는 재빠르게 앞서 나갔다. 포복이든 선착순 달리기든 유격 훈련이든 나는 항상 최선을 다했다. 기상천외하고 허무맹랑한 사고방식이었으나 나는 모든 분야에서 두드러지길 원했다. 공부나 싸움이나 달리기나 글짓기 그림뿐만 아니라 훈련에서도 앞서기를 원했다. 훈련은 실전같이, 실전은 훈련같이 하라는 말도 있지 않은가? 빠른 속도로 연병장 끝에 도달하여 뒤돌아보니 맨 뒤에 오는 사람은 이제 운동장 가운데를 지나고 있었다. 맨 마지막 후보생이 도착할 때까지 엎드려서 기다렸다.

"전체 일어서! 뒤로 돌아! 낮은 포복 준비, 포복 앞으로!"

불길한 예감은 현실이 되었다. 학교 선배랍시고 허물없이 대화하던 중 듣기 거북한 농담에 교관이 화가 난 것 같았다. 그 동기생이 누군지 원망스러웠지만 그걸 따질 계제가 아니었다. 훈련장에서는 교관의 명령이 법이다. 연병장 백 미터를 높은 포복으로 기어 왔건만 다시 낮은 포복으로 돌아가라는 명령이었다. 높은 포복은 팔꿈치와 무릎으로 기는 것이기에 속도가 빠르지만, 낮은 포복은 납작 엎드린 상태에서 양팔로 끌고 한 발로 미는 자세여서 속도가 느릴 뿐 아니라 무척 힘들다. 배를 땅에 밀착한 상태에서 전진해야 한다. 8월의 염천 아래 맨땅의 연병장은 뜨거웠다. 우리는 순식간에 거지꼴이 되었다. 흐른 땀에 흙먼지를 담뿍 쓴 모습을 상상해 보라.

높은 포복으로 이동한 시간보다 몇 배가 걸려서 천신만고 끝에 겨우 반대편 연병장 끝에 도달했다. 모든 일에 최선을 다한다는 신조지만 분위기상 그건 아닌 것 같았다. 낮은 포복은 에너지 소모도 많아서 남보다 빨리 전진하기도 어려웠다. 이미 한 시간은 흐른 것 같았다. '한 시간 훈련했으니 조금 쉬게 하겠지⋯⋯'라고 생각하는 찰나 새로운 명령이 떨어졌다.

"전체 일어서! 뒤로 돌아! 높은 포복 준비, 포복 앞으로!"

이변이었다. 아무리 훈련소에서 하는 훈련이라도 일과시간은 지켜지고 있었다. 50분 학과에 10분 휴식이 원칙이었다. 더군다나 섭씨 30도가 넘는 여름 날씨에 그늘 없는 연병장 훈련이다. 체력소모가 많은 포복을 한 시간이나 하였는데 쉬는 시간 없이 계속한다니 큰 문제가 발생한 게 틀림없었다. 눈치를 보니 열심히 해서 해결될 문제가 아니었다. 다른 사람의 속도에 맞추어 최대한 천천히 이동하였다. 처음 갈 때보다 두 배 이상 늦었으리라.

"전체 일어서! 뒤로 돌아, 낮은 포복 준비, 포복 앞으로!"

교관은 다른 말은 잊은 듯하였다. 훈련 이유나 잘못 지적 없이 같은 명령만 반복할 뿐이었다. 그렇게 시작한 포복은 그날 일과가 끝날 때까지 이어졌다. 포복만 세 시간 동안 한 것은 처음이었다. 역시 공군 병영훈련은 만만치 않았다. 이런 사태를 예견한 건 아니었으나, 1년 차에 없었던 병영훈련 입소에 대한 공포는 타당한 것이었다.

누가 무슨 잘못을 저질렀는지는 기억나지 않는다. 교관 이름도 모른다. 첫 시간은 연병장을 달리고, 나머지 세 시간을 포복한 것만 기억에 남는다. 흔히 공군이 신사적이고 대도시에 위치하여 편할 것으로 생각한다. 후줄근한 전투복 차림이 아닌 엷은 하늘색 약식정복을 입고 휴가 나온 병사 이미지만 생각한다. 공군 ROTC는 다르다. 교관이 미소 지을 때는 천사로 보이지만 훈련할 때는 게거품을 입에 물고 쌍시옷 욕설이 절로 터져 나온다.

천사가 악마로 바뀌는 데는 긴 시간이 걸리지 않았다. 사람은 모름지기 말을 조심해야 한다. 입안에 숨겨진 도끼는 타인에게 쉽게 상처 줄 뿐만 아니라 자칫 자신의 목숨마저 위태로워질 수 있다. 천사 같던 선배 교관의 분노에 우리는 모두 사막군(沙漠軍)이 되었다. 땀과 모래 먼지로 범벅이 되어 사막에서 눈에 띄지 않을 목적으로 입는 위장복, 누런 얼룩무늬 군복이 되었다.

공영화 장군

　공군 ROTC 16기인 우리는 대전교육사령부에서 마지막으로 훈련하는 장교 과정이었다. 1988년 대전 서구 둔산동에 넓게 터를 잡고 있던 '공군 교육 사령부'는 이전 작업이 한창이었다. 진행 중이던 공사가 마무리되면 진주로 이전할 계획이었다. 1988년 대전교육사 장교 훈련과정은 ROTC 16, 17기를 마지막으로 1989년부터는 진주 교육사에서 이루어질 터였다.

　마지막 대전 공군교육사 사령관은 공영화 장군이었다. 사관학교 럭비선수 출신이었던 사령관은 체구가 우람하였고 운동에 만능이었다. 마지막 사령관은 마지막으로 훈련하는 장교 과정에 각별한 관심을 쏟았다. 유능한 지휘관은 전력의 절반을 차지한다는 말이 있다. 그 정도로 전투력의 핵심인 장교 양성이 중요하다. 대전 공군교육사 마지막 사령관은 마지막으로 훈련하는 장교후보생과 특별한 행사를 주문하였다.

군에서 꽃은 장군이다. 민주화가 이루어지고 인권이 강화된 현재는 꿈같은 일이지만, 예전 부대장은 무소불위 권력을 가진 왕이었다. '안 되면 되게 하라', '무에서 유를 창조한다.'라는 말이 버젓이 통용될 정도로 상급자의 명령은 절대적인 게 군이다. 철조망 처진 울타리 내에서 많은 병력을 운용하는 예산과 여러 참모를 활용하면 사실상 불가능이 없었다.

이제 멀게만 느껴졌던 4주 훈련도 어느새 막바지에 접어든 4주째였다. 지옥에서 해방 또는 탈주를 꿈꾸는 17기뿐만 아니라 무더위와 훈련에 지친 16기도 인간 사회로 되돌아간다는 마음에 가슴이 벌렁거릴 때였다. 거꾸로 매달아도 버틸 자신감이 생길 즈음 희소식이 전해졌다. 오후 훈련을 단축하고 체육을 한다는 것이었다. 훈련 중 운동이란 언감생심 꿈도 꾸지 못할 일이었으나 그곳이 어디인가? 군부대 아니던가? 사령관 뜻은 곧 법이다.

오후 훈련을 서둘러 정리하고 체육복 차림으로 체육관에 모였다. 사령부 지휘관 참모와 장교후보생 간 배구경기를 한다는 것이었다. 배구를 좋아하는 후보생은 드물었다. 잘하는 선수는 더욱 없었다. 아무리 배구를 좋아하지 않더라도 땡볕 아래 연병장에서 총 들고 훈련하는 것보다도 더 싫어할 사람은 없다. 모두가 희희낙락이었다. 이긴들 어떻고 진들 어떠하리, 국방부 시간은 이겨도 가고 져도 가리라, 후딱후딱 시간이 달음질한다면 그 아니 좋으리……

후보생은 140명, 교육사 장교는 수백 명이었다. 배구 잘하는 사람으로 팀을 꾸린 참모팀을 이기기를 기대하는 사람은 없었다. 사실 당시 대학생으로서 배구 시합 경험이 있는 사람도 드물었다. 공 하나면 경기할 수 있는 축구와는 다르게 별도 구장과 코트가 필요한 배구는 쉽게 할 수 있는 운동이 아니었다. 이기기보다는 시간 보내기 개념으로 시작한 배구경기였지만 이변이 일어났다. 참모팀에는 공영화 장군이 있었지만, 우리 팀에는 최호준이 있었다.

최호준은 17기로 금오공대 1년 후배였다. 고등학교 때부터 동기 중 제일 커서 눈에 띄었으나 자세히 아는 바는 없었다. 그날의 스타는 공영화가 아니고 최호준이었다. 키 190cm 하나 믿고 선수로 선발하여 내세웠으나 배구 잘하는 걸 아는 사람은 없었다. 최호준은 9인제 배구에서 공영화 장군 앞에 마주 서 공수 대결을 펼쳤다.

사령관이 괜히 배구를 제안한 게 아니었다. 럭비선수 출신이었지만 운동에 만능이었던 사령관은 큰 키를 무기로 배구에서도 압도적이었다. 모든 운동이 그렇지만 배구는 타이밍이다. 선 채로 스파이크는 누구나 쉽게 하지만 점프해서 강력하게 타격하는 건 쉽지 않다. 공의 이동 속도와 높이에 점프 타이밍이 정확해야 가장 높은 고도에서 내리찍을 수 있다. 수십 년 군대 생활에서 갈고 닦은 사령관의 고공 강타는 명불허전이었다. 때리는 대로 우리 코트에 내리꽂혔다.

급조된 후보생 팀은 키 큰 죄로 맨 앞에 두 선수를 세웠지만, 처음 해보는 세터가 어설프게 올린 공을 점프해서 타격할 수 없었다.

전혀 타이밍을 맞추지 못했다. 첫 세트는 대학생과 초등학생이 하듯 더블 스코어(double score)로 참패했다. 예상하였지만 패배해서 기분 좋을 사람은 없다. 아무리 우리가 배구 초보자고 상대는 조직력을 갖추었다고 하지만 우리는 이십 대 청년 아닌가? 패하더라도 두 배 점수 차는 자존심 문제였다.

응원석에서 욕설이 튀어나왔다. 1년 차 선수가 제대로 공격하지 못하거나 수비에서 실수하면 어김없이 정신 차리라는 고함이나 욕설이 터져 나왔다. 군에서는 친선경기도 친선이 아니다. 이겨야 친선이 된다. 1년 차 선수는 후환이 두렵기도 했겠지만 경기하다 보면 몰입하게 된다. 어쨌든 승부는 이겨야 하지 않는가? 점점 수비가 되고 세터의 토스도 발전하였다. 모처럼 최호준의 연타가 상대 코트에 꽂혔다. 140명이 일제히 함성을 질렀다. 체육관은 이내 용광로가 되었다.

배구는 기세 싸움이다. 기본적으로 실력이 강해야 이기는 건 철칙이나 그날 운동장 분위기에 따라 완전히 달라진다. 손발이 맞기 시작하면 한없는 상승세가 이어지나, 한 번 풀이 죽으면 다시 살리기 어렵다. 그래서 배구 선수는 득점할 때마다 포옹하고 코트를 돌며 파이팅을 외친다. 한 번 오른 기세를 계속 이어가기 위해서고, 상대 팀 선수를 위축시키기 위해서다.

호준이의 연타가 먹히자 스파이크 타이밍을 잡아가기 시작했다. 어머 놀라워라! 이제 연타가 아니라 강타가 상대 코트에 꽂히기 시작했다. 어렵게 수비해서 어설프게 토스해도 어김없는 강타로 상대 진영을 초토화했다. 140명의 일치단결한 환호성에 선수는 용기백배 프로선수 못지않은 투지와 실력을 보여주었다. 최호준의 분투로 분위기를 휘어잡은 후보생 팀은 2, 3세트를 연이어 이겨 역전승했다.

군에서 친선경기는 없다. 특히 부대장이 낀 팀이 패한다면 분위기는 엉망이 된다. 훈련병 주제에 부대장 기분 생각할 여가가 없다. 1년 차에게는 부대장이나 대통령 기분 생각할 여유가 없었다. 당장 눈앞의 2년 차가 당면과제다. 오늘 2년 차 눈에 띄지 않아 얼차려를 받거나 맞지 않는다면 훌륭한 하루다. 사령관이 기분 나쁘다고 봐 줄 계제가 아니다. 우리는 이겨서 유쾌 찬란한 기분이었으나 사령관은 그렇게 경기를 끝낼 마음이 없었다.

일과시간이 지나 저녁 식사시간이었으나 경기는 이어졌다. 군부대는 식사시간을 준수해야 한다. 식사 준비하는 취사병도 일을 마쳐야 하므로 식사시간이 지나면 미련 없이 문을 닫는다. 보통 때라면 걱정해야 할 상황이었으나 사령관이 함께하지 않는가? 아마 운동 후에 별도의 식사를 준비한 듯하다. 닦고 이동해야 할 시간에 경기를 계속하였다.

모든 일에는 때가 있다. 승세를 탔을 때 승부를 결정지어야 한다. 처음 우왕좌왕할 때 조금도 여유를 주지 않고 맹공하였다면 우리가 이길 기회는 없었을 것이다. 너무 실력 차이가 나니 재미로 늦춰 주었으나 최호준이 스파이크 타이밍을 잡고 한 번 분위기를 타자 백약이 무효였다. 아무리 강력한 공격도 수비수는 몸을 날려 받고, 아무리 난해한 공이라도 최호준은 강스파이크를 날렸다. 심지어 사령관 강타가 호준이의 블로킹에 걸리기도 하였다. 연장에 연장을 거듭하였으나 결론은 버밍엄이었다.

시간이 늦어 목욕할 새도 없이 만찬장으로 향하였다. 경기에 이긴 우리는 희색이 만연하였으나 지휘관 참모 얼굴에는 짙게 그늘이 드리웠다. 오늘의 패배가 어떤 후환을 불러올지 모른다. 지휘관의 기분이 풀리지 않는 날엔 무슨 일이 있을지 알 수 없다. 미래가 두렵지 않은가?

저녁 식사는 천만뜻밖에도 삼겹살 회식이었다. 삼겹살은 밖에서도 먹어본 적 없는 귀한 음식이었다. 훈련 중에, 그것도 술과 함께 먹으리라고 상상한 사람은 없으리라. 공영화 장군은 만능 운동선수답게 호탕하였고 애주가였다. 역사의 한 장면을 장식할 대전 공군교육사 마지막 장교후보생에게 회식이라는 특별 선물을 주었다. 예기치 못한 사령관의 선물에 놀라면서도 최고의 시간을 보냈다. 기대했던 꿈이 사라지면 환멸이지만 기대하지 않은 선물은 감동이다. 우리는 감동적인 시간을 보냈다.

오늘의 스타는 사령관이 아니라 최호준이었다. 스타답게 헤드테이블(head table)에서 사령관과 함께 연신 잔을 기울였다. 헤드테이블부터 예의 폭탄주가 돌기 시작했다. 술에 빨리 취하게 하기 위해서는 소주와 맥주를 반반 섞은 폭탄주가 최고다. 패배의 아픔을 삭이는 데도 우울한 감정을 떨치는 데도 취하는 것보다 더 나은 약은 없다. 사령관이 직접 제조한 폭탄주를 처음 마시는 참모는

"돌아가는 폭탄주 감사히 마시겠습니다."라는 구호를 크게 외치고 단숨에 들이켰다.

보통 때라도 사령관의 지시에 따라 마시는 폭탄주를 사양할 참모나 장교는 없겠지만 지금은 때가 때인지라 기꺼이 마실 수밖에 없었다. 사령관의 고군분투에도 배구 문외한인 후보생에게 패하지 않았는가? 폭탄주 아니라 어떠한 처벌도 감수해야 하리라. 헤드테이블에 이어 모든 테이블에 폭탄주가 전달되었다. 모두 같은 구호를 외치고 단숨에 들이키고 맥주컵을 옆 사람에게 넘겼다. 한 사람이 10초를 넘기는 법이 없었다.

분위기는 고조되었다. 모두가 돌아가는 폭탄주를 감사히 마신 덕분에 일시에 오른 취기에 용기백배하고 자신만만해졌다. 사령관과 함께 있다는 사실마저 잊은 듯 왁자지껄해졌다. 술기운으로 패배의 아픔을 달랜 사령관은 모든 후보생이 즐거워하자 한껏 기분이 고무되어 전 테이블을 돌면서 후보생에게 폭탄주를 권하였다. 거의 모든 후보생을 대작한 사령관은 술도 장군이었다. 점호시간이 가까워질 때까지 먹고 마셨다.

거의 한 달 가까이 술 담배를 입에 대지 못한 후보생이었다. 게다가 연일 계속되는 혹서기 훈련에 체력이 고갈된 상태였다. 모처럼 마시는 술을 스스로 조절할 수 없었다. 무슨 말인지 모를 소리를 지껄이면서 끝없이 술을 마신 기억은 있지만, 그것이 끝이었다. 어떻게 숙소로 돌아왔는지, 점호는 하였는지 전혀 기억에 없었다. 뒤에 들은 바에 따르면 난장판이었다고 한다. 모두가 취해 점호는

커녕 이곳저곳에서 토하는 사람투성이였다고 한다.

점호를 못 한 건 문제가 아니다. 몇 사람이 토했다고 문제 될 일도 없다. 우리는 사령관이 준 뜻밖의 선물에 최고의 하루를 보냈다. 사령관이 준비한 무대에서 뜻밖의 스타로 떠오른 최호준의 강스파이크가 대전 공군교육사의 피날레를 화려하게 수놓았다. 훈련 중임에도 즐거운 자리를 마련해 주신 지금은 고인이 된 공영화 장군께 감사드린다. 힘겨웠던 청춘의 한 페이지를 아름다운 추억으로 간직하였다. 스타는 장군이다. 공영화도 최호준도 그날만큼은 스타, 진짜 장군이었다.

88서울올림픽

인도의 시성 타고르가 '동방의 등불'이라고 예찬하였으나 대한민국의 역사는 찬란하지 않았다. 영토는 좁고 수많은 산맥으로 갈라져 통합과 발전에 적합하지 않았다. 인적 물적 교류가 부적합한 영토에서 사는 사람은 가난하고 폐쇄적이었다. 발전이 늦었으나 같은 이유로 외적이 침략할 동기가 약했고 방어에 유리했다. 좁은 땅에서 적은 인구로 민족의 명맥을 유지한 건 빼앗을 가치가 적은 영토였다. 열심히 살았으나 단 한 번도 두드러진 적 없는 한민족(韓民族)이 사는 나라는 해 뜨는 조용한 아침의 나라였다.

아이러니하게도 조용히 잠자는 나라를 깨운 건 왜구라고 얕잡아 보았던 일본이었다. 생물학적으로 우월할 게 전혀 없었지만, 서양 문물을 먼저 받아들인 덕택에 아시아 강국으로 도약한 일본은 전 세계를 식민지로 만든 유럽 열강을 본받아 야망을 펼쳐나갔고, 그 첫 번째 희생양이 대한제국이었다. 조선을 발판 삼아 중국을 호시탐탐 노리는 터에 터진 1919년 3·1독립만세운동은 시성 타고르에 영감을 불어넣었다. '동방의 등불'은 그렇게 태어났다.

동방의 등불

- 타고르 -

일찍이 아시아의 황금 시기에
빛나던 등불의 하나였던 코리아,
그 등불 다시 한번 켜지는 날에
너는 동방의 밝은 빛이 되리라.
마음에는 두려움이 없고
머리는 높이 쳐들린 곳,
지식은 자유스럽고
좁다란 담벽으로 세계가 조각조각 갈라지지 않는 곳,
진실의 깊은 곳에서 말씀이 솟아나는 곳,
끊임없는 노력이 완성을 향하여 팔을 벌리는 곳,
지성의 맑은 흐름이
굳어진 습관의 모래벌판에 길 잃지 않는 곳,
무한히 퍼져나가는 생각과 행동으로 우리들의 마음이 인도되는 곳,
그러한 자유의 천국으로
내 마음의 조국 코리아여 깨어나소서.

대한민국의 역사는 초라하다. 단 한 번도 세계를 지배한 적도 문화를 주도한 적도 없었다. 기득권자는 가렴주구로 제 배 속 채울 궁리만 하였고, 서민은 초근목피로라도 연명하는 게 당면과제였다. 수준 높은 사상 철학이나 문화예술이 발달할 터전과 기회가 없었다.

사는 데만 몰두한 사람에게 사고력을 부여한 건 차별이었다. 가진 자의 착취에 시달려 온 민중에 민족의식이 있을 리 만무하였으나 일제의 침략과 차별은 미몽에서 깨어나게 하였다. 독립운동이 벌어지고 역사의 주인공이 되려는 의식을 갖게 되었다. 발전과 영광을 쟁취하려는 노선이 자본주의와 공산주의로 갈려 분열과 혼란이 지속하였으나 옥동자를 낳기 위한 산고였는지도 모른다.

해방 후 남북분단과 한국 전쟁, 4·19혁명과 5·16쿠데타, 5·18광주 민주화운동과 신군부 집권 등 혼란과 시련은 계속되었다. 아무리 개인이 막아서도 역사의 도도한 흐름을 거역할 순 없다. 이러저러한 사건이 이어졌어도 한 번 깨어난 민중은 장애를 딛고 나아갔다. 국제 정세에 도움받은 바 크지만, 대한민국은 웅비하고 있었다. 70년대 산업화에 이어 80년대 민주화에 성공했다. 국가 융성에 방점을 찍은 게 88서울올림픽이었다.

일본 나고야와 치열한 유치과정에서부터 극적이었던 서울올림픽은 동서냉전을 무너뜨린 촉매 역할을 하였다. 1980년 모스크바에서 개최된 제22회 올림픽대회는 소련의 아프가니스탄 침공을 이유로 미국을 비롯한 서방 60여 개국이 불참했고, 1984년 로스앤젤레

스에서 개최된 제23회 올림픽대회는 소련 등 동유럽 국가 18여 개 나라에서 역시 불참했다. 올림픽이 정치적 대결로 중대한 위기에 처한 시점에서, 분단국가인 한국에서 동서 양 진영이 모두 참석하는 성공적인 대회를 개최하여 세계평화를 정착시키는 새로운 전환점이 되었다.

1988년 9월 17일 역사적인 서울올림픽이 개막하였다. 159개국 8,397명의 선수단이 참가하여 역대 최대 규모였다. 민주화에 성공했음에도 야당의 분열로 정권교체 실패에 분노한 민중이었으나 단군 이래 최대 행사인 올림픽에 대동단결하였다.

전 세계가 대한민국을 주목한 적이 역사에 있었던가? 인류의 주인공으로 당당하게 행세한 적이 있었던가? 지역감정으로 갈가리 찢겼음에도 국민은 대의를 위하여 뭉쳤다. 모든 일에는 다 때가 있다. 모두가 주시할 때 제대로 보여줘야 하리라. 도약하는 조국의 미래에 걸림돌이 되어서는 안 되리라.

모든 국민이 합심하였다. 서울시 교통체증을 우려한 차량 2부제에도 자발적으로 동참하였고, 영어 회화가 가능한 사람은 무보수 자원봉사자로 나섰다. 학생뿐만 아니라 교사 대학교수도 자원봉사에 앞장섰다. 우려했던 북의 도발도 없었다. 세계는 한국의 발전에 놀라고, 국민이 일치 단합하여 올림픽 성공을 위하여 노력하는 모습에 놀랐다. 소득으로는 아직 중위권이었으나 머지않아 선진국이 될 걸 예감하였다.

체력은 국력이라는 말은 체육을 활성화하려는 박정희 전 대통령이 한 말이지만 정확히 맞는 말이다. 배고픈 사람이 운동할 여가가 있겠는가? 그저 먹을거리 찾아 헤매는 데 바쁘다. 한국은 경제로도 후진국이었지만 이제까지 체육에서도 두드러진 성적을 낸 적이 없었다. 최초 올림픽 금메달이 1976년 몬트리올 올림픽에서 레슬링 자유형 양정모의 금메달이었다. 1984년 미국 LA 올림픽에서는 소련과 동유럽 보이콧 영향도 있어서 한국은 금메달 6개라는 기대 이상 소득을 올렸다. 서울올림픽 이전 금메달은 총 7개에 불과했다.

아무리 국가 규모가 작더라도 홈에서 치러지는 올림픽이니만큼 LA 올림픽 이상의 성적을 기대하였으나, 이전 모든 대회에서 딴 금메달이 7개에 불과하였으므로 다섯 개 이상 획득으로 10위 안에 드는 것이 현실적인 목표였다. 전 국민의 열화같은 성원에 힘입은 선수의 투지는 놀라웠다. 한국은 금메달 12개, 은메달 10개, 동메달 11개로 종합 4위에 올랐다. 대한민국 앞 순위에는 소련과 동독과 미국밖에 없었다. 강대국으로 자타가 공인하는 서독 프랑스 영국 중국 일본은 우리 뒤에 있었다.

국민은 열광하였다. 아시안게임을 이미 치러 예행연습을 마쳤으나 세계가 주목하는 올림픽을 성공적으로 개최할 것인지에 대해 반신반의하였고 그 효과도 미심쩍었다. 공공보다는 사익을 추구하는 시민의식도 불안한 요소였다. 우려하던 일은 발생하지 않았다. 전 세계의 찬사와 한국 선수의 선전은 저절로 어깨를 으쓱하게 하였다. 힘들게 살아가고 있지만, 그 방향이 잘못되지 않았다는 걸 스스로 깨달았다.

이기적인 양김과 편견으로 고착된 그 지지자에게 분노를 삭일 수 없던 조자룡은 환호하였다. 아직 장군과 대통령의 망상을 간직할 때였다. 반드시 내 손으로 대한민국의 번영과 영광을 일구어내겠다는 허무맹랑한 꿈을 가진 조자룡이 조국의 비상을 바라보면서 감동하지 않는다면 누가 하겠는가?

88서울올림픽은 감동이었다. 한번 이륙을 시작한 대한민국의 미래가 찬란할 것을 믿어 의심치 않았다. 나는 전혀 서울올림픽에 도움 준 일이 없으나 마치 스스로 이룬 업적인 양 전율하였다. 열심히 일한다면 밝은 미래가 오리라. 지구상에 우뚝 서는 조국 대한민국을 내 힘으로 만들 수 있으리라. 88서울올림픽은 역사에서 찾지 못한 긍지를 갖게 한 믿기 어려운 현실이었다. 비상하는 대한민국이 자랑스러웠다.

돼지꿈

사람은 돼지꿈을 좋아한다. 확실한 근거는 없지만, 돼지꿈이 재물 운이 따르는 길몽으로 여긴다. 누구나 돈을 좋아한다. 자본주의 사회가 무엇인가? 돈으로 모든 걸 교환 가능한 체제 아니던가? 모든 기준은 돈이다. 물건뿐만 아니라 사람도 연봉으로 능력이나 수준을 따지는 세상이다. 돼지꿈은 좋다. 근거가 있든 없든 돈 벌 징조라는데 기분 나쁠 사람이 있는가?

돈을 좋아하는 사람이 돈몽(豚夢)을 갈망하지만 꿈이란 게 원한다고 꿔지는 게 아니다. 마음대로 꿈을 꾸고 꿈이 이루어진다면 세상에 가난한 자는 존재하지 않으리라. 어려서부터 돼지꿈이 길몽이라고 들은 터라 돈몽을 희망하였으나 단 한 번도 꿈속에서 돼지를 본 적이 없었다. 원치 않는 호랑이에게 쫓기다가 잡아먹히려는 순간 깜짝 놀라 땀에 흥건히 젖은 채로 깬 적이 여러 번이다. 그것도 초등학교 이전 일이다.

다사다난했던 대학도 막바지다. 중퇴 위기도 있었고 죽을 고비를 넘기는 등 남루하고 파란만장했던 학창시절도 얼마 안 남았다. 빈곤한 집안에 태어나 궁핍한 생활로 일관하였으나 이제 몇 달 후 공군소위로 임관하면 평범한 삶이 가능하리라. 고난의 시기가 지나가고 있다. 이변이 없는 한 밝은 앞날이 도래하리라.

마음이 편해서인가, 어려운 시절에 그렇게 소원하던 돼지가 꿈에 나타났다. 한두 마리가 아니었다. 길을 가는데 엄청나게 큰 암돼지가 새끼를 낳고 있었다. 그런데 그 수가 엄청났다. 너무 많은 새끼를 계속해서 낳는 것이 신기해서 나도 모르게 그 수를 헤아렸다. '하나, 둘, 셋, 넷……1억2000' 놀라워라. 돼지는 보통 열 마리 내외 새끼를 낳는다. 1억 마리 새끼를 낳았다는 얘기는 금시초문이다. 1억2000만까지 어떻게 셌느냐고 따지지는 마시라. 꿈 아니던가? 꿈에 불가능이 있던가?

더 놀라운 일은 그다음이었다. 개미 떼같이 어미 배에 붙어서 젖을 빨던 새끼가 일순간 뒤를 돌아보더니 모두 나에게 달려드는 것이었다. 나는 양팔을 쫙 펼쳐서 떼로 몰려드는 새끼를 품어 안았다. 1억2000만 마리가 모두 품에 안겼다. 새끼 돼지를 모두 품에 안고 희희낙락하던 차에 꿈에서 깨어났다.

길몽, 길몽 하지만 이보다 더 좋은 길몽이 있겠는가? 나는 횡재를 확신하였다. 당시 주택복권 1등 당첨금이 1억2000만 원이었다. 이보다 더 확실한 징후가 있는가? 나는 주택복권 당첨을 확신하였다. 아침을 먹자마자 구미 시내로 나갔다. 복권을 사기만 하면 당첨은 따논 당상이다. 그런데 복권이 없었다. 다 팔려서 없는 게 아니라 파는 데를 알 수 없었다. 평소 얼핏 보았던 것 같았던 역전, 시내버스 매표소, 가판대, 슈퍼마켓 어디에도 없었다. 지나가는 사람에게 물었으나 모두 모른다는 응답이었다.

'이럴 수가! 아니 구미시에서는 주택복권을 판매하지 않는다는 말인가? 구미 시민은 모두 나처럼 주택복권 구매 경험이 없단 말인가? 복권을 못 사서 당첨될 수 없다니 이런 해괴한 일이 있는가?'

복권 못 사서 당첨이 안 되었다는 사실은 해외토픽감이었지만, 실제로 그날 못 샀고 덕분에 그 확실한 징조에도 복권은 당첨되지 않았다. 온종일 시내 곳곳을 헤맸으므로 몸도 마음도 지쳤다. 소주 한 병을 사 들고 처량하게 자취방으로 돌아오다가 동기생 상준이를 만났다. 자초지종을 말하자 기함을 하는 것이었다.

"아니 주택복권은 은행에서 판다 아이가? 주택은행에 가야지 어디를 싸돌아다녀쌌노, 싸돌아다니길?"

"뭐, 주택은행? 아니 그런 사행성 상품을 은행에서 취급해? 그게 말이 되나?"

말이 안 되는 건 내 생각이고, 나의 무지몽매 탓에 천재일우의 기회는 날아갔다. 왜 미리 친구에게 주택복권 사는 장소를 묻지 않았느냐고 타박하지는 마시라. 역사소설에서 미리 누설하면 효과가 사라진다는 사실을 여러 차례 확인하였으니……

그 이후로 다시 돼지꿈을 꾸고 싶었으나 다시는 나타나지 않았다. 주택복권 사는 데를 확실히 알았기에 돈뭉만 꾼다면 만사형통이었으나 신은 두 번 기회를 주지 않았다. 이듬해 소위 첫 월급이 18만5000원일 때였다. 세금을 공제해도 1억 원 가까운 돈이었다. 아마 복권에 당첨되었다면 인생이 바뀌었으리라.

지금 불행하다면 천추의 한이 될만한 일이었으나 현재 삶에 만족하므로 후회 따윈 없다. 운명의 여신이 준 기회를 덥석 물었더라면 삶의 많은 부분이 바뀌었으리라. 어떻게 바뀌었을지는 누구도 모른다. 수많은 당첨자의 사례에서 비참한 결과를 맞았을 수도 있다.

운명의 여신이 기회를 준 게 아니라 어쩌면 시험했는지도 모른다. 청년 조자룡은 시험에 들지 않았다. 스스로 의지로 시험을 거부한 건 아니지만 우연한 행운으로 시험에 들지 않았다. 운명의 여신 유혹에 넘어갔더라면 현재 가족과 친구 지인은 아마 없었으리라. 전혀 다른 삶을 살고 있으리라. 나는 다른 누구의 삶도 원치 않는다. 프리랜서 작가 외 다른 직업도 원하지 않는다. 주택복권에 당첨되지 않은 건 행운이었다.

청문회 스타

　1988년은 자취방 화재로 인생의 기로(岐路)에 섰던 나에게도 위기의 해였으나, 국가적으로도 다사다난한 해였다. 개국 이래 최대 행사인 서울올림픽은 성공리에 치렀으나 국내 상황은 어수선했다. 1노 3김 지역분할 덕에 노태우가 대통령에 당선하였으나 1988년 총선에서 민정당이 참패하여 초유의 여소야대 정국을 맞았다.

　연초부터 불거져 나오기 시작한 5공비리 문제로 시끄러웠으나, 대통령 자신이 5공의 핵심 인물이었던 터라 비리와 부정부패 검증에 소극적이었다. 그러나 새마을운동중앙본부 비리와 관련 전두환의 친동생 전경환이 구속된 것을 시작으로 야당의 강력한 요구로 5공비리 특별위원회가 설치되어 국회 중심으로 운영되었다. 국회의원으로 구성한 '5공비리특위', '광주특위', '언론특위'는 국정조사와 대한민국 최초 국회청문회를 열었다. 이전 독재 시대에 없던 진풍경이 벌어졌다. 정치 경제계 유력 인사가 국회에서 의원의 질문에 쩔쩔매는 모습이 TV로 생방송 되었다. 민주화운동에 직접 참여한 학생이나 국민은 민주화를 체감할 수 있었다.

올림픽이 끝난 1988년 가을은 청문회 계절이었다. 직전 정권의 비리를 파헤친다는 것 자체가 생소한 데다 다루는 사안이 전직 대통령 직간접 비리, 5·18광주민주화운동 진상조사, 언론 통폐합 과정 등 워낙 중요한 것이라서 국민의 이목을 집중시켰다. 권력의 실세와 재벌 총수에게 정문 일침을 가한 청문회 스타가 여럿 탄생 했다.

그중 압권은 단연 노무현이었다. 1988년 청문회는 국회의원 노무 현을 세상에 알리는 계기가 되었다. 통일민주당 노무현 의원은 '5 공비리특위'에서 활동하였으며 일해재단 비리에 관련하여 현대그 룹 명예회장 정주영 회장을 심문하였다.

전두환 대통령에 의한 모금의 강제성을 증명하는 것이 큰 임무 였으나, 첫 질의답변에서 정주영 회장이 "안 주면 안 좋을 것 같아 서 줬다."라고 사실상 강제모금을 시인하여 맥 빠진 청문회가 될 뻔했으나, 노무현의 정경유착을 규명하려는 노력이 국민의 호응을 얻었다. 노무현의 논리는 명쾌하고 날카로웠으며, 시류에 따랐다는 옹색한 상황이었음에도 정주영의 답변은 거침없고 당당했다. 인권 변호사다운 문제의식을 제기하였고, 최고 경영자답게 대응했다. 국민은 노무현 편이었다. 청문회 승자는 노무현이었다.

"시류에 편승하였다고 했는데, 힘이 있을 때 붙고 힘이 없을 때 떨어지는 행위는 자라나는 청소년에 심각한 가치관의 오도를 가져오고, 정의를 위하여 싸워왔던 수많은 양심적인 사람의 엄청난 분노를 자아낼 가능성이 있다고 생각해서……."

젊은 국회의원 노무현의 마지막 일성은 준열했다. 당당하게 답변하던 재벌 총수도 부끄러운 기색이 완연했다. 무서워서 따랐든 이익으로 따랐든 정의로운 행위가 아니라면 부정한 것이다. 힘이 두려워서 따랐을 뿐 이익을 노린 정경유착이 아니라는 정주영의 강변에 시류에 편승하는 것 자체가 청소년의 가치관에 부정적 영향을 주고, 양심적인 사람에게는 상처라는 말에 정주영은 할 말을 잊었다.

수적으로 우세한 야당이 청문회라는 깃발로 기세를 올렸으나 5공 정권에 몸담았던 사람이 대부분 기득권을 굳건하게 지키는 상황에서 용두사미가 될 수밖에 없었다. 많은 성과가 있었으나 완전한 해결과는 거리가 멀었다. 청문회는 국민에게 새로운 경험이었다. 국회에서 직전 정권 실세를 응징하는 데서 새로운 세상이 되었음을 감지하였다. 가장 큰 소득은 청문회 스타였다. 본인에게는 기회였고 국민에게는 희망이었다. 청문회는 보통 사람 노무현을 스타로 만들었다. 국민은 새로운 스타를 주목하기 시작했다.

9장

1989

소위 조자룡은 다짐하였다.
'무슨 일이 있더라도 자가용 승용차를 구하지 않고,
어떠한 유혹에도 골프만은 하지 않으리라.'
과연 그 다짐은 지켜질 것인가?

본문 '소위 조자룡의 다짐'에서 -

바둑 2

전혀 화려하지 못하고 험난했던 4년간의 금오공대 대학 생활이 끝나가고 있었다. 처음에는 원하는 일류대학이 아니라는 이유로 거부하였고, 가정형편으로 언감생심 꿈도 꾸지 않던 대학이었으나 운명은 청년 조자룡에게 대학 문을 허용하였다. 금오공고 3학년 1년 내내 공부를 멀리했음에도 천행으로 합격하였다. 용돈 지원 없는 대학 생활은 고달픈 것이었다. 여름방학과 겨울방학은 다음 학기 생활비를 벌기 위해 막노동을 했다. 궁핍한 현실이 괴로웠으나 불행한 생활은 아니었다. 꿈과 희망에 넘치던 때였던 만큼 힘든 이상 기쁘고 즐겁던 추억도 있었다.

남보다 더 우여곡절을 겪은 대학 생활에서 마지막 학기를 마치자 비로소 마음의 여유를 찾았다. 병영훈련에서 훈련병이 말하듯 거꾸로 매달아도 국방부 시계는 가는 만큼 임관까지 남은 기간은 불과 두 달이었다. 공군소위로 임관하면 매달 월급이 나온다. 큰

돈은 아니겠으나 이제까지와 같이 하루 한두 끼 식사하고 다방 커피값이 없어서 미팅에 참석 못 하는 일은 없으리라. 아무리 마음은 용상에서 놀 만큼 풍요로워도 현실은 어쩔 수 없었다. 선후배 대부분 비슷한 처지였으나 나는 한결 더 궁색하였다. 돈이 없어 선후배 동기와 어울리지 못할 때가 많았다.

이제 시련은 끝났다. 그건 정말이었다. 가난뿐만이 아니라 금오공대 ROTC와 공군병영훈련이 그렇게 힘들 줄은 상상도 하지 못했다. ROTC 입단 전날 엄청난 구타에 학교를 그만두고자 하였고, 병영훈련 중 화장실 원산폭격 모멸감에 극단적 선택을 고민하며 얼마나 긴 불면의 밤을 보냈던가? 죽어도 아쉽고 안타까울 게 전혀 없었으나 시골에서 힘들게 고생하시던 어머니 영상으로 살아남지 않았던가? 시련은 끝났다. 아니 끝났을 것이다.

방학 때 용돈을 벌기 위한 막일을 하지 않다 보니 할 일이 없었다. 그때는 부모님이 대전에서 이모님 댁 더부살이를 끝내고 서울시 양천구 신월동에서 큰형님과 함께 기거하고 있었다. 비좁은 집에서 혼자 즐길 놀이는 없었다. 오전에 책이나 읽다가 점심을 먹고 가까운 영등포에 있는 기원에 다니기 시작했다. 기원에는 입장료 500원을 내면 시간 무제한으로 바둑을 즐길 수 있었다.

바둑을 정식으로 배운 적은 없으나 학업을 포기했던 고등학교 3학년 때 동기 박재혁과 심심풀이로 두면서 실력이 많이 늘었다. 당시 재혁이가 10급 수준이라고 하였는데, 네 점을 깔고 한 달쯤 두니 맞수가 되었다. 연승하면 흑백을 바꾸는 식으로 계속 두었는데 따라는 갔지만 추월할 수는 없었다. 그냥 맞수로 비슷한 비율로 이기고 지곤 했다.

바둑 기원에 한 달 이상 다니면서 세상에는 고수가 많다는 걸 알았다. 바둑 유단자가 강한 것으로 알지만, 사실 공포의 숨은 고수는 1급이다. 당시 아마추어 3단까지는 돈 내고 시험을 치러 합격하면 단증을 받았다. 3급 수준인 사람이 도전하면 대부분 아마 3단까지는 올라간다. 4단부터는 한국기원이 인정하는 대회에서 일정 수준의 성적을 내야 한다.

기원에 나오는 사람이 많지만, 항상 둘 만한 맞수가 있는 건 아니어서 다른 사람 대국 감상을 하는 경우가 많았다. 사실 비슷한 사람과 두는 것보다는 고수가 두는 판을 관전하는 게 실력 향상에 도움이 된다.

어느 날 대국을 구경하는데 아마 3단이라는 사람이 넉 점을 깔고 두는 것이었다. 나는 놀랐다. '아니, 얼마나 센 사람이기에 아마 3단에 넉 점을 잡히고 둔단 말인가?' 단증 없는 1급이라는 것이었다. 아마 3단이라는 사람은 넉 점을 깔고도 쩔쩔매다가 결국, 패하는 것이었다.

나중에 다른 사람에게 들어 알게 된 사실은 프로기사 노영하와 동문수학한 친구인데 프로 입단에 실패하여 바둑을 취미로 두는 사람이라는 것이었다. 입단 시험을 치르지 않았기에 1급일 뿐이지 실제 실력은 아마 5단 이상이라는 것이었다. 내가 다니던 기원에서 실력이 가장 센 사람이었다.

어느 날 새로운 손님이 찾아와 우리 기원 최강자와 바둑을 두는데 맞두는 것이었다. 우리는 최강자의 실력을 익히 알기에 엄청난 차이로 대승하리라 믿었다. 어머나, 세상에 이럴 수가! 아마 3단에게 넉 점을 잡히고도 여유 있게 이기던 사람이 연거푸 패하는 것이었다. 기는 놈 위에 걷는 놈 있고, 걷는 놈 위에 뛰는 놈 있으며, 뛰는 놈 위에 나는 놈 있다더니 그 말이 사실이었다. 당시 프로 7단 노영하 프로기사와 동문수학한 사람을 이기다니, 보고도 믿기지 않았다.

스포츠에 온갖 종류의 게임이 있으나 바둑만큼 실력 차가 확연하게 드러나는 종목도 없다. 웬일인지 수십 판을 두어도 확실한 맞수가 아니라면 흑백을 바꾸기도 어렵다. 1급에 한 점 이상 차이가 확실하다. 1급 차이면 무조건 두 점을 깔고 두어야 승부가 된다. 그렇게 명확하게 가려지는 바둑에서 같은 1급끼리 두어서 여섯 점까지 벌어지기도 한다고 한다. 그야말로 전업 프로기사가 아닐 뿐 거의 조훈현이나 조치훈급 아마추어 야인도 존재하는 셈이다. 세상은 넓고 사람은 많다. 기인(奇人)이나 이인(異人)뿐만 아니라 실력을 짐작조차 할 수 없는 고수도 있는 법이다.

한 달 이상 바둑 기원을 다닌 덕에 실력이 일취월장했다. 처음 기원에 나갔을 때는 약한 10급 수준이었으나, 방학을 마치고 대학 졸업식을 위해 구미에 내려올 때는 7급 수준이었다. 한 달여 만에 바둑 3급을 향상하였으니 바둑에 소질이 있었나 보다. 하긴 조남철 국수부터 한국에서 날고기는 프로기사에 조(趙) 씨는 무수히

많다. 프로기사 조상연도 조치훈도 같은 가문이다. 내 바둑 실력
이 어디까지 올라가려나……? 그것이 궁금하다.

소위 조자룡의 다짐

1989년 3월 2일 성남 문무대에서 육·해·공군 ROTC 합동 임관식이 있었다. 육군은 임관하는 ROTC 장교가 삼천 명이 넘는지라 일부만 참석하였고, 해군과 공군은 숫자가 몇 안 되어 전원 참석하였다. 공군은 항공대 60여 명과 금오공대 7명이 전부였다. 육군에 간 금오공대 동기생은 참석할 수 없는 합동 임관식에 공군인 탓에 참석하였다.

처음은 그 무엇도 의미가 새롭다. 장차 장군과 대통령을 꿈꾸는 사람이라면 그 첫 출발이 될 장교 임관식을 성대하게는 아니더라도 의미 있게 보내야 하리라. 세상을 만만하게 생각하고 그 어떤 중요한 일도 대수롭지 않게 여겼던 나는 임관식에 아무도 초대하지 않았다. 졸업식이니 임관식이니 하며 떠들썩하게 보내는 사람이 가소롭게 여겨졌다. 혼자 하는 게 아니고 모두 하는 거 아닌가? 대장도 아니고 소위 임관이 대단할 게 있는가?

각 개인이 소중한 존재고, 그 개인의 인생에서 중요한 이정표가 축하할 만한 일이라는 걸 지금은 잘 안다. 사람다운 대접을 제대로 받지 못하며 살아왔고, 스스로 한 번도 소중한 존재라는 걸 인식하지 못한 내 젊은 날의 오류였다. 나이 서른에 이르기까지 나는 사람이 다른 동물이나 식물보다 우월한 존재라는 건 인정하였지만, 특별하다고 생각하지 않았다. 생존을 위해 분투하다가 죽으면 원자로 환원되는 사물의 하나라고 생각했다. 수백 수천 명이 임관하는 소위는 개인적으로 다소 의미 있더라도 내세우고 자랑할 만한 일은 아니었다. 몇 안 되는 별 넷 대장이나 대통령 취임식이라면 내세울 만하리라.

허무맹랑하고 비현실적인 망상 속에 살았으므로 현실을 낙관하고 있었다. 아직 선진국 발끝에도 못 미치던 1980년대였지만, 육칠십년대와는 분위기가 사뭇 달라져 있었다. 도시는 하루가 다르게 변하였고 국민소득이 눈에 띄게 가파르게 상승하고 있었다. 오르는 임금 못지않게 물가도 상승하였지만 생활 수준 향상이 눈에 보였다. 미래를 걱정하는 분위기는 없었다. 사실 국내에 한정한 상황이었지만 인류는 진보한다고 나는 굳게 믿었다.

TV와 전화 냉장고 없는 집이 거의 없었고, 부유한 사람은 자가용 승용차를 구매하는 사람도 더러 있을 정도였다. 방송에서는 연일 망국적인 과소비가 문제라고 떠들어 댔다. 소비를 찬양하는 요즘과는 다른 세태였다. 그때까지만 해도 저축과 국산품 사용이 애국이라고 선전하였다. 사치와 허영이 자본주의를 이끄는 두 축이라는 것도, 소비가 경제성장의 근본이라는 것도 몰랐다. 외제를 사용하는 사람은 매국노고 자가용을 끌고 다니는 사람은 뱁새가 황새 쫓는 격이라고 비웃었다. 사치하는 사람은 머릿속이 텅 빈 속 빈 강정이었다.

소위로 임관하는 날 다짐하였다. 신분이 장교가 되었으니 이제 까지와는 달리 평범한 삶은 되리라. 돈이 없더라도 군에서 장교는 최고 신분이다. 적어도 무시당할 위치는 아니다. 노력 여하에 따라서는 상류층에 도달할 수 있으리라. 그럴 리는 없겠지만 나중에 꽤 돈을 벌어 남부럽지 않게 살더라도 자가용과 골프만은 사양하리라. 가난한 농민의 자식으로 태어나 성공하더라도 서민을 서글프게 하는 자가용 나들이와 골프채로 뻐기지 않으리라.

사실 당시만 해도 자가용을 가진 사람은 극소수였다. 사장이 아니라면 국가에서 차를 제공하는 고위 공무원이 거의 전부였다. 벌건 대낮에 사치스럽게 차려입고 젊은 여자 캐디와 시시덕거리는 철딱서니 없는 졸부는 모두가 경원하고 손가락질하는 사람이었다. 그다지 가능성이 없겠지만 그만한 형편이 되더라고 승용차는 구하지 않고 골프만은 하지 않으리라고 다짐하였다. 비록 성공하더라도 가난한 농민의 자식이었으니 서민 마음을 아프게 하지 않으면서 살아가리라.

철없는 생각이었다. 국가와 학교에서 주입한 철저한 반공주의 애국주의자였던 나는 미래를 보는 안목이 없었다. 앨빈 토플러의 '제3의 물결'이라는 책만 읽었더라도 그런 가당찮은 다짐은 하지 않았으리라. 어쨌든 청년 장교는 미래 국가의 기둥이 되어야 할 터였다. 개인 호의호식과 부귀영화에 매몰되어서도 안 되고, 타인에게 지탄받는 일도 해서는 안 되었다. 내가 자가용을 타고 다니거나 자랑삼아 골프 하는 졸부를 비웃고 손가락질하였으므로 다른 사람에게 내가 그렇게 보여서는 안 되는 건 당연지사였다.

소위 조자룡은 '무슨 일이 있더라도 자가용 승용차를 구하지 않고, 어떠한 유혹에도 골프만은 하지 않으리라.'라고 다짐하였다. 과연 그 다짐은 지켜질 것인가?

무장(武裝) 특기

공군소위로 임관하여 진주 공군교육사에서 특기 교육을 받을 때가 되어서야 비로소 공군의 '무장' 특기가 어떤 분야인지 알게 되었다. 타군에서는 병과라고 하는 공군 특기는 본인의 희망에 따라 이루어진다. 물론 희망대로 되는 건 아니다. 원하는 분야에 사람이 몰리면 성적순으로 선정하고, 나머지는 강제 조정한다. 원하지 않는 분야라도 군에서는 필요해서 만들었기에 누군가 임무를 맡아야 한다.

본인의 희망을 고려하여 특기가 분류되지만, 금오공대 후보생에게 의견을 물은 적은 없었다. 서울과 구미가 먼 거리여서 그랬는지, 학군단 간 연락체계가 없어서 그랬는지는 알 수 없지만, 항공대 학군단에서는 금오공대 공군 후보생에게 일언반구의 문의 없이 특기를 정했다. 그래서 일곱 명의 금오공대 공군은 정비 3명, 무장 2명, 통신 1명, 방공포 1명으로 정해졌다.

기계계열은 정비와 방공포로 정해졌고 전자계열은 무장과 통신으로 정해졌다. 장차 30년간 일할 분야는 우리 의사와는 무관하게 항공대 학군단 행정처리에 따라 이루어졌다. 내가 공군 무장 특기가 된 건 그저 순수한 우연 또는 운명이었다.

아마 항공대 학군단에서 구두나 서류로 특기 희망조사를 하였더라도 큰 차이는 없었을 것이다. 군인을 어렸을 때부터 희망했고, 고등학교 때부터 군사교육을 받았지만, 군에 대해 아는 건 거의 없었다. 병과나 특기가 있다는 사실 자체를 몰랐다. 그러니 무장이나 통신 중 택일하라고 하면 머리만 갸웃할 뿐 의사판단을 할 수 없었으리라.

아이러니하게도 장차 장군이 되겠다는 사람이 군에 대해서는 백지상태였다. 군대는 옛날에 칼로 싸우던 사람이 지금은 총으로 싸운다는 정도만 알았다. 군인 신분과 군 구조와 지휘 체계에 대해서 아는 바가 없었다. 장교와 부사관과 병사로 구분된다는 사실도 금오공고에 와서야 안 사실이다. 전쟁영화를 통해서 육군은 탱크가 가장 강력한 무기고, 공군은 전투기, 해군은 전투함이란 사실 정도만 알았다.

그렇게 많은 책을 읽고, 닥치는 대로 모든 역사서와 전사(戰史)를 탐독했음에도 막상 군에 관해서는 문외한이었다. 지금 돌이켜봐도 도저히 이해할 수 없을 정도로 무지하였다. 대통령과 장군을 꿈꾸었으나 그건 환상이었다. 나는 좋은 말로 순박하였고 나쁜 말로 멍청하였다. 하긴 군을 잘 모르는 여자나 민간인은 자식이 공군에

간다고 하면 '위험하게 왜 공군에 가느냐?'고 묻는 사람이 있으니 내가 평범한지도 모른다. 공군은 병사도 전투기를 탄다고 아는 사람도 있다. 병사도 정비나 무장 특기는 전투기를 탄다. 물론 날아다니는 전투기가 아니라 주기장에서 항공기 정비할 때나 무장 장착을 할 때다.

공군을 전혀 몰랐기에 희망 특기를 물었어도 답변할 수조차 없었을 것이나, 운명의 여신은 나를 버리지 않았다. 고등학교 입학 후 전자공학과를 선택한 것은 내 기질에 맞지 않아 적지 아니 심란하였으나, 내 의사와 무관하게 결정된 공군 무장 특기는 내 기질에 부합하였다. 야전에서 거칠게 일한다는 점에서도, 정비 분야보다 상대적으로 소수 특기로써 불이익받는다는 점에서도, 조종은 위력으로 공군을 좌지우지하고, 다른 후방 특기가 배차, 시설관리, 관사 관리, 식당 운영, 위법자 처리 등 실생활에 영향을 주는 이해관계가 결부되었으나 무장은 전혀 관계가 없는 순수한 전투 병과라는 점도 내 마음에 들었다.

그때까지도 멍청할 정도로 순진했던 나는 군인이 밥을 하거나 전화교환원, 트럭이나 버스 운전, 건축과 시설물 관리, 보급품 관리, 무기체계 정비하는 일은 꿈도 꾸지 않았다. 그저 반공 영화에서 보았듯 소대장은 '돌격 앞으로!' 하고 외치면 일제히 돌격하는 순수 전투 병과 보병과 조종사와 수병만을 상상했을 뿐이다. 인사 행정 정보 법무 의무 수송 시설 헌병 보급 지원 정비 무장 방공포 등 전 분야를 망라하는 병과가 있다는 걸 소위 임관 후에 알았다.

그중에서 선택한다면 무장이었다.

조종은 고소공포증이 있는 나로서는 불가능한 영역이었고, 직접 전투와는 무관한 후방 분야는 군인 축에도 들지 못하는 듯하여 싫었고, 적군과 직접 부딪혀서 전투하는 건 아니지만 업무상 최일선에 해당하는 방공포, 정비, 무장 중에는 무장이 마음에 들었다.

방공포는 1989년에 육군에서 공군으로 이전하였다. 우리가 임관한 1989년이 공군 방공포 특기를 배출한 첫해였다. 방공포는 적 전투기를 상대하는 분야다. 지대공미사일이나 벌컨포로 적기를 상대로 영공을 방어하는 것이다. 대부분 병과가 비행단에서 근무하는 것과 달리 방공포는 레이다와 통신 시설이 있는 큰 산 정상에서 근무한다. 공군의 독립부대에 가깝다. 사람과 쉽게 접할 수 없는 환경이 마음에 들지 않았다.

정비와 무장은 거의 비슷한 환경에서 일한다. 나중에는 무기정비로 통합되었다가 군수로 통합되었다. 정비는 항공기를 운영할 수 있는 상태로 유지하는 분야고, 무장은 항공기에 장착된 각종 전자 장비와 무장 탄약을 정비하고 장·탈착하는 분야다. 정비는 기계계열 전공자를 장교로 선발하였고 무장은 전자공학 전공자가 주로 선발되었다.

금오공고에서 전자공학과는 240명이었고 기계공학과는 120명이었다. 전자공학과는 다수였으나 잘 단합하는 기계공학과에 공부 말고는 모두 밀렸다. 야전에서 몸으로 싸워 이기는 게 진정한 남자라고 생각하던 내가 기계공학과가 마음에 든 건 당연하였다. 군에서는 반대였다. 병력에서도 정비가 두 배였고 비행단 장교 계급에서는 비교조차 되지 않을 정도였다. 무장대대는 전자공학과 출신이었으나 열악한 환경의 영향으로 거칠어졌고, 단합하였다. 정비 분야의 무장 분야에 대한 보이지 않는 억압과 차별이 투쟁심을 불러일으켜 사소한 일에도 반발하고 서로 단합하였다.

당장 사는 데는 정비가 유리한듯해도 나는 무장이 더 좋았다. 물론 장기적으로 성공하는 게 중요하지만, 역전승이 더 신나듯 압도적 열세를 딛고, 그것도 순수하게 조자룡의 힘으로 성공한다면 더 빛날 터였다. 대통령과 장군 되는 걸 믿어 의심치 않았던 몽상가였던 나는 그런 환경이 마음에 들었다.

세상은 투쟁할 대상이 있어야 살맛이 난다. 스스로 굴복하는 자를 정복한대서 무슨 영광이 있겠는가? 도전하고 극복할 대상이 눈앞에 있는 현실이 좋았다. 그 결과가 어떻게 되든 간에 천상천하 유아독존 사고방식에 안하무인이었던 젊은 조자룡의 포부는 자못 웅장하였다.

정비(整備) 특기

공군에서는 조종 다음으로 큰 분야가 정비다. 공군의 존재 목적이 공중전투고, 공중전투를 위해서 필요한 게 전투기와 조종사다. 가장 위험한 임무를 하면서 고난도 기술을 연마해야 하는 조종사는 양성 비용이 막대하다. 숙련 전투 조종사가 되기까지의 기간도 길다. 시간과 비용이 많이 들고 가장 위험한 임무를 수행하는 조종사는 공군의 핵심이다. 군 구조와 지휘 체계와 인사 운영이 조종사 중심이 될 수밖에 없었다.

능력이나 역할이 조종에 비할 수는 없으나 정비 임무도 중요하다. 육군이나 해군에서도 무기체계 정비 임무는 중요하다. 현대전이 무기체계 성능과 운용능력에 따라 결정된다면 무기체계를 정상 작동하게 하는 건 무엇보다 중요하다. 보병 항해 조종이 각 군을 대표하는 병과지만 군수 분야 중 정비를 중시하는 이유다.

탱크나 전투함이 고장 나면 임무를 수행하지 못하는 데 그치지만, 비행 중 항공기 결함은 조종사와 전투기의 손실로 이어진다. 실제 전시가 아닌 평시에도 매년 사고로 조종사가 순직하고 전투기가 손실되는 실정이다. 조종사 처지에서는 항공기 정비야말로 생명에 직결되는 가장 중요한 임무다.

그 중요성만큼 공군 정비 분야는 광대하다. 병력 구성이나 예산 사용 면에서 타 분야를 압도한다. 하긴 공군이 항공기를 운영하는 걸 제외하면 무엇이 남겠는가? 전투기 운영이 1순위고 나머지는 부수적이다. 전투기 운영이 불가능하다면 어떤 분야도 존재할 이유가 없다. 그래서 조종이 가장 강력한 역할을 한다면 다음이 정비다. 장교 수에서도 조종 다음이다.

금오공고에 다닐 때 가장 강력한 적수는 기계공학과였다. 인원은 전자공학과 절반에 불과하였으나 성적을 제외한 모든 활동에서 전자공학과를 압도하였다. 큰 장비와 공구를 다루어서 근육도 발달하였고 성격도 활달하다. 고등학교 때 기계공학과가 호적수였는데 군에서도 이어졌다.

정비 특기는 기계공학과 전공자가 주류다. 무장 특기가 전자공학과 출신이 다수라는 점에서 대비되고, 공군 군수 분야에서 비슷한 업무를 하는 다른 특기라는 데서 라이벌이 되었다. 경박단소(輕薄短小)를 추구하는 전자공학과를 나온 나는 중후장대(重厚長大)가 모토인 기계공학과 출신과는 필생의 적수였다.

정비는 기체와 엔진을 비롯한 항공기 자체를 관리하는 게 임무고, 무장은 항공기에 장착되는 전자장비 무장 탄약을 비롯한 무기체계를 관리하는 임무다. 근무하는 장소와 시간이 겹친다. 항상 마주하고 협력할 수밖에 없는 관계다. 애증은 원래 가까운 사이에 발생한다. 한국인이 가까운 일본인과 중국인과 혐의가 있지 아프리카나 아메리카 거주하는 사람과 다툴 일이 있겠는가? 가장 밀접한 관계이기에 늘 아웅다웅한다.

다툴 이유는 많다. 제초작업 제설작업 구역 설정 같은 사소한 데부터 근무평정이나 진급 심사, 성과급 심사 때는 직접 비교 대상이 된다. 상대보다 우월해야 대접받는 구도다. 부사관이나 병사도 이런 이유로 상대를 꺼리지만, 결정적인 것은 장교다. 인사 운영과 지휘 체계 권력을 움켜쥔 조종 분야에 잘 보이기 위하여 치열하게 경쟁한다. 기독교계 라이벌이 이교도인 이슬람이나 불교가 아니라 타 종파인 것처럼, 업무 영역을 넓히고 주도권을 확보하기 위하여 눈만 뜨면 못 잡아먹어 안달이다. 정비는 영원한 무장의 적이다.

무장 분야에서는 정비를 호적수로 진단하고 격렬하게 도전하지만, 사실 정비는 무장을 라이벌로 여기지 않는다. 조그만 장애물 정도로 여긴다. 병력이나 조직이 두 배고 조종사에게 영향력은 비교조차 되지 않는다. 조종사가 보기에 무장도 중요하다. 전투 중 전자장비나 무장 탄약이 제대로 작동하지 않는다면 결과는 뻔하다. 무장 분야는 전투의 승패에 직결된다.

전투의 승패에 직결되는 중요한 분야가 무장전자지만, 정비는 전·평시 구분 없이 조종사 생명과 연결된다. 전투 임무에 중요한 분야와 때와 장소에 무관하게 생명에 막대한 영향을 주는 분야 중 조종사가 무엇을 택하겠는가? 정비는 무장의 도전을 어리광으로 받아들인다.

공군 전체로는 정비가 무장의 두 배 규모지만, 비행단에 한정하면 그 차가 더욱 벌어진다. 병력은 그대로 두 배지만, 장교 수와 계급에서는 비교가 안 된다. 대대는 정비가 부대정비대대와 야전정비대대 두 개가 있는 데 반하여 무장은 무장전자정비대대 한 개뿐이다. 게다가 참모부서인 정비과가 있다.

계급에서는 더 차이가 난다. 정비는 전대장 대령, 정비과장 중령, 대대장 중·소령 등 영관급만 최소 4명이지만, 무장은 중·소령 대대장 한 명뿐이다. 네 명대 한 명 숫자보다 대령 한 명은 모든 걸 초월한다. 군대가 어딘가? 상명하복 규율로 유지되는 집단 아니던가? 직속 상관 전대장에게 대대장의 도전은 무의미하다. 정비가 보기에 무장은 적수가 아니다.

짐승이든 사람이든 조직이든 생명력은 끈질기다. 전혀 상대되지 않을 대상에게 무모한 도전을 마다하지 않는다. 하긴 생명체가 도전을 포기하고 굴복한다면 그 결과가 무엇이겠는가? 노예 아니면 한 끼 식사 거리일 뿐이다. 겉으로는 승복하는 척하지만, 호시탐탐 일격필살 반격을 노린다. 계급으로 결정되는 근무평정 진급 성과급 평가에서는 분루를 삼키지만, 계급과 무관한 승부에서는 절대 질 수 없다. 그래서 운동경기는 전쟁이 된다. 음주도 전쟁이다. 군에 즐기기 위한 운동이나 음주는 없다. 승리를 위한 진검승부만 있을 뿐이다.

영웅이나 주인공의 길은 험난하다. 하긴 불굴의 의지로 간난신고를 이겨내지 않았다면 영웅이겠는가? 꽃길만 걷는 사람이 드라마의 주인공이 될 수 있는가? 초반에 밀리다가 위기일발 상황에서 극적 반전이 감동적이지 않은가? 영화나 드라마에서 주인공은 최후의 승자다. 드라마틱한 역전승의 주인공이다. 주인공은 원래 가시밭길을 걷는 존재다. 금오공고에서도 군에서도 적수는 막강하였다. 우리 편보다는 항상 압도적인 존재였다.

강한 적은 피를 끓게 한다. 체세포는 항상 응전태세를 유지해야 하므로 초긴장 상태다. 삶이 고달프고 힘들더라도 최대한의 성장이 이루어지리라. 경쟁은 피곤하지만, 잠재력을 끌어올린다. 청년 조자룡의 발전과 성장을 위해서는 강한 상대가 존재해야 한다. 시련과 역경은 극복하여 성장하기 위한 전제조건이다. 신은 조자룡을 저버리지 않았다. 시련과 난관이 즐비한 가시밭길을 걷게 하여 성장하고 발전할 기회를 주었다.

부사관 집단 구타 사건

4월은 좋은 달이다. 제정신이 아닌 듯한 미국 시인 T.S. 엘리엇이 시 '황무지'에서 4월은 잔인한 달이라고 하였지만 4월 같이 좋은 달이 있던가? 햇볕은 따스하고 봄의 기운을 머금은 대지는 생명이 움튼다. 동식물을 막론하고 생명은 4월을 칭송한다. 새 생명의 계절을 싫어할 사람이 있는가?

공군 교육사에도 봄이 왔다. 진주에 있는 공군교육사는 벚꽃이 많다. 1989년이 이전 첫해라서 아직 자리 잡지 않았지만, 가로수는 모두 벚나무였다. 울창하지 않은 가지마다 수줍은 듯 꽃망울을 피워내고 있었다. 얼마 후에는 거리마다 가득 심어진 벚나무로 봄마다 벚꽃이 교육사의 명물이 되리라.

나른한 봄날 오후 재미없는 군사학 강의를 들으며 졸지 않으려고 창밖의 벚꽃에 연신 시선을 던지는 중이었다. 수업이 원래 재미없기도 하지만 전문 강사가 아닌 선배 장교나 부사관이 가르치는 무기체계 이론이 즐거울 리 없었다. 교육은 내용보다 요령이다. 학생이 졸지 않도록 가르치는 사람이 유능한 교육자다. 교육 경험이 짧은 장교나 부사관의 교육은 지루하였다. 게다가 때는 바야흐로 봄이다. 봄이란 만물을 소생시키는 계절이기도 하지만 겨우내 긴장한 체세포가 이완되어 나른한 계절이기도 하다. 몽롱한 정신을 겨우 가다듬고 있을 때였다.

"와아~"

"죽여라! 잡아라!"

알 수 없는 함성이 진동하였다. 누가 뭐랄 것 없이 모두 창가로 다가와 함성이 이는 창밖을 주시하였다. 웬일인지 수백 명이 죽어라 도망가고, 십여 명은 손에 봉 걸레 자루 등을 움켜쥐고 뒤쫓고 있었다. 닥치는 대로 휘두르는 몽둥이를 피해 필사적으로 달아날 뿐 대항하는 사람은 없었다. 쫓고 쫓기는 사람들은 순식간에 시야에서 사라졌다.

알 수 없는 일이었다. 군부대 내에서 패싸움이나 집단 구타가 발생하다니 누가 알게 되면 기절초풍할 일 아닌가? 상명하복으로 무장하고 위계질서가 뚜렷한 군에서는 치고받는 싸움은 드물다. 있다면 간혹 동기급의 말다툼이나 술 마시고 이성을 잃었을 때의 난동뿐이다. 대낮에 수십 명이 수백 명을 상대로 패싸움이나 구타를 하였다면 누군가 큰 처벌을 받을 일이었다.

일과 후에야 무슨 일인지 알게 되었다. 맞으며 도망한 건 부사관 후보생이었고 쫓아가며 구타한 건 같은 시기에 교육받던 사관학교

37기 정비장교였다. 옆 동에서 교육받던 신임소위 정비장교 한 명이 휴식시간에 함께 쓰던 휴게실에서 부사관 후보생 틈을 비집고 물건을 사려는 과정에서 일이 벌어졌다. 줄 선 부사관 후보생은 정비장교가 앞으로 나서자 새치기한다며 밀치고 쥐어박은 것이다. 아마 상대방을 확인하지 않은 실수였을 것이다. 훈련받는 부사관 후보생이 현역 장교를 구타하다니 있을 수 없는 일이었다.

부사관 후보생에게 얻어터져 코피를 흘리며 교실로 돌아오자 난리가 났다. 열세 명의 정비장교는 분기탱천하여 손에 잡히는 대로 물건을 들고 휴게실로 돌격했다. 난데없는 장교 무리가 다짜고짜 떼로 달려들어 마구잡이로 구타하자 이유를 따질 새도 없이 모두 흩어져 달아났다.

흥분한 정비장교는 휴게실뿐만 아니라 학과장으로 쳐들어갔다. 이어져 있는 부사관 학과장마다 난데없는 청년 장교들의 난입과 무차별 구타로 영문도 모르는 채 달아났다. 이유 여하가 중요한 게 아니다. 얻어터져서 다친 후에 사과를 받든 상대가 처벌을 받든 맞은 사람만 손해다. 맞서 싸울 수 없는 마당에 무엇을 망설이겠는가? 그저 36계 줄행랑(走爲上)이 최고다. 함성이 터졌던 건 그 순간이었다. 수백 명이 놀라 달아나면서 일제히 비명을 질러댄 것이다.

함성과 함께 학과장 주변을 채웠던 인파는 순식간에 사라졌다. 싸움이 아니라 한편은 달아나고 한편은 일방적으로 때리는 구타였기에 벌어진 일이다. 소동은 단 몇 분 만에 사라졌다. 아마 우리 시야를 벗어난 후에도 얼마간 때리고 맞는 일은 이어졌으리라.

우발적인 사고였으나 공식적으로 금지된 구타였고, 그것도 단체로 수많은 목격자가 보는 가운데 벌어졌으므로 문제가 커질 수도 있었으나 처벌받는 사람 없이 조용히 무마되었다. 실수였더라도 부사관 후보생이 빌미를 제공하였다는 점, 큰 소동에 비해서 맞고서 있던 게 아니라 일제히 달아나는 바람에 큰 부상자가 없었다는 점, 사전 계획된 게 아니라 순간적으로 분노한 젊은이의 실수라는 점이 참작되었다.

장교를 몰라보고 구타한 부사관 후보생은 어떤 처벌을 받았는지 모르겠지만 나와 동기급인 공사 37기 정비장교 13명은 처벌받지 않았다. 헌병대대에 불려가서 대대장 훈방으로 사건은 종결되었다.

나른한 봄날 졸음을 참기 어려운 찰나 정신을 번쩍 나게 한 한바탕 활극이었다. 부사관 후보생에게 얻어터진 정비장교나 영문도 모른 채 구타당한 몇몇 부사관 후보생에겐 미안한 말이지만 영화 속 연출이 아닌 실전은 흥미진진했다. 시나리오 없이 수백 명이 연출하는 실제상황이 눈앞에서 펼쳐졌는데 그보다 재미있는 광경이 또 있으랴! 자고로 구경은 패싸움과 불구경이 최고라고 하지 않던가? 졸음이 쏟아지던 4월의 어느 오후 정신 번쩍 나게 한 뜻밖의 한바탕 활극이었다.

축구

축구는 중요하다. 사냥과 전투가 사라진 현재 가장 유사한 오락이 축구다. 물질문명의 무서운 발달과는 달리 신석기시대로부터 달라진 게 별로 없는 인간의 몸과 정신은 남자에게 과격한 운동을 종용한다. 포식동물로부터 가족을 보호하고 초식동물을 포획하며 다른 종족이나 남자로부터 가족을 지키려면 남자는 강해야 한다. 뛰어난 외모나 화술, 지능보다 근육을 단련하여 빠르고 강력한 힘을 보유해야 한다. 사냥과 전투로 남자가 우월하다는 것을 증명하였고, 그것이 남자의 존재 이유였다.

세상이 달라졌으나 1만 년은 진화하기엔 너무 짧은 기간이다. 돌도끼에서 핵무기로 무기체계가 바뀌었으나 우리의 몸과 마음은 신석기시대와 별 차이가 없다. 어둠과 초자연적 힘을 두려워하고 존재하지 않는 포식동물을 경계한다. 여자나 아이는 여전히 심야 활동을 자제한다. 남자는 빠르고 강하다는 걸 증명하고 싶어 한다.

빠르고 강한 자가 누구인가? 축구선수다. 현대인의 가장 이상적인 체형은 몸을 부딪치며 질주해야 하는 축구선수다.

사냥과 전투 대신 즐기는 축구는 세계 거의 모든 남자가 좋아한다. 모든 남자가 좋아하는 만큼 축구 실력이 뛰어나다는 걸 보여주는 순간 우월한 위치에 선다. 잘생긴 사람보다도, 똑똑한 사람보다도, 말 잘하는 사람보다도 타인을 압도하기에 유리한 게 축구다. 남자는 축구를 잘해야 한다.

남자는 축구를 잘해야 하는 것이 기본이지만 군에서는 특히 중요하다. 지금은 여군도 상당한 숫자지만 1980년대만 해도 간호장교 외에는 드물었다. 군은 완전한 남자의 세계다. 여자 화장실이 없었던 것이 증명한다. 남자 세계에서 중요한 게 무엇이겠는가? 빠르고 강함을 증명하는 것이다. 누가 빠르고 강한가? 축구선수다. 주먹으로 치고받으며 싸울 수 없는 이상 탁월한 개인기로 골을 많이 넣는 사람이 강자다.

군은 과정을 막론하고 승리를 추구하는 집단이다. 군에서 정의는 승리다. 전투에서 이기는 데는 어떠한 수단도 가능하다. 평소에는 상상하지 못할 비열한 술책도 전쟁에서는 승리를 위한 절묘한 전술 전략으로 둔갑한다. 오락이든 친선경기든 무조건 승리를 요구한다. 한 팀이 승리하기 위해서는 한 팀이 져야 한다는 논리 따위는 무시된다. 우리도 이겨야 하고 상대도 이겨야 한다. 지는 팀은 부대장이나 고참(古參)에게 당해야 하는 얼차려가 가혹하다.

그래서 군대에서는 축구 잘하는 사람이 최고 대우를 받는다. 가장 쉽게 많이 참여할 수 있는 운동에다가 반드시 승리해야 하는 군 특수성이 축구 잘하는 사람에게 유리한 구조가 되었다. 민간 사회에서는 서울대 나온 사람이나 유학 다녀온 사람이 우대받지만, 군에서는 특별 대접이 없다. 병사가 우수한 두뇌를 활용할 기회는 없다. 빠르고 튼튼한 몸으로 훈련이나 운동에서 두각을 나타내는 사람이 존중받을 뿐이다.

진주 공군교육사 기술학교 무장교육대장은 사관학교 30기 김정복 소령이었다. 두리두리 한 눈매에 구레나룻이 장비같이 빽빽하게 난 전형적인 군인이었다. 전형적인 군인이었을 뿐 아니라 전형적인 무장장교였다. 반드시 승리해야 하는 것이 전형적인 군인이라면, 정비 특기에 반드시 승리해야 하는 게 무장장교였다.

막 임관하여 무장이 무언지 정비가 무언지 분간하지도 못하는 소위에게 외친 일성이 무조건 이겨야 한다는 말과 정비에게는 반드시 이겨야 한다는 말이었다. 어려서부터 승리와 일등 지상주의 문화에서 살아왔기에 거부감은 없었다. 군인 아니던가? 군인이 승리하지 못하면 그 결과가 무엇이겠는가? 국가는 소멸하고 국민은 노예 신세. 군인은 무슨 일이 있더라도 전투에서 패배해서는 안 된다.

당시 무장 특기로 임관한 학군 16기가 열셋이었다. 정비 특기 학군 동기생은 교육 인원 미달로 특기 교육 없이 자대 배치되었다. 얼마 후 사관 37기 정비장교가 임관하여 정비 교육대에 들어왔다. 정비는 무장과는 반대로 사관 37기 무장장교가 교육 인원 미달로 자대 배치되었다. 새로 온 37기 정비장교 수가 공교롭게도 열셋이었다.

그로부터 고난의 역사가 시작되었다. 무장교육대장 김정복 소령의 주장대로 반드시 이겨야 할 정비장교와 매일 축구를 해야 했다. 희망 여부와는 무관한 일종의 교육 훈련이었다. 학과 시간 7, 8교시는 무조건 축구였다. 비가 오는 악천후에도 축구는 계속되었다. 하긴 비온다고 전투를 중단하겠는가? 오히려 방심한 적군에게 기습할 좋은 기회일 뿐이다. 전쟁에서 승리해야 하는 장수는 휘하 병력의 고충을 고려할 여가가 없다. 어떠한 희생을 무릅쓰고라도 승리할 기회를 잡아야 하는 게 유일한 목표다.

우리는 모두가 남자에 군인이었고, 경례 구호가 '필승'인 공군이었으며, 상대는 정비장교였다. 반드시 이겨야 할 이유는 차고 넘쳤으나 결과는 참혹했다. 교육을 마치는 석 달 가까이 단 한 차례도 이긴 적이 없었다. 아슬아슬하게 진 게 아니다. 핸드볼 스코어로 무참하게 박살 났다.

상대는 사관학교 출신이다. 4년 동안 흡연과 음주 가무에 노출되지 않은 싱싱한 몸을 자랑한다. 직업군인을 목표로 한 사람인 만큼 승리에 대한 각오도 남다르다. 승리에 대한 각오만큼은 비슷했을지 모르지만, 음주 가무와 흡연에 방치되어 자유를 즐긴 학군장교 체력이 따라갈 리 만무하였다. 매일 이겨야 하는 이유를 세뇌받았으나 우리는 실천할 수 없었다. 체력이 부족한 이유로 경기 후 매일 벌칙 구보를 해야만 했다.

처음에는 두 자릿수로 깨지던 경기가 몇 골 차로 지는 정도로 괄목상대할 만큼 기량이 향상되었으나 승리는 머나먼 꿈이었다. 우리에게는 축구선수 수준의 노석봉 소위가 있었다. 그의 개인기는 누구보다도 뛰어났으나 받쳐줄 우군이 없었다. 공 좀 찬다는 몇몇이 공격에 나섰다가 복귀하지 못하면 개발에 가까운 축구 문외한 수비수는 무인지경처럼 상대 공격에 속수무책이었다. 별의별 전략 전술을 시도하였으나 백약이 무효였다. 뛰지 못하는 선수가 축구를 이길 수 없다. 축구에서 체력과 기술 없이 전략과 정신력만으로 승리한다는 건 거짓이다.

내일이면 퇴소다. 드디어 장교 특기 교육을 마치고 자대 배치다. 이제까지는 후보생과 교육생이었다면 지금부터는 실제 병력을 지휘하는 초급간부다. 내일이 퇴소라도 축구는 해야 했다. 강철같은 신념을 가진 무장교육대장이 있었고, 우리는 남자이자 군인이었으며, 상대는 정비장교였다. 지는 한이 있더라도 마지막까지 도전해야 한다는 게 교육대장의 지론이었다.

열셋 동기는 최후의 수단으로 이기지 못하더라도 지지 말자는 전략을 짰다. 축구 잘하는 노석봉과 체력과 깡다구로 버티는 내가 공격에 나서지 않고 최후방 스위퍼를 맡았다. 골을 넣어야 이기는 게 축구지만 실점하지 않는다면 지지는 않는다. 일방적인 공격을 받았으나 석봉이와 나는 뚫리지 않았다. 무수한 공격을 받았으나 필사적으로 걷어냈다. 축구 문외한 몇 명은 상대 키퍼와 같이 붙여두었다. 축구 못하는 사람은 수비든 중원이든 공격이든 도움이 되지 않는다. 오히려 사람이 있어 대비하지 못하다가 무인지경으로 뚫리기 일쑤다.

우리의 전략은 성공이었다. 처음으로 전반을 무실점 무승부로 마쳤다. 이제 후반만 버티면 된다. 예상외의 경기 내용에 상대는 초조하였다. 사관학교 출신 장교가 체력이 허접한 학군 출신 장교와 무승부를 거둔다는 건 자존심 문제다. 후반전은 전반전보다 더 일방적인 공격을 퍼부었다. 전원이 중앙선을 넘어선 전원 공격이었다. 상대 진영에는 골키퍼와 우리 편 개발 두 명뿐이었다. 일방적인 공격을 받다가 상대 실수를 틈타 공을 가로챈 노석봉이 길게 내질렀다. 상대 진영에 있던 셋이 쟁탈전을 벌이다가 빗맞은 공이 우연히 골대 안으로 빨려 들어갔다.

우리는 환호하였다. 골을 넣은 적은 있지만, 선취 득점은 처음이었다. 상대는 당황하였다. 무승부도 치욕으로 여길 판에 패배란 있을 수 없는 일이었다. 더 치열하게 공격을 퍼부었고 우리는 필사적으로 막았다. 시간은 우리 편이다. 버티면 이기는 것이다. 시간이 얼마 남지 않은 상황에서 공을 잡은 나는 길게 내질렀다. 상대 골문에는 여전히 축구에 도움 안 되는 우리 편 두 명이 진 치고 있었다. 운명에 여신은 우리 편이었다. 제대로 처리하지 못한 공이 우당탕탕 상대 골문으로 흘렀다.

공을 잡아서 멋지게 슛을 한 건 아니다. 그런 건 문제가 아니었다. 우리는 골과 함께 두 손을 치켜들고 환호작약하였다. 모두가 동시에 괴성을 질렀다. 누가 찼느냐, 멋진 골이었느냐는 고려 대상이 아니다. 골이라는 점과 이겼다는 확신에 전율했을 뿐이다. 골과 동시에 경기는 끝났다. 한 골 차는 추격이나 역전이 가능하지만, 두 골 차를 만회할 방법은 없다. 경기는 그대로 끝났다.

반드시 이겨야 할 수많은 이유가 있었고, 모두가 갈망했지만 외면했던 승리의 여신이 마지막 날 미소지었다. 사관학교 정비 장교에게 처음으로 승리한 우리는 기고만장했다. 천하를 평정한 점령군이라도 된 양 의기양양했다.

각지로 흩어지는 동기생과 교육대장과의 마지막 회식은 감동과 환희 그 자체였다. 엄청난 폭음과 함께 반드시 이겨야 할 경기에서 승리한 기쁨을 만끽했다. 공군교육사 무장교육대의 추억은 축구뿐이다. 축구는 우리에게 끝없는 시련이었고, 한 줄기 빛이었다. 단한 번의 영광이었으나 그 열매는 달콤하였다. 교육사 특기 교육은 축구로 고통받았으나 최후의 승리로 황홀한 추억이 되었다.

위기는 기회다

대한민국이 위기입니다. 젊은이의 삶이 고달픈 현실이지만 나라 전체로 봐도 만만치 않습니다. 미·중 무역전쟁에 정확히 한가운데 끼인 대한민국은 고래 싸움에 새우 등 터질 신세입니다. 한국과 일본은 서로를 이용하여 국민 단합을 노리는 형국으로 갈등이 줄어들 조짐이 보이지 않습니다. 체제 유지 외에 아무런 목표가 없어 보이는 북한은 남한을 향한 공갈과 협박으로 북한 주민 단결을 유도하고, 심심하면 미사일을 발사하여 이목을 끌려고 합니다.

어느 것 하나 간단히 해결할 사안은 없습니다. 복잡다단하고 험난한 가시밭길입니다. 현재만 그랬던 건 아닙니다. 우리 역사 전체를 들여다봐도 늘 긴장의 연속이었습니다. 인류 역사상 최강의 나라 옆에 터전을 잡은 우리 민족의 운명이었습니다. 출발은 늦었으나 규모에서 더 큰 일본에까지 시달려야 했던 고려말 이후는 대륙과 해양 세력 사이 샌드위치 신세였습니다. 한반도는 해양으로 진출하는 세력에게도, 대륙으로 진출하려는 세력에게도 교두보였습니다.

대륙과 해양 사이에 끼여 늘 위협에 시달렸던 우리 역사는 침략에 응전하는 전쟁의 역사였습니다. 불행하였지만 끈질기게 살아남으면서 내부결속력이 강한 정체성을 유지할 수 있었지요. 대한민국은 거대한 세력의 끊임없는 침략 속에서 독자 정체성을 유지한 세계에서 유례를 찾아보기 힘든 나라입니다. 현재 위기이고 해결이 난망하지만, 한반도의 풍전등화는 역사에서 일상이었습니다.

생존이 힘들었던 오랜 괴로움의 역사였지만, 해방 이후에는 심기일전하여 가장 빠르게 국제 정세에 발맞추어 성장하였습니다. 해방 이후만 따진다면 세계에서 대한민국의 발전 속도를 따라올 나라는 없습니다. 이념으로 갈라지고 쿠데타와 정쟁으로 얼룩졌지만, 국가 전체로는 항상 앞으로 나아갔습니다. 좌우를 아우르고 전 국민의 존경을 받는 훌륭한 정치지도자를 만나지 못한 불운에도 국민의 집단 지성은 조금씩이라도 좋은 방향으로 이끌었습니다.

장기독재로 인권탄압을 하였고 식민지역사를 청산하지 못한 대과가 있음에도 미·소 냉전체제를 이용하여 미국의 지원을 최대한 이끌어 자립의 기틀을 마련한 건 초대대통령 이승만의 공이라고 할 만합니다.

쿠데타로 정권을 탈취하여 장기집권 중 수많은 인권유린 사례에도 세계 최하 수준의 가난에서 벗어나 선진국 진입 발판을 다진 박정희 전 대통령도 우리에겐 다행이었습니다. 장기집권과 인권유린을 저지른 많은 개발도상국 독재자가 있었지만, 산업화에 성공하여 민주화와 정보화를 이루고 선진국에 진입한 사례가 없다는 점에서 박정희 전 대통령의 공을 인정하지 않을 수 없습니다.

1980년 민주화의 봄을 짓밟은 신군부 세력 쿠데타는 역사에 용서할 수 없는 죄를 저질렀지만 한번 상승하기 시작한 국운을 꺾을 수는 없었습니다. 국가 융성기에는 어떤 분란이나 실수까지 장점으로 연결될 때가 많습니다.

80년대 저유가 저금리 저원화가치 3저 효과는 단군 이래 최대 경제 호황을 이끌었고, 미·일 무역분쟁은 한국이 일본을 추격할 기회가 되었으며, 미·소 군비 경쟁으로 촉발한 냉전체제 해체는 공산권 국가로 시장을 넓히는 계기가 되었습니다.

미·일 무역분쟁으로 플라자 합의에 따른 엔화 강제 절상이 없었다면 한국이 조선 철강 전자 자동차 반도체 분야에서 일본을 추격하고 추월할 기회가 없었을 겁니다. 준비된 자에게 찾아온 한차례 좋은 기회를 거머쥐었지요.

항상 위협에 시달리고 위기가 이어졌지만, 국제 정세의 도움이나 기업가의 도전 정신과 국민의 향상 욕망으로 극복하고 더 큰 도약을 이루었습니다. 국가 부도라는 참혹한 IMF 체제도 견뎌내었고 2008년 미국발 금융위기에서도 흔들림이 없었습니다.

위기는 기회입니다. 힘겹지만 살아남는다면, 실낱같은 기회를 잡는다면 뛰어오를 수 있습니다. 현재 한국이 증명하고 있습니다. 오늘날 대한민국은 위기 극복의 살아 있는 모델입니다.

위기는 이어지고 있습니다. 아니 오히려 심화하고 있다고 해야 할 겁니다. 미국이 40여 년 동안 무역과 재정 쌍둥이 적자에도 일등 국가를 군건하게 유지하는 동력은 달러 기축 통화의 힘입니다. 미국의 압도적인 경제력으로 달러가 기축 통화 역할을 하지만 중국에 경제 규모에서 역전당한다면 상황은 달라질 겁니다. 미국은 패권보다도 달러의 기축 통화 지위를 잃는 걸 겁내고 있습니다. 중국의 추격을 필사적으로 막는 이유입니다. 추격하는 자와 추월당하지 않으려는 자 사이에 필사적인 경쟁이 현재 미·중 무역전쟁입니다.

정치 경제 군사 문화 모든 측면에서 한국은 정확히 두 나라 사이에 있습니다. 거대 고래 싸움에 새우 등 터지기 직전이지요. 그래도 기회를 잡아야 합니다. 과거 모든 위기에서 기회를 잡았기에 현재에 이르렀습니다. 미국의 중국 겁박은 우리에게 기회입니다. 현재 중국은 거의 모든 분야에서 우리를 따라잡았고 경쟁 중입니다. 아직 우리와 기술력 차이가 있는 분야가 반도체입니다. 경제 규모 역전을 우려하는 미국은 반도체 기술을 넘기지 않으려고 필사적입니다. 영원히 가능하지는 않겠지만 우리는 약간의 시간을 번 셈입니다. 미국이 방어하는 동안은 최소한 반도체 분야를 우리가 주도할 수 있습니다.

미국이 언제까지 중국의 추월을 허용하지 않을지 모르지만, 그때까지가 우리에게 유리한 시간일 겁니다. 반도체에서 초격차를 벌리든 새로운 에너지나 인공지능에서 먹거리를 찾든 해야겠지요. 5년이나 10년 정도 주어질 겁니다. 아무리 기술 유출을 방지하려 해도 이미 발견된 기술이나 원리를 완전히 막을 수는 없는 노릇입니다. 기술 유출이 아니라도 언젠가는 연구 개발로 따라올 것입니다. 정부와 기업에서는 주어진 시간 안에 좋은 발전방안을 찾아내야 합니다.

개인은 무엇을 해야 할까요? 갈수록 일자리는 줄어듭니다. 공무원 대기업도 점차 자동화할 겁니다. 솔직히 저도 세 젊은 자식이 있지만, 젊은이가 무엇을 준비해야 할지 정확히 모르겠습니다. 아직은 공무원이나 대기업에 취업할 기회가 있겠지요. 제한된 수지만요. 나머지 사람은 무엇을 해야 할까요?

자라나는 청소년에게는 독서와 세계여행을 권하고 싶습니다. 엘빈 토플러는 『제3의 물결』로 80년대 이후 정보화시대를 예견하였습니다. 재레드 다이아몬드는 『총·균·쇠』에서 각 대륙 문명 발전 속도가 달랐던 원인, 문명의 역사를 밝혔습니다. 유발 하라리는 『사피엔스』로 침팬지에서 분화한 한 종이 인간이 되는 과정, 인류 역사를 규명하였습니다. 그들은 어느 한 분야만을 섭렵한 게 아니라 거의 모든 지식을 망라하여 새로운 지식을 창조하였습니다. 독서의 힘이라고 봅니다. 책을 써서 공전의 히트 치라는 말이 아니라 그 정도로 세상을 통찰할 때 자신의 위치와 할 일을 찾아낼 거라는 말입니다.

세계여행은 인류가 살아가는 방식을 새롭게 이해합니다. 말과 관습이 다른 사람과 접촉하면 깨닫는 바가 있겠지요. 물건값 차이가 나는 공간을 극복한 게 상업이요, 물건에 새로운 가치를 부여하여 시간을 극복한 게 산업입니다. 차이를 발견할 때 기회가 생깁니다. 그 차이는 부딪쳐보지 않고는 알 수가 없지요. 세계여행은 나라와 민족 간 차이를 이용한 새로운 사업을 구상할 기회가 될 겁니다. 여행 자체로 자신을 알아가는 계기도 되고요, 여행은 곧 수행입니다.

　지난 반세기 동안 가장 빠르게 발전한 한국호의 순항을 기원합니다. 빠르게 변하는 세상에 적응하느라 심각한 스트레스를 받아온 한국인이 자신과 세상을 제대로 돌아볼 여유를 찾아 행복을 만끽하기를 바랍니다. 불확실한 미래에 신음하는 젊은이도 좋은 기회를 찾아 힘차게 도약하기를 바랍니다. 어쩌면 해답은 치열한 경쟁에서 이기는 것보다는 생각을 바꾸는 데 있을지도 모릅니다. 삶의 목표와 태도를 바꾸는 것이지요. 독서와 세계여행이 세상을 새롭게 이해하여 삶의 목표와 태도를 바꾸게 하지 않을까요?

　부디 대한민국이 안전하기를!

　이 책을 읽는 모든 분이 행복하기를!

2023년 1월

조자롱